Filha das Trevas

KELLY KEATON

FILHA DAS TREVAS

Tradução
DANIELA DIAS

1ª edição

— Galera —
RIO DE JANEIRO
2016

CIP-BRASIL. CATALOGAÇÃO NA PUBLICAÇÃO
SINDICATO NACIONAL DOS EDITORES DE LIVROS, RJ

K33f
Keaton, Kelly
  A filha das trevas / Kelly Keaton; tradução de Daniela Dias. – 1ª ed. –
Rio de Janeiro: Galera Record, 2016.
  (Deuses e monstros; 1)

  Tradução de: Darkness Becomes Her
  ISBN 978-85-01-09545-9

  1. Ficção americana. I. Dias, Daniela. II. Título. III. Série.

16-34646

CDD: 813
CDU: 821.111(73)-3

Título original:
Darkness Becomes Her

Copyright da edição brasileira © 2016 por Editora Record LTDA.

Copyright do texto original em inglês © 2011 por Kelly Keaton

Publicado mediante acordo com Simon Pulse, um selo de Simon & Schuster Children's Publishing Division.

Todos os direitos reservados.
Proibida a reprodução, no todo ou em parte, através de quaisquer meios.
Os direitos morais do autor foram assegurados.

Capa: Túlio Cerquize

Texto revisado segundo o novo Acordo Ortográfico da Língua Portuguesa.

Direitos exclusivos de publicação em língua portuguesa somente para o Brasil adquiridos pela
EDITORA RECORD LTDA.
Rua Argentina, 171 – Rio de Janeiro, RJ – 20921-380 – Tel.: (21) 2585-2000, que se reserva a propriedade literária desta tradução.

Impresso no Brasil

ISBN 978-85-01-09545-9

Seja um leitor preferencial Record.
Cadastre-se e receba informações sobre nossos lançamentos e nossas promoções.

Atendimento e venda direta ao leitor:
mdireto@record.com.br ou (21) 2585-2002.

EDITORA AFILIADA

Para Mary Keaton

*Você me tomou a mão para caminharmos pelo bosque
até o lugar onde o véu da minha imaginação foi erguido
para me mostrar todas as maravilhas:
a moradia das fadas, onde elfos dançavam
e gnomos se escondiam dos duendes.
E o véu nunca mais foi baixado.
Queria que estivesse aqui para ver isso.*

Um

Debaixo da mesa do refeitório, meu joelho direito quicava como se estivesse possuído pelo espírito de uma britadeira. A adrenalina corria pelo corpo todo, me dando vontade de pular da cadeira e sumir de Rocquemore House para nunca mais voltar.

Inspira, expira.

Era melhor eu me controlar ou começaria a ter um ataque que se transformaria no vexame do século. E isso não seria a melhor coisa do mundo para quem estava bem no meio de um hospício cheio de quartos vazios.

— Tem certeza de que quer fazer isso mesmo, Srta. Selkirk?

— Meu nome é Ari. E tenho certeza, sim, Dr. Giroux. — Balancei a cabeça de modo encorajador para o homem sentado à minha frente. — Não viajei até aqui para desistir agora. Eu quero saber. — O que eu queria mesmo era acabar logo com aquilo e poder fazer alguma coisa, *qualquer coisa,* com as mãos. Mas, em vez disso, mantive as duas estendidas no tampo da mesa. Bem paradas. Bem calmas.

Um suspiro relutante escapou por entre os lábios estreitos e rachados de sol do médico, enquanto ele me lançava um olhar de *sinto muito, querida, mas foi você quem pediu.* Abrindo a pasta que tinha nas mãos, pigarreou antes de começar.

— Eu não estava trabalhando aqui nessa época, mas vejamos... — E folheou algumas páginas. — Depois de entregar você à tutela do Serviço Social, sua mãe passou o resto da vida em Rocquemore. — Os dedos dele brincavam com a pasta. — Internação voluntária — prosseguiu. — Passou seis meses e dezoito dias conosco. Suicidou-se na véspera do aniversário de vinte e um anos.

O ar ficou entalado na minha garganta.

Ai, droga. Eu não estava esperando por *essa*.

A notícia me deixou sem ação. E picou em pedacinhos a lista mental de perguntas que eu havia formulado e ensaiado fazer.

Eu tinha passado esse tempo todo imaginando os muitos motivos possíveis que poderiam ter levado minha mãe a me entregar para adoção. E chegara até a flertar com a ideia de que talvez ela pudesse ter vindo a falecer em algum momento dos treze anos passados desde então. Mas, suicídio? *É, espertinha, nisso você não tinha pensado.* Uma lista comprida de palavrões disparou dentro da minha cabeça e tive vontade de bater com a testa no tampo da mesa — talvez para ajudar a ficha a cair mais depressa.

Eu fora entregue à tutela do estado da Louisiana assim que completei quatro anos e, seis meses mais tarde, minha mãe estava morta. E pensar que durante esses anos todos eu tinha me perguntado se ela se lembrava da garotinha que tinha abandonado. E ficara imaginando como devia ser e o que andava fazendo uma pessoa que estava morta e enterrada e não podia *fazer* ou *pensar* mais coisa nenhuma.

A Filha das Trevas

Meu peito inchou num grito que não tive voz para expressar. Séria, olhei para minhas mãos de unhas curtas como besouros pretos brilhantes contra o tampo branco da mesa. Tive que resistir ao impulso de crispar os dedos e começar a cavar a fórmica até sentir as unhas descolando da pele, até sentir qualquer coisa que não fosse a tristeza apertando e ardendo dentro do peito.

— Muito bem — falei, tentando me recompor. — Mas o que exatamente havia de errado com ela? — A pergunta queimou minha língua feito alcatrão, deixando o rosto todo em brasa. Puxei as mãos para baixo da mesa e sequei as palmas suadas na calça jeans.

— Esquizofrenia. Delírios... bem, *um* delírio.

— Um só?

O Dr. Giroux voltou a abrir a pasta e fingiu que examinava o texto. O sujeito parecia que ia explodir de nervoso, e eu não o culpava. Quem ficaria tranquilo tendo que contar a uma adolescente que a mãe dela era pirada a ponto de ter acabado com a própria vida?

Duas manchas cor-de-rosa tingiram suas bochechas.

— Aqui diz — a garganta se mexeu quando ele engoliu em seco — que tinha a ver com cobras... Ela afirmava que havia cobras tentando sair da sua cabeça, que conseguia senti-las crescendo e rastejando por baixo do couro cabeludo. Em diversas ocasiões, coçou a cabeça até sangrar. Tentou extrair as cobras com uma faca de manteiga furtada do refeitório. Nada que os médicos lhe dessem para tomar ou lhe dissessem era capaz de convencê-la de que as tais cobras só existiam na sua mente.

A imagem se retorceu em volta da minha espinha e provocou um arrepio na nuca. Eu *detestava* cobras.

O Dr. Giroux fechou a pasta e se apressou em tentar me confortar.

— Precisamos lembrar que, na época, houve muita gente que sofreu de estresse pós-traumático. Você era muito pequena para ter consciência de tudo, mas...

— Eu me lembro de algumas coisas. — Como poderia esquecer? Ter sido retirada junto com centenas de milhares de pessoas quando dois furacões seguidos de categoria 4 destruíram Nova Orleans e toda a metade sul do estado. Ninguém estava esperando pelo que aconteceu. E ninguém voltou mais lá. Mesmo hoje, treze anos depois, nenhuma pessoa em sã consciência se atreve a cruzar o limite da Borda.

O Dr. Giroux me lançou um sorriso triste.

— Então não preciso lhe dizer por que sua mãe veio para cá.

— Não.

— Foram tantos os casos — continuou desolado, com os olhos turvos, e imaginei se estava mesmo falando comigo nessa hora. — Psicose, medo de afogamento, ter visto a morte de pessoas queridas. E as cobras, as cobras que foram arrastadas dos pântanos com a inundação... Sua mãe provavelmente teve alguma experiência terrível na vida real que levou a esse delírio recorrente.

Imagens de furacões e suas consequências piscavam na minha mente como se tivessem saído de um projetor de slides, imagens nas quais ultimamente era bem raro eu pensar. Olhei para meus pés. Sentia necessidade de ar, de cair fora daquele lugar sinistro engolfado em pântanos, em musgo e em árvores de troncos retorcidos e galhos caídos. Tinha vontade de sacudir o corpo feito louca para espantar as imagens que rastejavam pela minha pele. Mas, em vez disso, me forcei a ficar parada e inspirei bem fundo. Em seguida, puxei para baixo a bainha da minha camiseta preta e limpei a garganta.

A Filha das Trevas

— Obrigada por me atender tão tarde, Dr. Giroux. É melhor eu ir embora agora.

Devagar, dei meia-volta e rumei para a porta sem ter ideia de para onde iria ou do que faria em seguida, sabendo apenas que, para sair daquele lugar, precisava continuar pondo um pé na frente do outro.

— Não vai querer ficar com as coisas dela? — perguntou o médico. Meu pé parou no meio da passada. — Tecnicamente, é tudo seu agora. — Uma onda de náusea subiu do estômago quando me virei para olhá-lo. — Estão numa caixa no depósito. Eu vou buscar. Sente-se. — Indicou um banco com a mão. — Não demoro.

Banco. Sentar. *Boa ideia*. Desabei na beira do assento, finquei os cotovelos nos joelhos e virei os pés para dentro, mantendo os olhos fixos no "V" formado entre eles até o Dr. Giroux aparecer de volta com uma caixa de sapatos marrom desbotada.

Como esperava que fosse mais pesada, a sua leveza me pegou de surpresa e me desapontou um pouco.

— Obrigada. Ah, e uma última coisa... Minha mãe foi sepultada por aqui?

— Não. Foi enterrada na Grécia.

Eu achei que não tinha ouvido bem.

— Tipo uma-cidadezinha-no-interior-dos-Estados-Unidos--chamada-Grécia ou...?

O Dr. Giroux sorriu, enterrou as mãos nos bolsos e balançou o corpo para trás sobre os calcanhares.

— Não, na Grécia mesmo. Alguém da família apareceu para reclamar o corpo. Como já expliquei, não trabalhava aqui na época, mas talvez você consiga descobrir o nome da pessoa que assinou os papéis ou algo assim no necrotério.

Família.

A palavra soava tão distante e irreal que eu não sabia se havia entendido direito. Família. A esperança faiscou bem no meio do meu peito, lépida e fagueira, pronta para irromper numa cena de musical da Disney com direito a passarinhos azuis fofos e esquilos cantores.

Não. Ainda é cedo para isso. Uma coisa de cada vez.

Lancei um olhar de relance para a caixa que tinha nas mãos, tratando de fechar com força a tampa da esperança que se abriu em minha mente— já havia me decepcionado vezes demais para ceder a esse sentimento —, e me perguntando que outras novidades ainda saltariam ali de dentro mais tarde.

— Boa sorte, Srta. Selkirk.

Parei um segundo para olhar enquanto o médico se dirigia até um grupo de pacientes sentado diante da sacada fechada por vidros e, em seguida, atravessei a alta porta dupla para ir embora. Cada passo para longe da mansão/sanatório decadente e na direção do carro estacionado em frente me fazia mergulhar mais no passado. O martírio enfrentado pela minha mãe. Minha vida sob a custódia do Serviço Social. Filha de uma mãe solteira adolescente que acabou se matando.

Genial. Genial mesmo.

As solas das minhas botas esmagavam o cascalho do caminho, abafando o canto constante dos grilos e gafanhotos, o barulho ocasional de coisas caindo na água e o coaxar dos sapos-bois. Não importava se no resto do país era inverno, o mês de janeiro no Sul continuava significando muito calor e tempo úmido. Agarrei a caixa com mais força e tentei enxergar para além dos galhos cobertos de musgo dos carvalhos e ciprestes e na direção das margens sombreadas e pantanosas do lago. Mas havia uma parede de negror bloqueando a minha visão, uma parede que — tive que piscar os olhos — parecia estar estremecendo.

Eram só as lágrimas ameaçando transbordar.

Mal conseguia respirar. Eu nunca havia esperado por essa... *dor*. Nunca havia esperado saber de verdade o que tinha acontecido com ela. Depois de esfregar depressa as costas da mão no canto dos olhos, acomodei a caixa no banco do carona e dirigi devagar pelas curvas da estrada que levava a Covington, Louisiana, e de volta a alguma coisa que lembrasse a civilização.

Covington ficava às margens da Borda, no limite entre o território dos renegados e o resto do país, uma cidade de fronteira com a sua filial do Holiday Inn Express.

A caixa ficou sobre a cama do quarto do hotel enquanto eu chutava as botas para longe, me livrava da calça jeans surrada e puxava a camiseta por cima da cabeça. Eu já havia tomado um banho pela manhã, mas, depois da viagem até o sanatório, estava precisando de uma chuveirada que lavasse a nuvem de depressão e a grossa camada de umidade sulista que havia ficado agarrada à minha pele.

Já dentro do banheiro, liguei a água e comecei a desfazer o nó da estreita fita preta em volta do pescoço, tomando cuidado para que meu amuleto preferido — uma lua crescente de platina — não escorregasse pela ponta. A lua crescente sempre foi minha visão favorita no céu, especialmente nas noites cristalinas de frio quando ela aparece cercada de estrelas faiscantes. Adoro tanto esse símbolo que mandei tatuar um minúsculo crescente preto logo abaixo do canto do olho direito, bem no ponto mais alto da maçã do rosto — um presente adiantado de formatura para mim mesma. A tatuagem também é a lembrança da minha origem, do lugar onde nasci. A Cidade do Crescente. Nova Orleans.

Mas esses eram os nomes antigos. Agora o lugar era chamado de Nova 2, uma cidade majestosa, decadente e perdida que se recusara a ser varrida pela maré. Uma cidade bancada por dinheiro privado e também uma espécie de farol, um refúgio para todo tipo de desajustado e alma desgarrada da noite — ou pelo menos era isso que as pessoas costumavam dizer.

Parada diante do comprido espelho do hotel vestindo o conjunto preto de calcinha e sutiã, aproximei-me do reflexo e toquei a pequena lua negra, pensando na mãe que nunca havia conhecido de verdade, na mãe que *talvez* tivesse os mesmos olhos verde-azulados que me encaravam no espelho, ou os mesmos cabelos...

Com um suspiro, endireitei o corpo e estendi as mãos para desfazer o coque bem preso junto à nuca.

Anormal. Estranho. Bizarro.

Eu já tinha usado esses termos e muitos outros para descrever a espiral grossa que se desfez e caiu por trás dos ombros, as pontas roçando a base da coluna. Repartido no meio. Todo em fio reto. De uma cor tão clara que parecia prateada à luz do luar. Meu cabelo. A maldição da minha existência. Cheio. Brilhante. E tão liso que dava a impressão de ter empregado um exército de cabeleireiros munidos de chapinhas para ficar daquele jeito. Que era só o jeito natural mesmo.

Natural, não. Antinatural.

Outro suspiro cansado escapou por entre meus lábios. Eu já desistira de tentar havia muito tempo.

Desde o momento em que me dei conta — por volta dos sete anos mais ou menos — que o meu cabelo era capaz de atrair o tipo *errado* de atenção da parte de alguns dos homens e garotos adotivos que passaram pela minha vida, comecei a fazer de tudo para me livrar dele. Cortar. Tingir. Raspar. Cheguei até a roubar ácido clorídrico do laboratório de química da escola no sétimo ano para encher uma pia e mergulhar meu cabelo nela. Os fios foram corroídos até não sobrar nada, mas, poucos dias depois, lá estava o cabelo de volta com o mesmo comprimento, a mesma cor, tudo. Igual ao que sempre fora.

E, portanto, o que eu fazia agora era escondê-lo da melhor forma possível: em coques, tranças, debaixo de chapéus. Isso além de vestir bastante preto e de ter usado os primeiros anos da adolescência para acumular um ar desafiador, capaz de fazer a maior parte dos caras respeitarem os meus "nãos" quando os ouviam. E quanto aos que não respeitavam, bem, eu havia aprendido a lidar com esses também. Meus pais adotivos atuais, Bruce e Casey Sanderson, trabalhavam como agentes de fiança, ou seja, emprestavam dinheiro para que os réus da Justiça pagassem sua fiança e pudessem aguardar os julgamentos em liberdade. E sempre que um desses clientes não comparecia diante do juiz, o nosso trabalho era ir atrás dele e levá-lo para enfrentar a lei, evitando dessa forma ter que amargar um prejuízo. Graças a Bruce e a Casey, eu havia aprendido a manejar seis tipos diferentes de armas de fogo, era capaz de derrubar qualquer canalha de cem quilos no chão em três segundos e de algemar um criminoso com uma das mãos nas costas.

E os Sanderson jogavam tudo isso na conta do "convívio familiar saudável".

O reflexo turvo no espelho me devolveu o sorriso. Bruce e Casey eram gente boa mesmo — a ponto de deixarem uma garota de dezessete anos pegar seu carro emprestado para ir desenterrar o próprio passado. Casey havia sido adotada também, por isso, entendia minha necessidade de conhecer a verdade. Ela sabia que era uma coisa que eu precisava fazer sozinha. Bem que eu podia ter ido parar logo na casa deles desde o começo. Funguei. Claro, e se desejos fossem notas de dólar, a essa altura eu seria o Bill Gates.

O vapor havia enchido o banheiro. Eu sabia bem o que estava fazendo. Enrolando. Uma manobra clássica do *modus operandi* da Ari. Se não entrasse no chuveiro, não teria que sair dele, vestir o pijama e abrir a maldita caixa.

— Vai lá e faz logo o que tem que ser feito, sua covardona. — Terminei de tirar as peças de roupa que faltavam.

Meia hora mais tarde, depois de as pontas dos meus dedos terem ficado murchas e o ar tão saturado de vapor que mal dava para respirar, eu me sequei e vesti a velha samba-canção quadriculada favorita com uma blusa justa de malha. Com o cabelo úmido retorcido num nó atrás da cabeça e os pés sempre gelados enfiados num par de meias felpudas, sentei-me com as pernas cruzadas no meio da cama king size.

E lá estava a caixa. Bem na minha frente.

Estreitei os olhos. Arrepios percorreram meus braços e coxas. E minha pressão arterial disparou — deu para perceber isso pela maneira como o peito se retorceu numa bola dolorida de tensão.

Pare de ser tão infantil!

Era só uma caixa idiota. Só o meu passado ali em cima da cama.

Eu me recompus e estendi a mão para puxá-la mais para perto e erguer a tampa, que se abriu revelando algumas cartas e caixinhas de joias pequenas.

Muito pouca coisa para conter uma história de vida inteira. Com certeza, eu encerraria aquele episódio da caixa com mais perguntas do que respostas — e era assim que geralmente as minhas buscas acabavam mesmo. Já desanimada, enfiei a mão dentro da caixa, peguei o envelope branco do alto da pilha, e o virei para ver o nome escrito em caneta azul.

Aristanae.

O espanto me roubou o ar. *Caramba.* Minha mãe havia escrito uma carta para mim.

Precisei de um tempinho para absorver a ideia. Passei os dedos trêmulos pela letra cursiva fluida e, em seguida, abri o envelope para encontrar uma única folha de caderno dobrada.

Minha querida, linda Ari,

Se você está lendo estas palavras agora, é porque, de algum jeito, me encontrou. Torci e rezei para que isso nunca acontecesse. Sinto muito por ter abandonado você... Isso soa péssimo, sei disso, mas não havia outro jeito. Logo vão aparecer os motivos, e eu sinto muito por essa parte também. Mas por ora, imaginando que lhe deram esta caixa no sanatório Rocquemore, você precisa correr. Fique longe de Nova Orleans e longe de todos que, de algum jeito, possam identificar você. Eu queria muito poder salvá-la. Meu coração dói só de saber que a minha menina vai enfrentar o mesmo que eu enfrentei. Te amo demais, Ari. E peço que me perdoe também. Por tudo.

Eu não sou louca. Confie em mim. E por favor, meu bebê, FUJA logo.

Mamãe

Assustada, pulei da cama e deixei a carta cair no chão como se o papel estivesse em brasas.

— Que conversa é essa?

O medo estava fazendo meu coração bater forte e os pelos finos que cobriam minha pele se arrepiaram como se estivessem eletrificados. Fui até a janela e afastei as persianas para espiar o carro estacionado logo abaixo, no pátio dos fundos do hotel. Nada de diferente ali. Esfreguei os braços com as mãos e comecei a zanzar pelo quarto, roendo a unha do dedo mindinho esquerdo.

Olhei novamente para a carta, com a letra cursiva miúda.

Eu não sou louca. Confie em mim. E por favor, meu bebê.

Meu bebê. Meu bebê.

As poucas lembranças que me restavam não eram mais que um emaranhado difuso, mas essas palavras... Eu quase podia ouvir minha mãe dizendo essas palavras. Suave. Amorosa. Com um sorriso na voz. E essa era uma lembrança de verdade, percebi, não uma das milhares de recordações que eu fora inventando com o tempo. Senti um aperto dolorido no coração, e a pontada surda de um início de dor de cabeça se insinuou por trás do meu olho esquerdo.

Tantos anos... Não era justo!

Um jato de adrenalina subiu empurrando minhas costelas e desceu pelo braço até a mão, mas, em vez de gritar e socar a parede como quis fazer, eu mordi forte o lábio inferior e fechei os dedos com força.

Não. Esqueça isso.

Não adiantaria nada enveredar por esse caminho do A Vida Não É Justa. Eu já tinha feito isso. E aprendido a lição. Esse tipo de sofrimento era inútil.

Com um gemido, joguei a carta de volta na caixa, puxei a tampa para fechá-la e fui me vestir. Depois que tudo estava arrumado em segurança dentro da mochila, peguei a caixa. Minha mãe havia passado treze anos sem uma palavra e agora essa carta enviada direto do túmulo me mandava fugir e buscar proteção. O que quer que estivesse acontecendo, eu podia sentir no fundo dos ossos que era algo muito errado. Mas talvez eu estivesse só assustada e paranoica por causa da conversa com o Dr. Giroux.

E, talvez, ponderei, já com a minha mente desconfiada funcionando a mil por hora, a morte da minha mãe nem tivesse sido suicídio afinal.

Dois

Desci correndo até a recepção, entreguei a chave do quarto e me dirigi para a saída dos fundos para pegar o carro. Na rua, a lâmpada de um poste zumbia e tremeluzia ocasionalmente, acentuando a névoa baixa que cobria tudo. Sapos e grilos cantavam para além da cerca, que separava o estacionamento da vala úmida e baldia, acompanhando toda a extensão do terreno.

A cada passo que eu dava, ia ficando mais cética e me sentindo mais e mais idiota. Por que diabos estava fugindo dali por causa de uma carta velha? E o que poderia haver de tão perigoso para mim em Nova 2? Respostas sobre o meu passado? Sobre por que eu era essa aberração da natureza? Informações sobre o passado da minha mãe?

Ela parecia muito preocupada em me alertar, mas, provavelmente, nunca sonhara que a filha única um dia iria se transformar numa agente de fiança nas horas vagas. Eu tinha todas as condições para encarar muito bem Nova 2 ou qualquer outra coisa que aparecesse no meu caminho.

Mais uma vez, coloquei a caixa no banco do carona. A mochila enorme ocupou o piso do carro à frente do banco. Meus dedos tamborilavam no volante e fiquei um longo tempo sentada no lugar do motorista, odiando a minha indecisão.

Ficara sabendo a respeito de Rocquemore House e do meu local de nascimento, Nova Orleans, antes de sair de Memphis. Para Bruce e Casey não havia sido problema emprestar um dos seus carros; eles sabiam que eu era mais madura e responsável do que a maioria dos adultos. Aos dezessete anos, havia acabado de me formar no colégio um semestre antes do esperado e tinha um desempenho profissional que atestava minha confiabilidade. E, além do mais, estava a apenas seis meses de me tornar uma cidadã com porte legal de arma e funcionária em período integral da Sanderson Cauções & Fianças.

Por outro lado — meu corpo se inclinou para a frente e a testa pousou de leve no volante —, eu havia prometido ao Bruce e à Casey que só iria até Covington, e dito também que, se minha busca apontasse para Nova 2, esperaria pelos dois e não entraria sozinha na cidade.

Só que agora, depois de ler a carta da minha mãe, eu queria ir imediatamente. Já havia esperado por tanto tempo, e estava tão perto...

Tudo nessa noite havia mexido com a minha cabeça. Ari Selkirk *não* era uma pessoa indecisa. Logo eu, que havia passado a maior parte da vida tendo que tomar conta de mim mesma e que, com toda certeza, já enfrentara momentos mais difíceis do que esse. Caramba, essa história pareceria brincadeira de criança se fôssemos comparar a certas coisas.

Agarrando bem firme esse pensamento, recostei-me no banco e pus a chave na ignição. Mas, antes que conseguisse dar a partida, o celular começou a tocar dentro da mochila.

— Alô.

— Como foi lá, garota? — era o Bruce.

— Tudo certo. Acho que consegui o que vim buscar, só não tive tempo de ver com calma ainda. E, olha, não se esqueça de agradecer a seu irmão pela ajuda, tá? Apesar de que ele superfaturou o preço do servicinho de detetive.

— Deixa comigo. Você volta amanhã mesmo? Apareceram dois casos novos pra gente. Seria legal para os negócios.

Seria, pensei. Seria melhor ainda se eu conseguisse descobrir quem era de verdade e por que parecia tão diferente de todas as outras garotas do mundo.

— Ei, você ainda tá aí?

— Tô. — Pausa. — Eu... ainda tenho que checar algumas pistas antes de voltar. Acho que chego amanhã à noite. — E apertei os olhos até fechá-los, me sentindo péssima por não abrir o jogo e contar a ele que estava a caminho de Nova 2. Mas tinha medo de contar e ouvir um "não". O plano original havia sido sair de Covington na manhã seguinte rumo a Memphis. Agora eu já não sabia direito o que fazer e nem por que cargas d'água havia fechado minha conta no hotel.

Você sabe, sim. Vai cruzar o limite da Borda. Vai entrar em Nova 2.

Depois de terminar de falar com Bruce, girei a chave na ignição com o carro ainda em ponto morto. Eu só precisava de um dia. Um dia para chegar a Nova 2, ir até o Hospital Charity, conseguir acesso aos registros do meu nascimento e, se tudo desse certo, descobrir o nome do meu pai. Por outro lado, talvez ir de carro não fosse a melhor opção, pois Nova 2 era famosa pelos altos índices de roubo de veículos. E a última coisa que eu queria, principalmente depois de já ter quebrado minha promessa, era chegar de volta a Memphis *sem* o carro.

Talvez a moça da recepção soubesse me dizer como chegar a um terminal rodoviário. E, se houvesse, de fato, um terminal por perto, talvez isso fosse um sinal de que era mesmo para as coisas acontecerem desse jeito. Se não houvesse terminal, então teria que esperar. Mas não faria mal nenhum ir até lá e perguntar, certo?

Inclinei o corpo e estendi a mão para pegar a mochila, mas um movimento no retrovisor me fez congelar.

Havia uma silhueta escura atrás do carro, totalmente imóvel. O medo tomou conta de mim rapidamente, e fui dominada pela sensação palpável de ter caído num filme de terror.

Merda. Ele estava simplesmente parado ali, uma sombra no vidro de trás do carro.

Muito devagar, minha mão desviou da mochila e rumou para o porta-luvas. Eu o abri e tateei em busca da 9 milímetros que Bruce mantinha ali. Afinal, aquele era um carro da empresa. E eles *sempre* mantinham uma arma de reserva em cada carro. Tecnicamente, eu não tinha permissão legal para usá-la, mas algo me dizia que a menoridade não deveria estar entre as minhas preocupações no momento; além do mais, se eu conseguisse só assustar o cara, não haveria problemas.

O alívio tomou conta quando senti minha mão envolver a pistola. Endireitei o corpo, respirei bem fundo e obriguei minha mente a entrar no modo de treinamento. Eu já havia ensaiado para encontros dessa natureza um milhão de vezes — com direito a táticas de evasão, de defesa pessoal, de imobilização...

Abri a porta e saltei do carro.

Alto. Cabelo louro escuro cortado rente. Camisa preta. Uma tira de couro atravessada no peito e presa a um escudo redondo nas costas. Mas o que chamou mesmo a minha atenção e fez o coração pular para a garganta foi a lâmina brilhante e de aparência cruel que despontava da mão dele, algo entre um punhal e uma adaga.

Era musculoso, e, quando seus olhos me percorreram de cima a baixo e em seguida fitaram os meus, senti as palavras da minha mãe ecoando na cabeça: *FUJA!*

Meus dedos se apertaram em volta da arma que eu segurava contra a coxa quando o sujeito saiu de trás do porta-malas para o espaço aberto e me deixou presa entre dois carros e a parede do hotel. Eu me esgueirei devagar para trás e por entre a frente do carro e os arbustos querendo chegar ao outro lado. Ele imitou meus movimentos.

— Olha aqui, cara, eu não sei qual é a sua, mas talvez seja melhor baixar essa faca.

Nós estávamos nos fundos do hotel, praticamente isolados. E, a menos que algum carro aparecesse na rua que passava ao lado do terreno, eu teria que agir por conta própria.

Ele se deslocou para a frente com um movimento dos ombros largos. Eu não queria atirar no sujeito, mas algo me dizia que a visão da arma não iria detê-lo. Então ele começou a falar. Numa língua estrangeira. Num tom tão baixo e imponente que tive a certeza de que o que quer que estivesse dizendo só podia ser algo muito ruim, ruim do tipo *extrema-unção*.

— Vai, não seja idiota. — Recuei um passo, tropeçando no meio-fio. — Não me faça atirar em você.

A Filha das Trevas

O sujeito venceu a distância que nos separava e estava a mais ou menos um metro e meio de mim quando ergueu a adaga e falou, num inglês cheio de sotaque:

— Pela vontade de *Athana potniya*, eu a liberto desta vida.

Droga, ele vai me obrigar a fazer isso.

A lâmina zuniu para baixo. Eu atirei.

O estrondo sacudiu o ar noturno como uma bomba, e o leve coice da arma reverberou pelo meu corpo, enquanto a bala se cravava na coxa dele com um som oco.

Ele se encolheu e parou por um segundo, antes de continuar o ataque.

Meus olhos se arregalaram e a boca ficou seca. Ah, claro, o cara estava doidão, tinha tomado alguma coisa. Só podia ser.

Ele ergueu o punhal comprido outra vez. Eu sentia minha pulsação retumbar alto e devagar junto aos ouvidos. Aquele único segundo pareceu durar eternamente até ele baixar o braço com tanta força que deixou escapar um grunhido. Eu mal conseguia sentir minha mão quando ergui a arma e puxei o gatilho outra vez. A bala o atingiu no ombro direito. Não iria matá-lo, mas deveria bastar para tirar a maldita espada em miniatura da sua mão.

O golpe parou na metade, o sujeito lançou um olhar para o sangue que brotava do ferimento. E, em seguida, seus olhos insanos encontraram os meus. Ele sorriu.

Ai, merda.

Dando mais dois passos adiante, arremeteu de novo. Agarrei o seu braço na esperança de que o ferimento do tiro junto com minha força fossem suficientes para impedir o ataque. O rosto dele estava a centímetros do meu, perto o bastante para me deixar ver o brilho da determinação no seu olhar. O suor brotava da sua têmpora esquerda. Através dos dentes cerrados, ele me amaldiçoava naquela língua estranha. O outro punho se ergueu para um soco, mas eu o interceptei com o cotovelo — enrijecendo o corpo para suportar a dor — e imediatamente cravei o joelho na sua virilha com uma força que amassaria o capô de um carro.

A lâmina despencou no chão.

Até que enfim.

O instinto assumiu o controle. Contornei o corpo do cara e disparei na direção da espada, agarrando-a do chão sem reduzir o passo. O cabelo havia começado a se soltar e caía nos meus olhos. Avancei para a rua lateral que dava acesso à frente do hotel, mas, assim que virei a esquina, ele me alcançou. Uma mão furtiva me agarrou pelo tornozelo. A surpresa me fez soltar um grito. Os braços giraram no ar. *Essa não.* Eu me preparei para o impacto.

Os cotovelos bateram primeiro, uma fração de segundo antes de a testa atingir o asfalto em cheio e tanto a arma quanto a adaga rolarem para longe.

A dor disparou em todas as direções, tomando cada centímetro da minha cabeça e cegando minha visão.

Meu Deus do Céu! Tudo foi inundado por uma luz branca abrasadora.

Os membros ficaram dormentes e o pulso disparou acelerado demais, caótico demais. Eu estava no limiar de um tipo de pânico que aniquilaria completamente a minha capacidade de reação, se não tomasse uma atitude depressa. *Se você cair, agarre-se em qualquer coisa! Faça o que for preciso para se levantar outra vez!* A voz de Bruce gritava na minha cabeça.

Sufocando o pânico, girei o corpo e comecei a chutar e espernear às cegas até fazer contato com alguma coisa. Minha mão roçou no punho da adaga jogada acima da minha cabeça. Eu a segurei firme, ergui o corpo para ficar sentada e arremeti a lâmina para a frente com toda a força, torcendo como louca para que ela atingisse alguma coisa.

A espada ficou presa em algo. Eu a empurrei.

Meu coração ribombava com tanta força nos ouvidos que eu mal conseguia escutar qualquer ruído externo. Lentamente, a visão foi voltando a focar.

O homem estava ajoelhado entre as minhas pernas e tinha as duas mãos sobre um pedaço pequeno de lâmina ainda aparente junto ao punho da espada. O resto dela estava cravado bem fundo no seu peito. Os olhos arregalados tinham um ar de surpresa, como se a possibilidade do fracasso jamais tivesse ocorrido a ele.

Passou um tempo. Nossos olhos permaneciam fixos um no outro. Num dado momento, a expressão no seu rosto se transformou em pesar. Uma das mãos ergueu uma mecha do meu cabelo.

— Tão lindo — sussurrou em inglês. E esfregou o cabelo entre um dedo sujo de sangue e o polegar. Então começou a murmurar na mesma língua estranha outra vez até seu corpo ser sacudido pela tosse. A boca fez uma careta e os olhos se fecharam com força. O meu cabelo foi deslizando por entre os seus dedos enquanto o homem caía para trás, o corpo escorregando para longe da lâmina.

Os sapos e grilos continuavam entoando seu canto noturno. O barulho do trânsito voltou a tomar conta do ar. Mas todos esses sons, todos esses sons que não faziam a mínima ideia do que havia acabado de acontecer, foram abafados pelo ronco áspero da minha própria respiração.

A garganta inchou e ficou ressecada. As lágrimas arderam nos meus olhos ainda pregados ao sujeito caído à minha frente.

Ele não tinha mais do que vinte e cinco anos. Saudável. Bonito. Podia ter tido uma vida decente. Conhecido uma garota legal. Se casado com ela. Tido filhos.

Meu Deus. Eu acabara de matar um homem — meus dedos se fecharam em volta do punho da adaga — com uma droga de espada em miniatura.

As lições que eu tivera no convívio familiar saudável com o casal Sanderson nunca abordaram esse tipo de situação.

Passei as costas de uma mão trêmula pelos olhos molhados. A outra continuava ainda agarrada à adaga, apesar de as articulações já estarem ficando pálidas e os dedos com câimbra. Eu não conseguia me mexer, não conseguia me recuperar do choque. Do choque de ter sido atacada por um desconhecido. De ter tido que lutar pela minha vida. De ter matado o sujeito... *Pegue o celular. Ligue para a Emergência. Mexa-se, você sabe o que fazer.* Isso. Eu sabia o que fazer. Depois de respirar bem fundo algumas vezes para acalmar o coração disparado, rolei sobre um dos quadris para me levantar. Mas o corpo do homem caído no chão teve um espasmo.

Congelei onde estava, a boca se abrindo à medida que o sujeito começava a se erguer no ar e pairar por alguns segundos antes de se transformar lentamente em fumaça, para então desaparecer sugado para o alto por uma força invisível.

Perplexa, eu me deixei cair sentada outra vez no asfalto e pisquei os olhos. Os dedos relaxaram no punho da espada, a lâmina baixou para um ângulo que fez o sangue brilhar à luz do poste mais próximo.

Um riso cortante escapou da minha boca aberta.

— Tá de brincadeira? — Minha voz soou acanhada e fraca na noite silenciosa. Joguei a cabeça para trás e gritei na direção do turvo céu noturno. — Tá de brincadeira!

A Filha das Trevas

Será que alguém tinha armado um joguinho para cima de mim? Será que eu tinha levado um tombo das escadas no sanatório Rocquemore? Que tinha batido forte demais com a testa no asfalto? *Cacete!* As lágrimas borraram a visão quando voltei os olhos para a espada caída no chão entre as minhas pernas.

Sangue. Espada.

O que quer que tivesse acabado de acontecer ali, uma coisa era certa. Havia sido de verdade. A prova estava bem na minha mão. As palavras da carta da minha mãe, por mais maluco que isso pudesse parecer, haviam sido certeiras.

Três

Um ronco profundo de motor e o som de música estridente penetraram meus sentidos em choque. Uma luz brilhante me ofuscou. Um guinchar de freios. O cheiro de borracha queimada no asfalto... Tudo chegando aos sentidos, quando já era tarde demais.

Ergui um braço para cobrir o rosto e virei o corpo para rolar, percebendo que estava sentada no meio da rua lateral e bem na rota de um veículo vindo na minha direção. Ele me pegou desprevenida, distraída pelo que havia acabado de fazer e de testemunhar. O sangue se acelerou tão depressa nas minhas veias que senti os membros ficarem dormentes e a mente enevoada.

O caminhão derrapou e sacudiu até parar, o para-choque esquerdo estava tão perto que seria capaz de tocar nele, se erguesse a mão. Uma baforada de fumaça do cano de descarga pairou por cima de mim, e o cheiro fez meu estômago revirar. Uma silhueta pequena se inclinou para fora da porta aberta do lado do motorista. Tirei o braço de cima da cabeça enquanto o barulho alto do motor ainda vibrava no meu corpo como uma corrente lenta e contínua de eletricidade, passando para o chão.

— Ei, tudo bem com você? — perguntou uma garota vestindo jardineira e boina xadrez.

Eu tentei responder, mas não conseguia achar minha voz.

— Você tá bêbada, por acaso?

— Não — falei num grasnado, enquanto rolava sobre os joelhos e plantava as palmas das mãos no asfalto para que elas ajudassem meu corpo enfraquecido a se levantar. Depois que retomei o equilíbrio sobre os dois pés, esfreguei as mãos no jeans.

— Tá certo. Então será que dá pra dar licença? Eu tô cheia de correspondência pra entregar.

Medi com os olhos a garota com a jardineira manchada de graxa, a camiseta branca de malha canelada e a camisa de flanela por cima do corpo miúdo. O cabelo castanho estava preso em duas tranças, os olhos espertos eram verdes, e ela tinha sardas salpicadas no nariz e mais uma mancha de graxa numa das bochechas. Dava pra ver um logotipo velho da UPS por baixo da fina camada de tinta spray preta na lateral do caminhão.

— Você é de Nova 2. Do pessoal do correio de lá.

— Faz diferença?

Engoli em seco. O estado de choque em que me encontrava não era o melhor para tomar decisões por impulso, mas sabia que se não aproveitasse a oportunidade que tinha à minha frente provavelmente acabaria me convencendo a deixar aquela história de lado. Um dia. Eu só precisava de um dia.

— Eu estou precisando de uma carona para a cidade.

A garota apertou o olho esquerdo enquanto me dava uma boa conferida de cima a baixo, não parecendo nem um pouco acanhada de fazer isso.

— Você é um daqueles papagaios, por acaso?

— Papagaios?

— É, você sabe... tipo esses turistas paranormais? — Ela bateu os cotovelos dobrados para cima e para baixo imitando asas. — *Rrrráaaa! Rrrráaaa!*

— Quantos anos você tem?

— Quase treze.

Ergui a sobrancelha.

— Eles deixam uma garota de doze anos entregar a correspondência?

Ela revirou os olhos, apoiando os antebraços no volante enorme.

— Você nunca esteve em Nova 2 antes, esteve? — Dei de ombros. — As coisas lá não funcionam do mesmo jeito que aqui do lado de fora da Borda. — Os olhos ganharam um ar calculista. — Pode entrar se quiser, mas você vai ter que me pagar.

— Quanto?

— Vinte pratas.

— Fechado. Só preciso de um segundo. — Agarrei a pistola e a lâmina do chão, e corri para pegar a caixa de minha mãe no carro. Enfiei a adaga na mochila, inclinando-a para fazê-la caber até o fim, prendi a pistola na cintura e, em seguida, tranquei o carro.

— Só preciso jogar minhas sacolas lá na central dos Correios, depois, nós pegamos o caminho de volta — explicou a garota enquanto eu subia na boleia. Ela deu uma olhada de relance para a mochila, mas não falou nada sobre a arma e a espada. Em vez disso, estendeu a mão cheia de graxa.

— Eu sou a Crank.

Tomei os dedos miúdos nos meus.
— Ari.

Crank empurrou a enorme alavanca de marcha para engatar a primeira e soltou o pé da embreagem. O grande caminhão sacolejou para frente e para trás algumas vezes, me obrigando a agarrar o metal frio da maçaneta da porta, antes de, enfim, se arrastar rua afora.

Ninguém havia aparecido na hora dos tiros. Será que não ouviram nada? Uma onda de desconforto desceu pelas minhas costas enquanto o prédio do hotel e o estacionamento dos fundos sumiam da vista. Ou os funcionários e hóspedes haviam decidido de propósito não ligar para a polícia ou então tiroteios no meio da noite eram coisa de rotina na região próxima à Borda. Isso também explicaria a aparente naturalidade da Crank ao me ver armada. Mas nenhum desses pensamentos conseguiu fazer com que eu me sentisse mais tranquila.

Depois de contornar o prédio dos Correios e manobrar de ré na área de carga e descarga, Crank pulou para a traseira, abriu a porta e despejou todas as sacolas que levava para dentro de três contêineres enormes. Ela agarrou duas outras sacolas com a inscrição Nova 2 na área de triagem e as empurrou para dentro; em seguida, tomamos o caminho da Rota 190.

A saída para o sul estava parcialmente bloqueada, mas três dos tonéis cor de laranja desbotados tinham sido afastados para dar passagem aos motoristas.

Seguimos adiante pelo que calculei terem sido uns quinze quilômetros até cruzarmos oficialmente o limite da Borda. Não havia nada que marcasse a ocasião, exceto uma placa de estrada meio decrépita com a inscrição: FRONTEIRA DOS ESTADOS UNIDOS. ÁREA DE CALAMIDADE ADIANTE. PROSSIGA POR SUA CONTA E RISCO. E mais outra, alguns metros depois: PROPRIEDADE DA NOVEM. POR FAVOR, RESPEITE NOSSA TERRA. BEM-VINDO A NOVA ORLEANS.

Tirando os solavancos e o barulho do motor, a viagem foi longa e cheia de silêncio — um silêncio daquele tipo que você enxerga, não escuta. Um silêncio que se estendia pela paisagem plana até as silhuetas negras de cidades arruinadas e de lanchonetes de estrada, postos de gasolina e veículos abandonados. A estrada foi ficando pior à medida que avançávamos, o asfalto rachado cheio de buracos e com grandes trechos de mato despontando a esmo.

— Não sobrou muita coisa pra esses lados — falou Crank, acompanhando o meu olhar. — A maioria do pessoal vive em Nova 2 e arredores.

— Por que alguém iria querer ficar? — perguntei à meia-voz. Depois da devastação, o governo havia lavado as mãos com relação à cidade e ao território em volta, declarando-a como área de calamidade pública e removendo a população que desejava ir embora. Toda a infraestrutura local, estadual e federal, em Nova Orleans, ruiu junto com sua economia. Se alguém tomara a decisão de ficar, havia feito isso com plena consciência de que a presença do governo americano já não existia ali.

Nove das famílias mais antigas de Nova Orleans formaram então uma aliança, a Novem, que fechou um acordo histórico para a compra da cidade arruinada e dos condados ao redor, o que pareceu uma negociação vitoriosa para todos os envolvidos. O governo não teria mais que lidar com Nova Orleans. Parte dos $8,2 bilhões que a venda rendeu aos Estados Unidos foi destinada a todas as pessoas afetadas e desalojadas. E a Novem conseguiu algo que obviamente estava cobiçando: uma cidade para chamar de sua.

A Filha das Trevas

Durante um tempo, a mídia inteira gravitou em torno da Novem, atraída tanto pela especulação intensa despertada pela decisão inexplicável tomada pelo grupo de comprar um pedaço de terra devastada, quanto pelo grau de riqueza e poder alcançados por aquela gente que agora possuía e controlava uma cidade inteira. Uma editora chegou até a lançar um livro sobre as famílias da Novem e sua longa história na região. Elas conquistaram uma espécie de status de celebridade, que logo evoluiu para uma aura mítica. E os personagens estranhos que salpicavam suas árvores genealógicas só contribuíam para o mistério — eram recorrentes as histórias de bruxas e vampiros, além de rainhas do Vodu.

A Novem nunca confirmou nem negou tais rumores. Eles não davam entrevistas, e só se expuseram realmente no momento de fechar a compra. Depois, recolheram-se à sua cidade arruinada, deixando o restante do país às voltas com especulações. E não demorou para que entrassem para o mesmo rol das histórias sobre a Área 51, Roswell, o Monstro do Lago Ness e todas as teorias de conspiração e boatos de mistérios paranormais que circulam por aí. Os repórteres, agindo sob disfarce, e os buscadores da verdade que começaram a voltar da cidade, algum tempo depois, com fotografias borradas e relatos sobre monstros e assassinatos só serviram para alimentar ainda mais os rumores. E agora, treze anos depois, o resultado de tudo isso era que boa parte do país enxergava Nova 2 como uma espécie de santuário — ou meca — dos paranormais.

Crank deu de ombros, as bochechas tremendo enquanto as rodas do caminhão atravessavam mais uma série de buracos.

— Nova 2 é minha casa — falou em resposta à minha pergunta silenciosa. As molas do assento faziam o corpo inteiro dela quicar, atraindo minha atenção para os pés amarrados a tocos de madeira a fim de que pudessem alcançar os pedais. — Algumas pessoas não tinham mais para onde ir, e outras eram só teimosas demais para largar o osso.

— Em qual categoria você se encaixa?

Ela deixou escapar um risinho.

— Nas duas, acho. Meu pai morreu na enchente. Um tio escondeu meu irmão e minha mãe, como muita gente acabou fazendo, quando o exército chegou com a ordem de evacuar a cidade. Mas eu só fui nascer depois disso. E você, por que está indo pra lá?

Agarrei a caixa com mais força.

— Quero tentar descobrir algumas coisas sobre os meus pais. Nasci no Hospital Charity alguns anos antes dos furacões.

— Não é possível! Sério?

Um riso subiu borbulhando pela minha garganta. Crank era uma adulta em miniatura presa num corpo pré-adolescente.

— Sério.

— Pode ser que o meu irmão consiga ajudar você, então. O cara é bom nesse lance de achar coisas. Já tem lugar para ficar?

Bem... na verdade, não tinha pensado tão a longo prazo assim quando tomei a decisão de pular na boleia do caminhão da correspondência.

— Não, ainda não. — Eu precisava de um dia. Um dia para encontrar o hospital e conseguir os registros. Não podia dar para trás logo agora.

— Legal. Você pode ficar com a gente. Os hotéis pra turistas lá do French Quarter cobram uma grana *preta*.

Essa oferta era a última coisa que eu estava esperando. Por outro lado, também nunca tinha imaginado que chegaria a Nova 2 conduzida por uma garota de doze anos.

A Filha das Trevas

— Eu não sei...

— Olha, quarto é o que não falta lá em casa. Por 40 pratas, você pode passar a noite em um. — E, diante da minha falta de resposta imediata, ela completou: — Você topa?

— Claro — falei com um suspiro, me entregando nas mãos da sorte e revirando os olhos para o nada. — Por que não?

O caminhão acelerou pelos escombros que restavam de Mandeville e entrou na antiga área dos pedágios no acesso à Ponte do Lago Pontchartrian. Havia uma luz mortiça numa das cabines, ocupada também por uma silhueta escura, envolta em sombras. Crank reduziu a velocidade. O homem, ou pelo menos o que parecia ser um homem pelo porte da silhueta, acenou nos dando passagem.

Apertei com força a minha maçaneta dos momentos *ai-merda* enquanto o caminhão passava por uma das pistas da ponte de vão duplo. A outra pista era intransitável — pedaços enormes de calçamento haviam caído, deixando somente os grandes pilares de concreto de pé, a maioria com ninhos de passarinho no topo.

Crank me lançou um olhar de esguelha com um sorriso astuto nos lábios. Ela pisou mais fundo no acelerador.

— Mais trinta e oito quilômetros para chegar... — cantarolou baixinho, saboreando a minha ansiedade com um prazer um pouco exagerado demais. Quando inclinou o corpo para mexer no rádio, seus olhos mal conseguiam avistar acima do painel. O caminhão começou a desviar perigosamente na direção da grade de proteção.

Minha mão continuava apertada na maçaneta, enquanto a outra segurava a caixa com força.

— Ahn... Crank?

O rádio ganhou vida em altos brados e ela endireitou o corpo, levando consigo o volante e nos jogando agora para o lado esquerdo, justo no trecho em que havia um pedaço da grade de proteção faltando. Sem perder o ritmo da música, Crank voltou a se acomodar na sua posição de motorista e conduziu devagar o caminhão de volta ao centro da pista.

Trinta e oito quilômetros de ponte — tirando os últimos eletrizantes que havíamos acabado de cruzar — estendiam-se numa linha quase totalmente regular sobre as águas tranquilas do lago. Trinta e oito quilômetros ao ritmo do *zydeco*, enquanto cada um dos músculos do meu estômago ficava dolorido de tanto se contorcer, e meus dedos endureciam em volta da bendita maçaneta. Quando alcançamos a terra firme, sentia como se tivesse acabado de fazer cem abdominais e de escutar *zydeco* o suficiente para uma vida inteira.

Crank seguiu pela região suburbana de Metairie, uma paisagem escura e silenciosa àquela hora da noite, com umas poucas luzes espalhadas a esmo, onde antes deveria haver milhares. Em seguida, pegou a Rota 61 para chegar à Washington Avenue. A via trocava de nome algumas vezes antes de cruzar com a St. Charles Avenue, no Garden District. Em vez de reduzir a velocidade, Crank arremeteu com vontade o caminhão no cruzamento, virando à esquerda para entrar na St. Charles. Não que isso fosse fazer alguma diferença: não havia mais ninguém na rua. À luz de uns postes esparsos que estavam funcionando, vi as linhas do bonde da St. Charles correndo paralelas ao asfalto.

O Garden District havia se transformado numa cidade semifantasma, um belo lugarejo perdido, onde os jardins outrora cuidadosamente podados haviam transposto suas cercas de ferro

A Filha das Trevas

fundido e dominado a paisagem num emaranhado de trepadeiras e ervas-daninhas.

Crank dobrou a esquina da First Street e foi como se nós tivéssemos voltado cem anos no tempo. Apesar da pintura descascando, das tábuas apodrecidas, das cercas quebradas e das muitas vidraças rachadas, faltando ou vedadas com tapumes, as casas postavam-se como honoráveis sentinelas de ambos os lados da rua, cercadas por antigos carvalhos adornados por xales cinzentos de barba-de-velho.

O caminhão virou mais uma esquina para entrar na Coliseum Street e então parou de repente, me jogando num voo para frente até o cinto de segurança se travar com um clique e me impedir de ser lançada através do para-brisa. Fui empurrada de volta para o assento com o coração aos pulos, enquanto Crank puxava a alavanca de marcha para o ponto morto, freava e desligava o motor.

Um resto de vibração remanescente ainda circulava no meu corpo depois das horas a bordo do caminhão roncador, e a sensação era de estar usando protetores de orelha que abafavam os sons ao redor.

— Lar, doce lar — anunciou Crank em voz alta. — Vamos lá.

Saltei com a caixa nas mãos e joguei a mochila por trás do ombro. Meus pés tocaram a terra firme. Tive um primeiro impulso de cair de joelhos no chão e agradecer a Deus por ter chegado viva, mas fiquei onde estava e precisei de um instante para reencontrar meu ponto de equilíbrio.

— É por aqui. — A voz da Crank ecoou na escuridão.

Avancei pela calçada quebrada e joguei a cabeça para trás a fim de examinar a sombra alta que pairava acima de nós. *Uau.*

A casa na esquina da First com a Coliseum se erguia no meio de uma selva de árvores e grama supercrescida, envolta numa cerca de ferro negro. Era alta e retangular, tinha dois andares com a pintura cor de malva desbotada, balaustradas de ferro batido rendado e arabescos, adornando a sacada dupla na entrada, além de venezianas pretas nas janelas amplas. Umas poucas luzes mortiças brilhavam através delas, abrandadas pelas cortinas escuras, pelo pó e pela sujeira acumulada.

A casa foi amor à primeira vista — pura beleza sombreada pelo tempo e pela decadência, mas ainda uma presença imponente. É, aquele era meu tipo de lugar.

Sentindo-me um pouco melhor com a decisão repentina de ir para Nova 2, segui Crank através do portão tomado pela trama espessa dos ramos de uma trepadeira de flores miúdas, brancas e perfumadas — a mesma que havia se enroscado pela lateral da casa até chegar à balaustrada do segundo andar. Uma luminária preta pendia do teto da sacada acima das nossas cabeças.

— Uma beleza, hein? — comentou Crank por sobre o ombro, enquanto abria a porta da frente.

— Você mora aqui?

— Moro. Bom, tecnicamente nós não somos os *proprietários*, mas como nunca apareceu ninguém para reclamar, a casa agora é nossa. O GD está cheio de outras casas desocupadas — GD é como chamamos o Garden District. As melhores logo foram tomadas pelo pessoal das invasões, claro, mas esta aqui não é de se jogar fora. Tem uns quartos piores do que outros, mas, de modo geral, é bastante boa. — Ela estendeu a mão. — Vinte pela carona e mais quarenta pelo quarto.

— Ah. Tudo bem. — Pousei minha mochila na entrada e comecei a catar a carteira lá dentro, puxando três notas de vinte que pus na mão que Crank mantinha aberta.

Então entramos num grande saguão com assoalho de madeira de lei e uma escadaria larga junto à parede — a parte de baixo dela se curvava levemente na direção da porta de entrada. A base da escada era em forma de leque, como mel derramado de um vidro. Uma corrente comprida presa ao teto do segundo andar tinha um grande lustre de ferro batido na ponta, tão fina e tão delicada que parecia a obra de alguma aranha mágica capaz de produzir fios metálicos. As paredes de ambos os lados do saguão se abriam em amplas passagens para os outros cômodos.

À direita ficava um imenso salão de jantar com uma mesa suntuosamente comprida e dez cadeiras de espaldar alto. Um afresco desbotado decorava o teto, e o papel cor de vinho e dourado das paredes estava igualmente desbotado e descascando em alguns pontos. Candeeiros negros cintilavam — tirando dois que não estavam funcionando — a intervalos regulares, por toda a volta do salão, e as duas janelas altas eram emolduradas por cornijas e pesadas cortinas antigas cor de vinho.

— Maneiro, hein? — Crank estava logo atrás de mim. — Nós chamamos de "A Cripta", porque parece saída do cenário de um filme de vampiros.

— Belo lugar — murmurei.

Algumas tábuas do piso estavam apodrecendo. Evitei pisar nelas, enquanto nos encaminhávamos para as escadas. O papel de parede do saguão tinha trechos faltando e estava tão descascado quanto o do salão de jantar, mas, como Crank havia dito, o lugar não era de se jogar fora. O interior, aliás, me pareceu tão lindo quanto a fachada da casa.

— Vou lhe mostrar seu quarto, primeiro.

Do outro lado do saguão, de frente para o salão de jantar, ficava a sala de estar. Ela ocupava todo o comprimento da lateral esquerda da casa. Pé-direito alto. Dois lustres empoeirados. E duas lareiras na parede do fundo, com um espelho de moldura dourada sobre cada consolo. Assim como o salão de jantar e, provavelmente, todos os outros cômodos da casa, tinha o teto emoldurado por sancas e decorações de gesso imponentes. Uma das janelas estava vedada com pedaços desencontrados de madeira e uns pregos.

— Você pode ficar no quarto em frente ao meu — falou Crank, já com o pé nas escadas. — Ah, e tome cuidado com o décimo sexto degrau.

Fui contando durante a subida para pular o número dezesseis, depois, enveredei atrás de Crank por um corredor amplo. Ela parou na primeira porta à esquerda e afastou-se para me dar passagem.

— Por aqui.

O quarto era escuro e tinha cheiro de madeira úmida. Quando Crank mexeu num interruptor, um lustre pequeno se acendeu acima de nós, pendendo de um medalhão de gesso no teto. O assoalho era de tábuas largas de madeira de lei, e havia duas janelas altas. Entrei pisando leve. O chão rangeu, mas suportou o peso.

— O seu quarto dá para o jardim lateral. O colchão estava mofando e nós jogamos fora faz tempo, mas posso lhe trazer meu antigo saco de dormir. A casa tem água encanada, mas, se fosse você, não me arriscaria a bebê-la. Usando só para se lavar e ir ao banheiro você não deve ter problema. O banheiro, aliás, fica naquela porta. Todos os quartos são suítes. A Novem usou toda a grana que tinha para consertar o French Quarter primeiro, mas, um dia, nós também vamos conseguir fazer as coisas no GD voltarem a ser como deveriam. Vou avisar ao meu irmão que você está aqui.

Crank já tinha sumido, antes que eu conseguisse me virar para agradecer, e lá fiquei eu no meio do quarto antigo com os olhos pregados na cama de ferro sem colchão, no tapete oval desbotado, na lareira de mármore e no consolo dela, que servia de apoio para uma coleção de velas em estágios diferentes de uso.

Acima da cabeceira da cama, um quadro a óleo mostrava uma mãe com duas crianças, e, nas laterais dela, havia castiçais de parede dourados que não pareciam estar funcionando.

Uma cômoda alta ocupava o canto do quarto, fazendo conjunto com a comprida penteadeira com espelho encostada na mesma parede da lareira. Caminhei até o móvel, atraída pela visão de um crânio humano aninhado num emaranhado de colares coloridos do *Mardi Gras* e usando uma cartola preta. E que parecia — engoli em seco — muito *verdadeiro*. Um charuto velho estava preso entre seus dentes. Mas não era só isso que o tampo da penteadeira guardava. Havia também um conjunto de espelho de mão e escova feitos de prata, um pequeno porta-joias e uma garrafa de vinho vazia com uma vela espetada no gargalo.

O espelho da penteadeira estava turvo e tinha uma rachadura no canto direito. O reflexo que devolveu meu olhar tinha um ar quieto e perdido. E quem era eu para contradizer isso? Nem em um milhão de anos, poderia imaginar que, um dia, passaria para o outro lado da Borda. Sim, havia gente que fazia isso — festeiros atrás das comemorações do *Mardi Gras*, turistas ou então cientistas interessados em estudar os relatos de ocorrências paranormais — mas, tirando esses, a maioria das pessoas comuns simplesmente não vinha para este lugar.

Fui até a janela e lancei um olhar para o jardim selvagem lá embaixo. O tronco gordo de um carvalho ocupava todo o canto esquerdo, mas a árvore estava soterrada por gavinhas e compridos rebentos de musgo cinzento. O gramado jazia debaixo de um tapete de folhas mortas e flores roxas miúdas. A estátua de um anjo com o rosto e as mãos erguidos para o céu, com uma asa quebrada, tinha sido parcialmente coberta por uma camada verde de líquen. Um arrepio percorreu minha espinha. Algo estava se mexendo debaixo do tapete de folhas.

— Trouxe gostosuras! — gritou uma voz lá de baixo. Passos e vozes ecoaram para além das paredes do quarto.

O rosto de Crank apareceu no vão da porta.

— Henri voltou!

Acomodei minha mochila e a caixa no chão perto da penteadeira e a segui escada abaixo, mas a visão do grupo reunido no saguão me fez estacar e ter que usar o corrimão de ferro para firmar o corpo.

Aquele que imaginei ser Henri trazia um saco enorme de laranjas. Crank e outros dois dos mais novos o cercavam. Ele devia ter a minha idade ou um pouco mais, porque havia uns pelos ruivos finos e espetados crescendo na linha do maxilar e no queixo. O cabelo sem corte era vermelho escuro e estava amarrado num rabo atrás da cabeça. Mas foram os olhos que me deixaram sem fôlego. Assim como os meus, eles não eram normais. A cor da íris se aproximava do castanho, mas parecia clara demais, amarela demais para ser normal. Ou seria só impressão?

Alguém rasgou o saco com uma faca e algumas laranjas quicaram pelo chão. Risos por todo o lado. Crank e os outros dois pequenos mergulharam no encalço das laranjas fujonas.

A Filha das Trevas

A menina menorzinha baixou o corpo, agarrou uma laranja e girou a cabeça até dar de cara com meu olhar. Ela tinha o corpo pequeno delgado, quase frágil, com olhos negros imensos sublinhados por olheiras escuras. O rosto era miúdo, oval e pálido, exceto pelo toque de rosa desmaiado nos lábios. O cabelo crespo e preto caía em cachos batendo abaixo do queixo. Pousada sobre o peito, presa ali por um cordão amarrado em torno do pescoço, ela trazia uma máscara dourada do *Mardi Gras*.

Os lábios da menina se abriram devagar num sorriso que revelou uma fileira de diminutos dentes brancos e as pontas muito distintas e muito pequenas de duas... presas.

Meu coração deu um salto. Desviei os olhos da garotinha depressa.

Cabeça no lugar, Ari.

O grupo lá embaixo silenciou. Todos de olhos fixos. Em mim. Meu coração ribombava. Lentamente, minha mão se soltou do corrimão e girei o corpo, subindo de volta aos tropeços.

O que eu tinha inventado de vir fazer aqui?

Nova 2 era um lugar bizarro. Eu já sabia disso desde o começo, mas...

Foi só quando já estava dentro do quarto e indo na direção das minhas coisas que ouvi a troca de sussurros entre eles, seguida, um instante depois, pelos passos escada acima.

— Crank contou que você está atrás de informações — disse Henri, o corpo apoiado no batente da porta e os braços cruzados.

Peguei a mochila.

— Não estou mais.

Ele entrou no quarto, balançando a cabeça.

— O que foi? Estava esperando algum hotel 5 estrelas? Um bando de adolescentes equipados com celulares e iPods, vestindo a última coleção da Abercrombie e Fitch?

Tive que me conter para não retrucar que iPods eram coisa do passado e a Abercrombie & Fitch tinha fechado as portas séculos atrás. Inclinei o corpo para pegar a caixa.

— Qual é a da pistola?

Merda. Endireitei o corpo ao notar que a 9 mm estava com o cabo para fora da minha cintura, aparecendo para quem quisesse ver.

— Ela é legalizada. — Mas não era.

— Não foi isso que perguntei.

Eu não estava nada a fim de fazer um relatório de por que havia ido até ali e qual era o motivo de estar armada. Aliás, o que ficava cada vez mais óbvio era que aquela história toda havia sido um tremendo erro da minha parte.

Henri estava bloqueando meu caminho. Por trás do ombro dele, dava para ver Crank e os outros pelo vão da porta, de olhos bem abertos e ouvidos atentos. Dei um passo atrás e fuzilei Henri com o olhar.

— Dá licença?

Depois de um silêncio breve e tenso, ele ergueu as mãos e chegou para o lado.

— Tudo bem, como quiser. Só não sei como você vai voltar para a Borda sem ter carona. Boa sorte na missão de achar um táxi ou o ônibus da Greyhound. — Os outros deram risada.

Reagi com um sorriso torto.

— Valeu. — E passei zunindo por ele, enquanto os outros três sumiam de vista. Estava sendo dramática e idiota, e sabia disso, mas os dentes daquela garotinha... os olhos do Henri... Eles me tocavam fundo demais, lembravam demais a minha própria esquisitice, e era daí que vinha a vontade de fugir que sempre tomava conta de mim nessas ocasiões.

As solas das botas faziam barulho contra o piso na corrida escada abaixo, enquanto eu, com o cuidado de evitar o degrau quebrado, tentava imaginar por que havia achado que isso tudo poderia ser uma boa ideia, para começo de conversa. Tudo o que eu queria era descobrir mais coisas sobre a minha mãe e, uma vez estando em Nova 2 e tendo acesso às fichas do hospital, talvez descobrir o nome do meu pai. Só isso, um nome e pronto. Dar de cara com uma história de família pra valer seria uma surpresa genial, claro, mas eu era esperta o suficiente para saber que querer isso seria sonhar alto demais.

E *deveria* ter sido esperta também para ficar longe de Nova 2 e esperar, como havia prometido a Bruce e Casey, que os dois chegassem para entrar na cidade comigo. Mas, em todo caso, meus planos nunca tinham incluído receber uma carta maluca da minha mãe, e muito menos ser atacada por um estrangeiro esquisitão que virou fumaça.

Já estava no saguão e a meio caminho da porta, quando ela se abriu e um outro cara apareceu.

Ele vinha de cabeça baixa, um cacho de cabelo preto azulado tapando o rosto. Uma das mãos segurava a alça de uma mochila velha, enquanto a outra se estendia para trás para puxar a maçaneta. Alto. Um metro e oitenta e cinco, talvez. Usava um jeans surrado, botas pretas e uma camiseta velha do Iron Maiden, que o tempo havia desbotado para um tom de cinza suave. No pulso esquerdo, havia um bracelete de couro escuro com uma faixa de prata incrustada.

Congelei. Feito uma retardada completa.

A cabeça dele se ergueu, e fui apresentada ao par mais impressionante de olhos cinzentos que já vira na vida. Minha visão periférica captou a imagem da mochila dele escorregando lentamente do ombro para o chão.

Minha boca ficou mais seca que papel, seca demais para conseguir engolir. O calor tomou conta do meu rosto e da base da coluna. O traço severo das sobrancelhas negras lhe dava um ar ligeiramente sinistro, mas elas contrastavam drasticamente com os olhos sensíveis emoldurados por uma cortina de cílios como se fossem desenhados com pincel. E ele tinha um belo rosto, que eu apostava que seria capaz de passar de poeta a valentão, dependendo do humor de seu dono. Os lábios eram tingidos naturalmente num tom mais escuro que os da maioria das pessoas, e eles se apertaram, enquanto os olhos continuaram a se estreitar. O maxilar despencou. Dei um passo para trás tomada por uma sensação estranha, como se ele conseguisse enxergar dentro de mim, como se soubesse o que eu era.

— Eles já estão atrás de você, sabia?

Quatro

Um bolo fechou minha garganta, e a primeira imagem que me veio à mente foi a do maluco da faca. Mordi a parte de dentro da bochecha com tanta força que a pele se partiu, liberando na língua o sangue quente e com gosto de ferro.

— Quem está atrás de mim?
— A Novem.
— Sei — respondi, começando a juntar as pontas da história. — Eles já tentaram me matar uma vez. E não vou deixar que tenham uma próxima chance.

Ele franziu o cenho.

— A Novem não quer matar você.

Crank deu a volta por trás de onde eu estava e pulou no tampo da mesa comprida encostada à parede, sentando ali com os pés para fora.

— Ele tá falando a verdade.

Sacudi a cabeça, sem entender nada.

— Como você pode saber disso?

— Porque o Sebastian é meu irmão e sabe de tudo o que acontece em Nova 2. Porque é o *trabalho* dele saber.

Ergui uma sobrancelha para o cara, esperando ver, pelo menos, um gesto de anuência da parte dele, mas a reação foi o silêncio.

— O Bas trabalha para a Novem. É pago por eles para transmitir recados, conseguir informações, esse tipo de coisa. — Crank torceu a boina para trás. — Mas, então, Ari, quem é que está atrás de você de verdade? Isso tem alguma coisa a ver com aquela espada suja de sangue na sua mochila?

Deixei minhas pálpebras se fecharem devagar e contei até cinco. Eu tinha acabado com a vida de um homem. Tinha visto ele desaparecer. Uma garotinha gótica naquela casa tinha *presas* na boca. E agora era possível que a Novem estivesse atrás de mim. Eu estava decidida a continuar trabalhando no campo do "possível" para esse item, não importando o que Crank tivesse a dizer.

Como é que eu tinha conseguido me meter naquela confusão? Não, a confusão afinal não era *minha*, e sim da minha mãe. E eu já não estava tão certa quanto àquela conversa de querer saber a verdade. Puxei o celular do prendedor que ficava na cintura. Bruce viria me buscar. Ele podia até ficar fulo da vida ao ser informado da história toda, mas certamente viria.

— Celulares não funcionam em Nova 2 — disse Henri às minhas costas.

Chequei o visor. Sem sinal.

— Tudo bem. Tem algum telefone fixo ou telefone público por aqui que eu possa usar?

— Novatos — deixou escapar um garoto mais ou menos da idade da Crank, que sentara num degrau para descascar sua laranja.

A Filha das Trevas

A aparência dele era tão esquisita que me distraiu a atenção por um instante. Pele marrom clara. Olhos verdes. E um penteado afro curto num tom loiro escuro. Até as sobrancelhas do menino eram loiras.

— A menos que você tenha grana ou os contatos certos, nada de telefone ou de internet. Nada além de água encanada, eletricidade e entrega de correspondência — explicou Henri. — Bem-vinda a Nova 2.

— Ari nasceu no Hospital Charity, e está querendo encontrar esse registro. Você pode dar uma mão a ela com isso, não pode, Bas? — perguntou Crank ao irmão.

Sebastian pegou a mochila do chão, evitando meu olhar.

— Não. É melhor ela voltar para casa. — E subiu as escadas.

Crank estalou a língua, e ninguém mais disse uma palavra. O único som no ambiente eram os passos sem pressa de Sebastian escada acima. Ainda parada na porta, dei uma olhada de relance na direção da escadaria, sem acreditar que estava prestes a correr atrás do Senhor Simpatia e Prestatividade.

Subi os degraus aos pulos, alcançando-o lá no alto.

— Ei, espere um instante. — Ele parou, virando um pouco para trás. — Olha, se você sabe mesmo de alguma coisa... tipo, por que essa gente está atrás de mim...

Do alto do meu um metro e setenta e dois, eu não era tão mais baixa assim que Sebastian, mas aqueles olhos de céu de tempestade dele me faziam encolher. O cara ficou impassível. Lançou uma olhada rápida para os outros, a essa altura, reunidos na metade da escadaria. A boca travou e o olhar endureceu. Ele inclinou o corpo para frente e a voz saiu bem baixa.

— Ligaram para a Novem há algumas horas com a sua descrição e o seu nome... e o recado foi passado a todos os mensageiros e a todo mundo que trabalha para eles — praticamente a população inteira desta cidade: a ordem era achar você.

O Dr. Giroux. Só pode ter sido ele. Mas por quê?

— E você trabalha para eles.

— Só querem ver você. Ninguém falou nada sobre fazer qualquer coisa de ruim, eu nem sei que papo de espada é esse que a Crank falou. E, sim, eu trabalho para eles. O que não significa que sempre obedeça às ordens.

Ele marchou corredor adentro e desapareceu num quarto lá no final.

Uma onda de exaustão tomou conta de mim. Meus ombros despencaram. Eu podia sentir o olhar dos outros me sondando lá de baixo, e mais do que qualquer outra coisa queria que me deixassem sozinha para recuperar as forças e conseguir pensar direito, para digerir todas aquelas coisas que haviam acontecido até ali. A decisão precipitada, ou desejo — chamem como quiserem — de cair fora, não iria ajudar em nada. Estava escuro. Precisava de um lugar para ficar. A estadia ali já estava paga. Pelo visto, era assim que as coisas seriam.

De volta ao quarto, peguei a caixa e me sentei com ela no tapete diante da lareira. Mas o barulho dos passos no corredor deixou claro que privacidade era algo que não existiria tão cedo naquela casa.

Crank, com o garoto de aparência esquisita e a pequena das presas — que agora estava efetivamente *usando* a máscara dourada do *Mardi Gras* — irromperam porta adentro. Sentaram-se em círculo no tapete. O garoto se inclinou para a lareira e estalou os dedos em cima da lenha. Que ardeu instantaneamente.

A Filha das Trevas

Ele manteve as mãos sobre o fogo, por um tempo, para aquecê-las, antes de se voltar para o restante do grupo.

— Nada demais, é só um truque — falou, ao perceber minha boca aberta. — O que tem na caixa?

— Sei, só um truquezinho esquisito. — Era mais fácil acreditar nisso do que na outra hipótese. — Umas coisas da minha mãe.

Um tambor ecoou vindo de algum lugar mais para o fundo do corredor. E ecoou outra vez e mais outra, até que um ritmo começou a se delinear. As paredes e o piso vibravam. O andamento, então, começou a acelerar numa batida ligeira, enfurecida e boa demais, que penetrou minha pele até os ossos, encontrando o caminho do coração e acompanhando o seu ribombar.

— É o Sebastian — disse Crank. — Ele costuma tocar quando fica mal.

Eu não precisava perguntar o significado disso. Conhecia essa coisa de ficar mal tão bem quanto qualquer outra pessoa. Ao fundo, conseguia distinguir uma melodia e os vocais muito fracos, e percebi que ele devia estar tocando para acompanhar alguma coisa no rádio ou um CD. E, fosse lá o que fosse, o resultado era algo que podia fazer você se levantar e dançar ou, então, deitar no chão, fechar os olhos e chorar.

À medida que as chamas cresciam na lareira, sombras começaram a dançar nas paredes e acima do tampo da penteadeira onde estava o crânio, que agora parecia sorrir para mim como se soubesse de alguma coisa que eu não sabia. A luz do fogo fazia as contas coloridas e o cetim negro da cartola brilharem. *Isso aí precisa de um nome*, pensei, me perguntando se o mais assustador era o crânio ou a garotinha que mantinha os olhos negros luminosos pregados em mim, através da máscara dourada.

— Esse aqui é o Dub — apresentou Crank, voltando-se para o garoto, — e essa é a Violet. Ela não é muito de falar.

Violet ainda estava com a laranja aninhada entre as mãos, erguendo-a, de vez em quando, até o nariz minúsculo para sentir seu cheiro. Os olhos redondos, porém, não desgrudavam de mim. A aparência era de uma estranha boneca gótica do *Mardi Gras*. E, por algum motivo, a visão dessa menininha esquisita começou a me comover. Ela não devia ter mais do que dez anos.

— Acho que ela gostou da sua tatuagem — falou Dub, tamborilando os dedos na calça cáqui. — Você também é *doué*?

— Eu sou o quê?

— *Doué*. É o jeito fresco que a Novem arrumou para chamar as aberrações. Os esquisitos. Você sabe... *nós* — explicou ele de um fôlego só. Tudo em Dub era pura energia nervosa. Algumas partes do corpo dele não paravam quietas nunca. — A bizarrice da Violet são os dentes. O Henri tem os olhos. Eu, os truques. E a Crank tem...

— Nada — interveio ela frustrada. — Eu sou a normal do bando.

— É, mas não tem ninguém que consiga fazer as coisas funcionarem como você consegue — ponderou Dub. — E — pôs uma das mãos sobre o coração e estendeu a outra, como se fosse começar a fazer uma serenata para a garota —, depois que deu um jeito de consertar a nossa geladeira, você *manda* nesta casa de aberrações.

Crank baixou a cabeça e revirou os olhos, mas dava para notar que tinha ficado feliz com o elogio.

— E seu irmão Sebastian? — perguntei. — Ele é normal também? — *Além de ser um imbecil convencido e um percussionista genial, claro.*

— Sebastian não gosta de falar dessas coisas. Mas ele lê as pessoas, sabe como é? Sente o que elas sentem. Às vezes, até demais.

Os tambores continuavam, mas não tão hipnotizantes quanto antes, nem tão ligeiros. Agora era um ritmo regular, contínuo, cheio de emoção. Não havia outro jeito de descrevê-lo. Não era só uma batida ecoando pelo corredor, era mais do que isso.

— Mas, e você? — perguntou Dub mais uma vez, numa voz mais calma. — Porque você parece bem estranha e tudo mais.

— Puxa, valeu.

— Bom, tem essa tatuagem aí na sua cara, seu cabelo é branco, e seus olhos são meio diferentes. — Ele deu de ombros. — Você *bem que poderia* ser *doué,* foi só isso que eu quis dizer.

— Vai ver que ela também não gosta de falar dessas coisas — disse Crank, me lançando um sorrisinho. Devolvi o sorriso e depois baixei os olhos para as mãos. Era verdade; eu não gostava de falar nesse assunto. Nunca fazia isso. E sair me abrindo com os outros de repente não era algo que estivesse nos meus planos.

— Caraca — falou Dub. Virei para trás a tempo de vê-lo puxar a faca da minha mochila. — E tem sangue nela e tudo!

— Me dá isso! — Caí de joelhos no chão, arrancando o punho da adaga e, em seguida, a mochila, das mãos dele.

— Tá. *Foi mal.* — Ele voltou a se sentar, agindo como se eu tivesse me alterado demais por conta de alguma bobagem. Mas não era bobagem. Ele não tinha nada que mexer nas minhas coisas. Não mesmo.

Voltei a enfiar a lâmina na mochila torcendo para o sangue já estar seco àquela altura e não ter manchado as minhas roupas.

Boa, Ari. Eu devia ter pensado nessa possibilidade, antes de enfiar o troço ali, para começo de conversa.

— Olha, só quero que fiquem longe das minhas coisas, tá bem? É só o dia amanhecer, que sumo da vida de vocês.

— Posso tentar falar com o Bas outra vez — disse Crank. — Tenho certeza de que ele vai ajudar você lá no hospital, e...

— Desculpa, Crank, mas não quero a ajuda dele.

Ela cutucou o braço do Dub e eles se levantaram. Violet ficou onde estava, então, Crank estendeu a mão e a puxou pelo braço.

— Anda, Vi.

A menininha morena sibilou para Crank como uma cobra, mas levantou do tapete e foi com os outros.

Depois que Crank voltou para me trazer o saco de dormir, fiquei esperando até o silêncio tomar conta do espaço para além da porta do meu quarto, um silêncio quebrado apenas pelos estalos e rangidos naturais da casa.

Pegando duas velas altas do consolo da lareira, eu as acendi nas brasas do fogo, que ainda estavam vermelhas, e as coloquei no chão à minha frente. Sozinha, enfim. Sem interrupções. Sem crianças. Sem tambores. Nada para me distrair. Apesar de, lá no fundo, saber que, de qualquer maneira, havia precisado desse tempo todo para tomar coragem de ver o que mais a caixa me reservava.

Respirei fundo e abri, primeiro, os dois porta-joias pequenos. Em um, havia um anel de prata com uma inscrição em grego gravada em toda a circunferência interna. De prata bem polida, lindo e simples. Eu o coloquei na mão direita, no dedo anular.

A Filha das Trevas

Serviu perfeitamente. A outra caixinha guardava um medalhão gasto, tão gasto que era difícil distinguir a imagem que havia na frente ou as palavras inscritas junto à borda. Talvez fosse um sol, não tinha certeza. Pus o medalhão de volta na caixa e, então, pesquei nela um recorte de jornal com a notícia sobre uma mulher decapitada em Chicago, que deixara uma filha pequena, Eleni, sem mais ninguém no mundo. Meu coração deu um tranco. *Cacete.* Eleni era o nome da minha mãe, e isso queria dizer que a tal mulher podia ser minha avó.

O item seguinte era uma carta desbotada escrita para a minha mãe.

Querida Eleni,

Se está lendo esta carta, é sinal de que não tive sucesso, como já aconteceu com tantas que vieram antes de mim. Falhei com você.

Ao crescer e se tornar adulta, você vai entender que é diferente das outras mulheres. Todas nós somos. Nenhuma mulher de nossa família, até onde pude pesquisar, jamais sobreviveu ao aniversário de vinte e um anos. E todas nós deixamos uma filha ao partir. Parece que é esse caminho que o destino nos reservou, e ele sempre se repete.

Com você não será diferente. A menos que encontre um jeito de cessar essa maldição. Minha mãe se matou quando eu era bebê. Ela me deixou sem nada, mas, depois, eu soube que a mãe dela, e a mãe da mãe dela, também haviam morrido da mesma maneira.

E logo vou partir também. Estou sentindo nos ossos, debaixo da pele. Minha hora está chegando. Eu tentei, já falei com gente de muitas seitas diferentes, com curandeiros e padres, mas a maldição continua comigo do mesmo jeito que seguirá com você. Só que me recuso a ceder à loucura. Eu me recuso. Não vou me render a esse impulso de acabar com tudo. E, talvez, isso em si baste para quebrar a maldição.

Encontre a cura, Eleni. Detenha essa loucura que há dentro de nós. Queria que tivéssemos mais tempo juntas...

Sempre estarei com você.

Sua mãe.

As lágrimas me ardiam os olhos e minha garganta fechou. Dobrei a carta com cuidado e pus de volta no envelope. Não estava querendo acreditar, mas, lá no fundo, eu sabia. As palavras eram verdadeiras. O destino havia levado a melhor com todas elas, e agora tinha chegado a minha vez. Uma gota morna molhou meu rosto, mas eu a sequei logo.

Que se dane.

Eu não iria morrer *e nem* ficar grávida durante os próximos três anos e meio. Essa coisa, essa maldição ou o que quer que fosse, se encerraria comigo. A notícia recortada sobre a decapitação da minha avó dizia que alguma coisa fora atrás dela para matá-la, depois que ela havia se recusado a ceder à loucura e a cometer suicídio. E alguma coisa viera atrás de mim também no estacionamento do hotel — meio cedo demais para o aniversário de vinte e um anos, claro, mas com a intenção de acabar comigo.

A Filha das Trevas

Esfreguei as duas mãos no rosto.

Não tinha informações suficientes. As únicas coisas que sabia ao certo eram que eu era diferente — disso eu soubera a vida toda —, que alguma *coisa* tentara me matar, e que as mulheres da minha família eram vítimas de algum tipo de maldição, todas elas mortas aos vinte e um anos.

Vinte e um. A porra dos vinte e um.

Apoiei o queixo no alto do triângulo que formara com as mãos, tentando encontrar um pouco de calma e rumo no meio do caos em que minha vida havia se transformado numa única noite. Eu acabara matando a criatura que tinha ido atrás de mim. Talvez só isso já tivesse bastado para quebrar a maldição.

A hipótese era pouco provável.

Mas... estava aqui agora. Em Nova 2. A única coisa razoável a fazer era tentar descobrir mais sobre minha mãe, meu pai, e por que a Novem estava querendo me ver. Ou me fazer mal.

Um dia só. Eu me daria um dia.

Despertei com hematomas nos cotovelos, a testa dolorida e as costas travadas. E, se o vermelho por trás das pálpebras estivesse certo, com uma nesga de sol vazando pela janela. Apertei as pálpebras, quando uma sombra bloqueou a luz. As tábuas do assoalho rangeram. Abri os olhos.

Todos os meus músculos se congelaram. Eu estava cara a cara com os olhos azuis de um crocodilo branco em miniatura.

— Pascal, essa é a Ari — sussurrou um fiapo de voz feminina.

Era Violet — de joelhos, inclinada sobre o saco de dormir, uma máscara cor de vinho incrustada de joias empurrada no alto da cabeça —, segurando um pequeno crocodilo branco bem em frente a meu rosto. Uma mordida dele e meu nariz já era.

Prendi a respiração, com medo de bafejar na pele leitosa.

Até que Violet se sentou e puxou o animal para beijar-lhe o focinho.

— Muito bem, Pascal — sussurrou ela, colocando-o no chão para, em seguida, baixar a meia-máscara e cobrir o rosto. Os cantos terminavam em pontas retorcidas adornadas com duas plumas minúsculas.

Pascal bamboleou para longe e saiu do quarto.

Soltando a respiração, ergui o corpo sem saber o que dizer para a excêntrica garotinha, que agora havia voltado a me encarar. As mãos muito pequenas e brancas estavam abertas sobre os joelhos, e o vestido negro que usava parecia, um dia, ter sido o traje de passeio de uma mulher adulta. Violet vestia uma meia-calça por baixo, ou, talvez, fosse um par de meias três-quartos de gente grande, mas, de qualquer forma, meias que desapareciam sob a bainha do vestido. Nos pés, mocassins de menino um número maior do que deveriam ser.

— Aquilo era o seu crocodilo? — Olhei de relance para a porta, querendo ter certeza de que Pascal não decidira voltar.

— Pascal não é de ninguém. — Violet inclinou a cabeça. — Ele gostou do seu cabelo. É igual à pele dele.

Sem pensar, ergui a mão para esconder atrás da orelha uma mecha que tivesse se soltado, esquecida de que havia desfeito o coque antes de ir deitar. O que eu queria fazer mesmo era juntar o cabelo todo e esconder atrás dos ombros, mas, por algum motivo, não quis que a menininha pensasse que aquele era um tema delicado. Então ele ficou solto, caindo num véu dos dois lados do rosto, e com as pontas aninhadas no meu colo.

— Ele gosta dos meus dentes. São iguais aos dele — disse Violet, os olhos grandes piscando através das aberturas da máscara.

Fiquei imóvel, quase congelada.

— Por que seus dentes são desse jeito, Violet? — Meu corpo se retesou, torcendo para que a pergunta não despertasse sua fúria e a fizesse vir para cima de mim no melhor estilo menina-esquisita-com-presas-afiadas.

— Para comer coisas, é claro. — A cabeça inclinou. — Você é diferente. — Então, pôs-se de pé e saiu com passos silenciosos, apesar dos pesados sapatos pretos que calçava.

Fiquei olhando a menina desaparecer de vista, um pouco confusa e desconcertada pelo tamanho do fascínio que ela despertava em mim. Um fascínio que tinha a ver com algo mais do que as máscaras ou os dentes pontiagudos. Violet amolecia alguma coisa dentro de mim, como se algum tipo estranho de instinto de irmã mais velha ou materno estivesse sendo despertado aos poucos. Imaginei que devia ser a mesma sensação que Casey e Bruce tinham tido ao me encontrar pela primeira vez — era simplesmente um vínculo inexplicável, uma necessidade de tomar conta. Balancei a cabeça. Isso não importava. Eu iria cair fora daquele lugar esta noite.

Já ia desviar o olhar para longe da porta, quando Sebastian passou por ela, girando a cabeça. E o passo hesitante deixou claro que não esperava me ver sentada ali.

Meu estômago deu um salto. O calor fez as bochechas pinicarem. Os olhos cinzentos dele me sugavam como duas poças hipnotizantes de mercúrio líquido. *Claro, sua tonta, só que acontece que mercúrio é veneno.*

Mas não era para mim que ele olhava, notei; estava olhando para meu cabelo. Do mesmo jeito que todo mundo fazia.

Pareceu durar uma eternidade, embora os olhos tenham levado só um segundo ou dois para voltarem a baixar, e os passos seguirem seu caminho.

Pisquei, espantando o atordoamento, juntei depressa os cabelos e comecei a retorcê-los, enquanto me punha de pé e ia atrás dele.

— Sebastian!

Ele parou no meio das escadas, tudo na sua linguagem corporal gritando relutância diante da minha aproximação. Sem reduzir o passo, arrumei o cabelo num nó, tentando ignorar o fato de que o sujeito me fazia sentir pouco à vontade ao extremo.

Dois degraus acima de onde ele estava, deixei os braços caírem dos lados do corpo.

— Escuta, estou sabendo que você não me quer por aqui, mas... sobre aquela história da Novem, você acredita mesmo que a intenção deles não é fazer nada de mau comigo?

Um dos cantos de sua boca quase se ergueu no que poderia ter sido um sorriso. Ou uma careta de escárnio.

— É, acredito — foi a resposta.

Mordi o lábio, tomando uma decisão rápida.

— Se você me ajudar com as informações que vim buscar, eu o acompanho, voluntariamente, para me apresentar à Nov...

A porta da frente se abriu com toda força, batendo contra a parede e fincando a maçaneta no revestimento de gesso.

Violet surgiu do lado oposto, parando assim que adentrou o saguão com Pascal debaixo do braço, e três rapazes irromperam casa adentro.

A Filha das Trevas

Eram todos da mesma faixa etária — fim da adolescência, vinte e poucos anos. O sujeito do meio lançou um olhar para Violet, sacudindo a cabeça.

— Bem-vindos ao Lar dos Desajustados.

Os amigos riram, enquanto ele ergueu os olhos para as escadas.

— Tem gente nova na turma? — O foco da atenção pulou de Sebastian para mim. — Benzinho, era capaz de você se dar melhor lá fora no pântano do que com esse bando de fracassados.

— O que você quer, Ray? — A mão do Sebastian apertou o corrimão com tanta força que as juntas dos seus dedos embranqueceram.

Dei mais um passo para baixo no momento em que Dub chegou do salão de jantar, arrastando os pés e com uma laranja na mão. Ele já estava pronto para descascá-la quando Ray a tomou da mão do garoto.

— Ei!

O rapaz atirou a fruta no chão.

— Qual é o problema, Dub? Seu mesticinho de merda.

— Vá se foder, Raymond.

E Ray avançou em Dub.

Os segundos seguintes pareceram se desenrolar em câmera lenta. Violet deixou Pascal no chão, puxou a máscara por cima do rosto como que se preparando para a batalha e, então, arremessou o corpo miúdo contra Ray. Ela o atacou como um polvo, com braços e pernas enroscados no tronco dele. Os dentes afiados se cravaram em cheio no bíceps. Ele soltou um grito agudo, tentando afastá-la de si. Um certo espaço se abriu entre os dois, mas as pernas e as mãos da Violet continuavam bem agarradas. Ele começou a xingar em francês e investiu novamente contra a garota, desta vez, lançando o corpo miúdo dela para o outro lado do saguão. Violet bateu no chão e foi escorregando pelo assoalho liso do corredor.

Alguma coisa dentro de mim se rompeu.

Passei pelo Sebastian e voei escada abaixo, enquanto Dub e Crank corriam para junto de Violet. Ela se levantou sem ajuda, limpou o sangue da boca e do queixo e disparou para os fundos da casa até sair no jardim. Avistei num relance a menina mergulhando para baixo das folhas mortas, antes de me voltar, outra vez, para Ray.

A adrenalina inundava minhas veias, impulsionada pela fúria. Nada me tirava mais do sério do que ver uma criança ser machucada — eu sabia na pele o que era passar por isso.

— Por que não experimenta fazer a mesma coisa comigo? — E, melhor ainda, mandei ver num soco que bateu em cheio no queixo do sujeito.

A sensação de dor que se espalhou das juntas dos dedos para a minha mão foi gostosa. E quando os dois amigos se adiantaram para ajudar, caí dentro da luta com vontade.

Venham mesmo, seus babacas.

Quando o primeiro amigo veio para cima de mim, dei um giro de corpo e agarrei seu braço por cima do meu ombro, jogando-o em cheio no chão. No instante em que caiu, o bafo do outro soprou na minha nuca. Meu olhar encontrou o do Sebastian. Os olhos dele estavam sorrindo para mim, me desafiando, vendo do que eu seria capaz. Abri um sorriso cruel quando o segundo sujeito me agarrou pela cintura. Lancei a cabeça para trás, me preparando para absorver o impacto do crânio contra o rosto dele. O sujeito soltou um gemido. A dor foi bem maior para ele do que para mim. Com mais um giro, dei-lhe um chute bem na barriga. Ele despencou ao lado do amigo.

Dei um passo atrás para inspecionar o resultado, sentindo meu coração aos pulos.

Dub deixou escapar um assovio, de algum lugar às minhas costas. Mas a minha atenção não desgrudava do Ray. Ele era o único que *não* estava no chão, e que, portanto, continuava representando uma ameaça.

— Sua vadia de merda! — grunhiu, com uma mão segurando o ombro ensanguentado e a outra esfregando o maxilar. O rosto agora ganhara um tom mais pálido do que o que tinha ao chegar.

Abri um arremedo de sorriso e ergui o dedo do meio com vontade. Um rubor tomou conta da pele do sujeito, e os lábios recuaram de leve como se estivesse prestes a mostrar os dentes.

Sebastian surgiu a meu lado.

— Ela é minha — disse, numa voz calma. — Eu a encontrei primeiro.

— Sei, e você sempre tem que bancar o heroizinho, não é, Lamarliere? — Ray cuspiu no chão, enquanto os amigos enfim conseguiam se pôr de pé. — Pois é melhor levar a garota logo de uma vez. Caso contrário a *Grandmère* vai começar a desconfiar de algo.

Depois que os três saíram, Dub foi soltar a maçaneta do revestimento de gesso para conseguir fechar a porta, enquanto eu partia para cima do Sebastian.

— Eu sou *sua*? Que brincadeira foi essa?

— O Ray também trabalha para a Novem. Ele só estava tentando encontrar você primeiro. Alguém deve ter visto quando Jenna a trouxe para cá.

— Jenna?

— Crank. — Ele se calou. Quatro segundos passaram. — Vou ajudar você a encontrar os registros no hospital. — E, em seguida, saiu andando para a parte de trás da casa.

Então tá.

Depois de respirar bem fundo — certamente precisaria fazer isso muitas vezes, se é que ia mesmo ter que lidar com o Senhor Personalidade — segui atrás dele por uma série de portas de folha dupla até chegar ao jardim dos fundos. Dub e Crank estavam sobre as lajes cobertas de musgo do pátio, olhando para um calombo no meio das folhas. Apesar de ser inverno, a umidade havia tomado conta do bairro e deixara o jardim mais parecido com uma selva, úmido, rescendendo a terra molhada, a folhas apodrecendo e àquelas flores brancas de perfume marcante que haviam escalado a lateral da fachada.

— Vi, ele já foi embora. E você perdeu o showzinho de luta *incrível* que a Ari armou para nós. — Dub sublinhou suas palavras com alguns socos no ar e um encontrão num oponente imaginário. — Anda logo, Vivi. Você me defendeu. Aparece aqui fora para eu poder agradecer pessoalmente.

Dois olhos negros piscaram debaixo das folhas. Deslizei o corpo mais para junto de Sebastian, enquanto Crank conversava com Violet.

— Qual é a dela, afinal? Que projetos de dentes de vampiro são aqueles?

— Ela não é uma vampi — retrucou com um riso sem som. — O Dub a encontrou no pântano ano passado. Estava vivendo sozinha na casa-barco de um caçador de peles. Ele alimentou a garota por três meses, antes de conseguir trazê-la consigo. Ela entra e sai da casa quando bem entende, e tem umas fixações esquisitas tipo as máscaras e as frutas. Embora não coma nenhuma delas, nunca.

Minhas sobrancelhas se ergueram e balancei para trás sobre os calcanhares.

— Então você *é mesmo* capaz de falar mais de uma frase por vez!

Ele me olhou de relance e franziu o cenho.

— Anda, temos que ir. Violet vai sair quando estiver pronta para isso.

Cinco

— É BONITO AQUI — COMENTEI, OLHANDO ABSORTA A PAISAGEM do Garden District, enquanto caminhava ao lado de Sebastian na direção da St. Charles Avenue. A única reação dele foi um grunhido. Não era minha intenção ter dito isso em voz alta, ou partilhado qualquer coisa com ele. Já estava óbvio que o sujeito não tinha qualquer interesse pela arte da conversação.

Não que isso fosse fazer diferença; de qualquer forma, eu também não era exatamente conhecida pelo meu traquejo social.

E então tratei de acertar o ritmo com o passo do meu guia e de guardar os pensamentos para mim mesma, tomando cuidado com as rachaduras no calçamento e com os galhos baixos das árvores, que se esgueiravam para fora das cercas, arriados sob o peso do musgo ou das gavinhas sobre eles.

Se alguém tivesse o poder de penetrar fundo a minha alma e, depois, decidisse criar a cidade que fosse se encaixar melhor nela, essa cidade seria igualzinha ao GD. A sensação de fazer parte daquele lugar era diferente de tudo o que já havia sentido em qualquer outra parte do mundo. Talvez fosse porque era o lugar onde nasci, e porque eu sabia que minha mãe tinha vivido ali, mas, de alguma maneira, parecia ser mais do que isso. Era uma coisa ligada à atmosfera emocional do lugar, o ar de abandono, a ligeira decadência vista por toda parte, o vigor selvagem das plantas e das árvores, a aparência assombrada que se agarrava aos antigos casarões majestosos e os cantos escuros onde a luz nunca conseguia chegar — nas profundezas de jardins perdidos, pelos terrenos baldios, por trás de janelas vedadas. Uma coisa que estava até nos desajustados que tinham feito desse lugar o seu lar. Que estava na Violet, no Dub, no Henri e na Crank. E estava também em Sebastian, pensei, dando uma olhada nele e em seus cabelos negros, olhos taciturnos e lábios vermelho-escuros. Era a liberdade de viver num lugar que não estava nem aí para o que quer que você fosse, porque ele mesmo era diferente também.

Mas nem tudo no GD era só abandono. Passamos por uma casa que abrigava um bando de jovens de vinte e poucos anos com jeito de artistas. Um sujeito estava na sacada dedilhando, no violão de doze cordas, uma melodia espanhola romântica, enquanto uma mulher de turbante pintava sua tela num cavalete de pintura. Da janela aberta, vinha o som de vozes e das batidas de um martelo na madeira. Havia outra pessoa deitada numa rede velha pendurada entre duas colunas, um baseado espetado no "V" indolente formado pelos seus dedos.

O cara do violão olhou para nós e cumprimentou Sebastian com um aceno de cabeça.

Mais algumas casas e atravessamos a St. Charles Avenue para esperar o bonde.

— Hospital Charity, é isso?

— Isso. Você acha que vamos ter algum problema para conseguir acesso à minha ficha?

Sebastian deu de ombros, passando os dedos pelo cabelo que ficou todo desgrenhado.

— Não deve ser tão complicado.

— Você conhece alguma família Selkirk vivendo aqui em Nova 2?

O bonde veio na nossa direção, enquanto Sebastian balançava a cabeça e pegava o dinheiro no bolso.

— Custa um dólar e vinte e cinco.

— Ai... droga. — Larguei a mochila no chão e abri o zíper do bolso da frente para catar uma nota de dois enquanto o bonde parava.

Sebastian já estava subindo. Eu corri para fazer o mesmo, paguei a passagem e depois me sentei no banco de madeira ao lado do dele, nós dois separados apenas pela largura do corredor.

Seguimos em silêncio, os únicos passageiros no bonde, até que Sebastian deslizou para o meu banco e me pegou de surpresa. Fugi mais para junto da janela.

— Mas, então — começou ele em voz baixa, os olhos grudados no condutor —, você não quer me falar mais sobre o cara que tentou matá-la?

Nossos ombros estavam se tocando, e eu tinha que fazer um esforço consciente para não respirar muito fundo porque o cheiro dele era bom demais.

— Na verdade, não. — Meu olhar passeava do lado de fora da janela.

— Você acha que ele era de Nova 2?

Franzi o cenho.

— Sei lá. O cara agia como se vivesse em outro planeta. — Virei para o outro lado de novo e segui num murmúrio. — Ou, pelo menos, num país estrangeiro. Acertei dois tiros no sujeito, e ele mal piscou. — As imagens da noite anterior voltaram à minha mente. — E o mais estranho de tudo... a minha mãe *sabia*. Ela morreu muito tempo atrás, mas sabia que alguém viria atrás de mim. Deixou a tal carta com meu nome e então, de repente, o cara estava lá, como num passe de mágica.

— E você o matou — disse ele num tom solene, os olhos cheios de tristeza por mim, por aquilo que eu fora obrigada a fazer.

— Com a faca dele, isso, eu o matei. Acho. — Revi mentalmente o jeito como meu perseguidor havia desaparecido. Na verdade, não tinha muita certeza do que fora feito dele. Podia ser que estivesse morto ou, talvez, que só tivesse sumido de cena para ir lamber as suas feridas. Mas essa parte da história eu não iria contar ao Sebastian. Droga, aliás, nem sabia por que já havia lhe contado tudo o que contara.

O bonde inclinou de leve, me empurrando para junto de Sebastian, nossos narizes a uns poucos centímetros um do outro. Minha boca secou. Um calor se espalhou pelo meu ventre. Uma sensação de segurança tomou conta de mim, mas a energia que veio junto não era de calma. Era tensão e excitação, tudo ao mesmo tempo. Os olhos dele vagaram pelo meu rosto e foram estacionar nos lábios. Um músculo pulsou no seu maxilar. Parei de respirar.

E então o bonde freou num solavanco, e eu tive que me segurar antes que a bunda resvalasse da madeira escorregadia do banco.

— Canal Street! — anunciou o condutor.

Sebastian já estava de pé se movimentando para saltar.

Tratei de me aprumar depressa, dando um safanão mental em mim mesma. Havia ido até ali por um motivo, e esse motivo não era ficar trocando olhares melosos com um sujeito só porque ele era um espírito totalmente atormentado que, por acaso, habitava um corpo lindo de morrer e era capaz de tocar percussão como ninguém. Bem, e se fosse verdade que o cara em questão tinha mesmo poderes estranhos iguais aos meus, então eu estava ferrada.

— Precisamos pegar mais um bonde. O que passa aqui na Canal Street. Ele vai nos deixar mais perto do hospital, e aí poderemos fazer o resto do caminho andando. A distância não vai ser muito grande — explicou, enquanto eu saltava.

Depois que tomamos o bonde da Canal Street, o resto do trajeto foi mergulhado em silêncio, o que eu não considerei um problema. Minha atenção estava voltada para as ruínas do centro financeiro e de Midtown. Todos aqueles arranha-céus e edifícios reduzidos a escombros ou com os interiores depredados — tudo se parecendo com um cenário do Pós-Apocalipse. Dava para ver que a Novem não havia chegado nem perto daquele lugar.

Depois que saltamos do bonde, caminhamos por mais ou menos mais três quadras até o Hospital Charity. Sebastian disparou ao avistar a entrada do outro lado da rua, mas eu me detive um instante para observar o edifício enorme. Era ali que minha mãe havia me posto no mundo. Meu coração se acelerou. Será que meu pai tinha ido acompanhar o nascimento? Será que passou por aquela porta de entrada, levando flores? Balões? Um urso de pelúcia branco enorme?

— Ari! — Sebastian estava parado na calçada oposta com as mãos erguidas num gesto de *O que tá rolando?*

A Filha das Trevas

Acorda. Imitei o gesto, provavelmente com uma dose de sarcasmo maior do que a que Sebastian merecia, e então retomei a marcha, ignorando seu olhar inquisitivo e me dirigindo para a entrada do hospital.

Ele me alcançou bem na porta.

— É melhor você esperar aqui.

Um risinho escapou dos meus lábios enquanto a porta automática se abria.

— É melhor você aprender uma coisa a meu respeito. Eu não fico esperando as coisas. — E tomei a frente dele porta adentro. Já podia ouvir a voz dele retrucando. *Eu não quero aprender nada a seu respeito. Prefiro ficar sentado num canto olhando de cara feia para qualquer um que ousar passar.*

Atravessamos o saguão e entramos na ala principal.

— Os registros vão estar nos computadores.

— Achei que vocês não tivessem...

— Nós temos computadores. O papel não foi feito exatamente para durar muito tempo no clima daqui. Depois que a Novem comprou Nova 2, transferiram tudo o que ainda havia em papel para os registros digitais.

Paramos diante do elevador. Sebastian apertou o botão de descida e as portas se abriram na mesma hora. Nós entramos.

— E, então, qual é o plano? Simplesmente entrar na sala de registros e pegar o que precisamos?

— É.

— Puxa vida. Estou impressionada. — Revirei os olhos. O elevador desceu um andar e apitou. Eu saí andando antes de a porta ter se aberto completamente.

Fui recebida por um silêncio gelado. Nossas passadas ecoavam no espaço vazio. Eu estava me esforçando para não pensar naquilo que costuma se localizar no porão da maioria dos hospitais, mas isso não impediu que um arrepio descesse pela minha espinha.

Sebastian dobrou à esquerda e abriu uma porta sinalizada como REGISTROS. Simplesmente entrou direto, como se fosse o dono do lugar. A desconfiança se acumulou dentro de mim. Isso estava sendo fácil demais.

Havia quatro mesas, duas vazias e as outras duas ocupadas por mulheres que ergueram os olhos de seus monitores.

Elas demoraram pelo menos uns três segundos para se tocarem de que não éramos funcionários do lugar e sim dois adolescentes. Adolescentes do tipo esquisito, ainda por cima, vestidos de jeans e de preto e, sem qualquer sombra de dúvida, prestes a aprontar alguma coisa.

O que, aliás, era mesmo verdade. Esse pensamento me fez sorrir.

A mais velha das duas se levantou e fez menção de abrir a boca.

Sebastian surgiu de repente diante dela, tão depressa que eu não o vi se mexer. Ele estendeu a mão, envolvendo a face dela. Ela ergueu o queixo, hipnotizada, presa no seu olhar. Ele inclinou a cabeça, os lábios roçando na orelha da mulher enquanto lhe sussurrava algo. As pálpebras dela estremeceram.

A outra mulher, que permanecera sentada, não conseguia se mexer, petrificada pela visão de Sebastian e sua colega envolvidos naquele abraço íntimo diante do qual nada mais parecia importar. A mão dele deslizou para longe da face da funcionária. Ela afundou de volta na cadeira, os olhos arregalados, cegos, perdidos em algum tipo de fantasia da própria mente. Sebastian se voltou para a segunda mulher. O meu coração estava disparado como se estivesse testemunhando algo íntimo e particular. Algo que não era para os meus olhos. E que, no entanto, me deixava pregada no lugar onde estava. Eu não conseguia me mexer nem sair ou desviar os olhos, mesmo querendo fazer isso.

A moça se pôs de pé quando Sebastian se aproximou. Ele era bem mais alto do que ela, e tão calmo, tão concentrado. Quando a mão estendida correu um dedo pelo maxilar dela, a mulher soltou um gemido como se tivesse passado a vida toda sonhando em ser tocada daquela maneira. Ele sussurrou alguma coisa no seu ouvido também, e não demorou para ela voltar a se sentar com os olhos estalados e ausentes, igualzinha à colega.

Sebastian me encarou. Meus lábios se abriram. O calor havia se espalhado numa onda lenta e regular do centro do meu tronco para fora. A sensação era sufocante, de claustrofobia. Pigarreei.

— Belo truque. O que você é, algum tipo de mestre da hipnose ou coisa assim?

Os olhos dele ficaram colados aos meus por um segundo além do necessário, e o calor começou a subir outra vez. Mas então ele empurrou a mulher mais jovem para longe do computador, pôs-se diante do monitor dela e começou a digitar.

— Nome da mãe?

Fui até junto da mesa.

— Eleni Selkirk.

— Data de nascimento?

— Vinte e um de junho de 2009.

— Alguma marca ou defeito de nascença? Parto normal ou cesárea?

Sim, um defeito gigante, tive vontade de dizer. Em vez disso, falei:

— Não. E não sei quanto à outra pergunta.

Ele martelou mais um pouco no teclado e depois se afastou.

— Está aí. Bebê Selkirk. Sexo feminino. Pai, não consta.

Vasculhei o monitor, já sem acreditar. Não podia ser. O nome do pai *tinha* que constar. Mas minha leitura não encontrou nada que pudesse ser útil naquele registro, nada que eu já não soubesse.

— Nada.

Sebastian se inclinou para o teclado e clicou na aba do setor financeiro.

— Vamos ver quem pagou a conta. Aqui deve ter as informações do seguro saúde e o nome de quem mais havia no cartão, se é que havia mais alguém.

Tudo bem, eu deveria ter pensado nisso, e se tivesse tido um segundo para refletir provavelmente teria pensado. As informações do setor financeiro foram carregadas na tela. Dados do seguro saúde. Nenhum nome no cartão exceto o de Eleni. Mas havia uma segunda pagante.

— Josephine Arnaud. Quem é essa pessoa?

Sebastian endireitou o corpo. O seu maxilar travou e a expressão ganhou um ar grave. Ele passou os dedos nos cabelos e então me encarou com um olhar positivamente fulo da vida.

— Josephine Arnaud é minha avó.

As mulheres começaram a se mexer nas suas cadeiras, recuperando-se do transe que Sebastian havia induzido nelas. Ele clicou para voltar à tela principal, me agarrou pelo braço e me empurrou porta afora.

— Vem, no caminho a gente conversa.

A Filha das Trevas

Eu ainda estava tentando me recuperar do choque causado pelas coisas que ele havia dito e já estava sendo empurrada na direção da porta, antes que pudesse pôr a cabeça de volta no lugar.

— Ei, espere aí, no caminho para onde? — Passamos pela porta e voltamos para o corredor. Puxei meu braço para soltá-lo.

— Droga, Sebastian! O que está acontecendo aqui?

Eu sabia que estava gritando, mas, a essa altura do campeonato, estava pouco me lixando para quem pudesse ouvir ou não. Sebastian me empurrou para dentro da sala mais próxima. O necrotério.

Dei um passo para trás sem passar pela porta.

— E então?

— A Novem é formada por nove famílias...

— Sei, sei. Eu não preciso de uma droga de aula de História, entendeu? Já sei sobre esse papo das nove famílias. Todo mundo sabe.

Sebastian balançou a cabeça, a irritação fazendo brilhar os olhos cinzentos.

— Os forasteiros acham que sabem de tudo. Josephine, minha avó, é a chefe da família Arnaud. A família Arnaud é uma das nove que compraram Nova Orleans treze anos atrás.

Um riso curto escapou pela minha boca. Mas ele não estava rindo. Estava mortalmente sério.

— A *sua* família. A sua família é dona de uma parte de Nova 2. — Girei num círculo, soltando mais um riso incrédulo. — E a sua *avó* conheceu a minha mãe e pagou as despesas médicas dela. Isso é inacreditável. — Dando as costas para ele, pousei as mãos nos quadris. A raiva queimava nas veias, enquanto meus olhos absorviam devagar o ambiente estéril em torno: a mesa de exames, os dois carrinhos com cadáveres envoltos em capas de lona azul encostados a uma parede de portinholas quadradas atrás das quais provavelmente havia mais defuntos...

Totalmente inacreditável. Girei o corpo de volta, me forçando a permanecer ali dentro. Estar de costas para dois cadáveres certamente não era algo que passasse perto de uma sensação confortável.

Balançando a cabeça, xinguei de leve. Não estava entendendo mais nada daquilo. O alerta da minha mãe, o ataque, o sujeito que desapareceu depois de morto. A maldição que agora aparentemente havia se estendido para mim, e ainda mais essa — uma das cabeças da Novem registrada lá no computador como a pessoa que pagou as despesas hospitalares da minha mãe. Eles já sabiam da minha existência, então? Era por isso que estavam querendo me ver? Será que haviam passado esse tempo todo procurando por mim?

— E o que fazemos agora? Vamos ter uma conversinha com a vovó querida? Perguntamos por que ela queria me ver *morta?* — Passei as mãos no rosto, balançando a cabeça e me recusando a acreditar que aquilo estava acontecendo.

— É, esse era o plano. Eu acho que devemos ir falar com ela.

— Claro que você acha isso. Essa é sua função, não é? Fazer o que eles mandam.

Eu me afastei de Sebastian, a onda de paranoia alimentando minha sensação de medo como se fosse fluido de isqueiro jogado no carvão quente.

— Valeu mesmo, mas nem pensar. Acho que nossos caminhos se separam aqui.

Passei para o outro lado da maca de autópsia, querendo garantir alguma distância entre nós. Minhas mãos se agarraram nas bordas frias, prontas para lançar a estrutura de metal para cima do cara, no caso de um movimento em falso.

Um dos cantos da sua boca se ergueu ligeiramente no que poderia ter sido um sorriso triste.

— Isso aí não seria capaz de me deter, se eu quisesse fazer algum mal a você.

Olhei de relance por cima do ombro, buscando outra saída da sala. Mas não havia nenhuma. Sebastian estava na frente da única rota de fuga. Olhava para mim pacientemente, como um pai esperando uma criança pequena acabar o ataque de birra, e tive vontade de estapeá-lo até fazer essa expressão sumir de seu rosto.

— Ari — disse por fim —, Josephine Arnaud é uma vaca manipuladora, mas não é uma assassina. E a Novem não contrata estrangeiros munidos de espadas, sou capaz de jurar pela minha própria vida. Se ela conheceu mesmo sua mãe, então deve ter todas as respostas que você está querendo. E não vou deixar que Josephine ou qualquer outra pessoa machuque você.

— Você nem me conhece! Nem, ao menos, *quer* me conhecer, então por que essa conversa agora de que vai me proteger?

Ele passou um longo instante em silêncio, com uma expressão totalmente inescrutável. Os olhos escureceram até um tom de aço cinzento. O músculo do seu maxilar pulsou algumas vezes, até que as palavras vieram:

— Nós somos iguais. Eu sei como é...

— Ah, faça-me o favor. Você não *sabe*, está bem? Não sabe de coisa nenhuma. Você não faz ideia do que...

— Do que é ser diferente? Ser uma aberração no meio das aberrações? Você é que pensa. Esta aqui é Nova 2, Ari. Metade das crianças locais nem sequer vai à escola. Elas têm empregos. *Empregos.* E a outra metade pertence à Novem, e é mais pirada do que você poderia sonhar.

Parte de mim queria muito encarar o desafio e contar a ele exatamente o quanto eu era bizarra, mas achei melhor me conter. Não valeria a pena. E, de qualquer forma, o cara também não se dera ao trabalho de me explicar suas esquisitas habilidades hipnóticas. Por que eu me abriria com ele?

— Tudo bem — disse Sebastian por fim, abrindo a porta. — Faça como quiser.

Dane-se. Se ele queria ir embora, podia ir. Eu ficaria melhor por conta própria. Eu *sempre* ficava melhor por conta própria. E essa era Nova 2, a *meca* de tudo o que existe no reino do sobrenatural. Se havia um lugar para aprender mais sobre a maldição que eu carregava, era aqui. Eu não precisava do Sebastian. *É, mas você e sua mãe viviam aqui e, mesmo assim, ela fracassou na tentativa de suspender a maldição.* Mordi de leve a parte de dentro da bochecha. Que ainda continuava dolorida no ponto da mordida anterior.

Um suspiro frustrado escapou do meu peito à medida que a constatação foi se instalando.

— O que você sabe sobre maldições?

Sebastian não moveu um músculo. Eu sabia o que ele estava pensando, que era melhor simplesmente ir embora e se ver livre de mim e do meu jeito arrogante — e, talvez, fosse melhor se agisse assim mesmo.

A Filha das Trevas

Ele fez um movimento para trás e fechou a porta, virando-se para me encarar. Não precisava ser um gênio para notar que o cara estava espumando de raiva. Quase tão furioso quanto eu mesma.

— Pouca coisa — respondeu. — Por quê?

O texto das cartas desfilou na minha mente. Minhas ancestrais, todas amaldiçoadas para morrer aos vinte e um anos. Por mais que quisesse, não podia negar a verdade. Eu sabia que aquilo era de verdade; *sentia* que era. O sujeito morto, meu cabelo, as cartas. Era de verdade.

— Porque minha família é amaldiçoada. *Eu* sou amaldiçoada. Não "amaldiçoada" no sentido de que a minha vida é uma droga ou que sou diferente de todo mundo, mas amaldiçoada pra valer. — Sim, aquilo era de verdade, mas soava como a maior conversa fiada quando dito assim em voz alta. — Escuta, eu só preciso que alguém me aponte a direção certa. Quero remover essa "coisa", sumir com ela, e faço o que tiver que fazer para isso.

A raiva de antes deu lugar a uma sensação de derrota e um pessimismo enorme. Meus ombros despencaram, e fiquei mais gelada do que os corpos que havia ali no necrotério do hospital.

— E se eu lhe disser — respondeu ele, — que conheço uma pessoa que saber desfazer maldições? Vou lhe mostrar como chegar ao sacerdote de Vodu mais poderoso de Nova 2. Depois disso, você é minha convidada para conhecer o Vieux Carré. E, então, nós dois vamos juntos falar com Josephine sobre a sua mãe.

Eu tinha certeza de como devia estar a minha cara nessa hora: feito a de um hamster de desenho animado ofuscado por um farol aceso. Aquilo fora o oposto completo do que eu estava esperando ouvir dele, principalmente depois de o cara insinuar que estava do lado dos bandidos na história.

— Ahn... — O que diabo eu podia responder depois de ouvir uma proposta assim? — Fechado, então?

Um sorriso se abriu no rosto de Sebastian, plantando duas covinhas em suas bochechas.

Santa Maria, Mãe de Deus! Juro que fiquei sem ar por um segundo inteiro.

— Ótimo — falou ele, ainda sorrindo. — Agora vamos cair fora daqui. Está gelado demais.

Seis

CRANK TINHA RAZÃO. A NOVEM HAVIA CONCENTRADO A MAIOR parte, para não dizer todo o seu esforço e grana na reconstrução do French Quarter — ou Vieux Carré —, como Sebastian preferia chamar. Perambulando pela Bourbon Street, nós nos vimos cercados de edifícios restaurados, com todas as vidraças, venezianas e grades de ferro em perfeito estado. Até mesmo as calçadas, que Sebastian me disse serem conhecidas ali como *banquettes*, haviam sido consertadas. Como atestavam todos os cartões postais que eu já vira na vida mostrando o French Quarter, eles não haviam deixado nada de fora. A região parecia próspera, também. Era a fábrica de dinheiro deles. O bairro procurado pelos turistas, onde as celebrações do *Mardi Gras* ainda atraíam grandes multidões.

E o *Mardi Gras* estava no auge, tendo iniciado no dia 6 de janeiro. Dali a algumas semanas, os festejos se encerrariam com os maiores desfiles e bailes que aconteceriam na véspera da Terça--Feira Gorda, em fevereiro. Nesse meio-tempo, seria a época dos bailes todo fim de semana, dos desfiles de grupos menores e das ruas tomadas por vendedores de máscaras e fantasias.

O Quarter fervilhava com o movimento, um bairro inteiro de bares, antiquários, restaurantes, casas noturnas e pequenos hotéis. Mulas bufavam, puxando charretes típicas. Músicos tocavam seus instrumentos nas esquinas movimentadas. E o único trânsito motorizado era o de um ou outro caminhão de entrega ocasional — veículos de passeio tinham o acesso barrado.

— Para preservar a atmosfera histórica — explicou Sebastian. — A Rua do Vodu — anunciou, quando dobramos a esquina da Dumaine Street.

O lugar era uma mistura colorida de residências e estabelecimentos comerciais, a maioria ligada, de alguma forma, à tradição do Vodu.

— Os lugares daquele tipo — falou, apontando para uma loja lotada de bolsinhas, pacotes de feitiços, relíquias religiosas, estátuas, xales e bonecos feitos à mão — são as armadilhas para turistas.

No momento em que passamos, um grupo pequeno estava saindo da loja, a guia turística vestida a caráter com uma fantasia da velha Rainha do Vodu, Marie Laveau.

— E onde ficam as lojas de verdade? — Desci do meio-fio para contornar o grupo.

Sebastian enterrou as mãos nos bolsos.

— Nas salinhas de fundos, nos pátios internos, nas casas de família, nos pântanos...

Voltamos para a calçada, passando por uma longa fileira de casas dos dois lados da rua. A paisagem ficou mais silenciosa, mas não menos colorida — as fachadas eram pintadas em tons caribenhos bem vivos. Compridas venezianas de madeira emolduravam as janelas abertas, deixando a brisa do rio passar.

A Filha das Trevas

Mas até mesmo aqui, na região residencial, o Vodu estava por toda parte. Enfeitando cada porta, sacada e portão havia colares de contas, flores, velas votivas, *gris-gris*, bonecos feitos à mão, lindos lenços, bugigangas em geral e imagens de santos.

Sebastian parou diante de um desses portões. O ferro trabalhado guinchou ao ser aberto. Entramos num túnel, um espaço escuro onde o som das nossas passadas ecoava no teto arqueado de tijolos da passagem entre duas casas no estilo típico das Índias Ocidentais.

Meus olhos se encheram d'água quando caminhamos da escuridão do túnel para a claridade brilhante de um amplo pátio murado. A água esguichava do chafariz plantado bem no centro, e havia pássaros por toda parte — piando, esvoaçando, se remexendo no meio das árvores. Lenços e fieiras de contas pendiam da enorme bananeira no canto esquerdo, ao fundo.

— Por aqui — falou Sebastian numa voz calma.

Eu o segui pela alameda de tijolos até o pátio de pedra, que emendava com o andar térreo da casa. Três pares de portas-janelas ocupavam toda a extensão da fachada. A do meio estava aberta, as folhas de madeira presas no lugar por vasos de planta e por uma imagem em tamanho natural da Virgem Maria entalhada em madeira bruta, com o pescoço enfeitado com colares de contas.

O incenso embaçava o ar do lado de dentro. Grãos minúsculos de poeira e espirais de fumaça pairavam suspensos nos esparsos raios de sol. Era uma sala abarrotada de coisas. Coisas bizarras. Coisas antigas. Coisas espalhafatosas. Tantas coisas que tive dificuldade de me concentrar.

— Sebastian Lamarliere — entoou uma voz profunda com forte sotaque cajun, ligeiramente cantada. Uma silhueta apareceu de um dos cantos envolta num fino robe de mangas amplas cuja barra roçava-lhe os compridos pés descalços. Pele e olhos escuros. O cabelo grisalho e crespo cortado rente. Duas argolas enormes nas orelhas. Havia anéis nos dedos de uma das mãos e um buquê de margaridas na outra.

Fiquei desconcertada.

Era a primeira vez na vida que não conseguia determinar o sexo de uma pessoa. Meus olhos desceram para o pescoço buscando sinal do pomo-de-adão, mas ele estava envolto num lenço colorido, cujas pontas desciam pelas costas do robe.

— Jean Solomon — cumprimentou Sebastian respeitosamente.

Ele disse o nome à moda francesa. E "Jean" em francês é um nome masculino. *Sexo masculino, portanto.*

Jean passou para trás de um balcão comprido e pegou um vaso para as flores.

— São para Legba — disse, cheirando uma margarida, antes de acomodá-la entre as outras.

Jean então sinalizou para nos aproximarmos; os olhos sábios e calorosos e a voz suave me fazendo sentir um pouco mais à vontade. Eu lhe lancei um pequeno sorriso, sem saber o que dizer, e vários minutos desconfortáveis se passaram até que ele empurrasse o vaso para o lado e apoiasse os braços no balcão.

— Mas que coisa interessante é essa que você trouxe para minha loja, Bastian? — Os olhos se apertaram na minha direção com um brilho divertido, mas, não obstante, ainda profundos, sábios e misteriosos.

— Sebastian me trouxe aqui para saber se o senhor pode fazer cessar a maldição que eu trago em mim... uma muito antiga.

A Filha das Trevas

Uma sobrancelha se ergueu ao ouvir essas palavras, ou talvez pelo fato de eu ter respondido no lugar de Sebastian; não sabia dizer qual dos dois.

— Muito antiga mesmo.

Ele apoiou o queixo numa das mãos.

— Adorei a tatuagem de lua. Qual é o seu nome, *chère*?

— Ari.

— E o que a Srta. *Ar-eee* pretende oferecer ao Loa em troca da remoção dessa maldição?

Eu sabia que Loa eram os espíritos que o sacerdote Vodu invocava para ajudá-lo e que Legba era um espírito que servia de guia entre o sacerdote e o mundo espiritual. Ou, pelo menos, era assim que eu imaginava que a coisa funcionasse. Mas pagamento era algo que não havia me passado pela cabeça. E meu orçamento estava ficando apertado.

— Tenho uma ideia — disse Jean. — Primeiro, vamos ver como anda essa sua maldição, e então o próprio Loa lhe diz o que quer em troca dela, *c'est bon*?

Soltei a respiração.

— Obrigada. — A piscadela que ele deu em resposta fez brotar um sorriso no meu rosto e desfez o nó de tensão nos meus ombros. *Agora estamos fazendo progresso.*

Ele saiu de trás do balcão, conduzindo a mim e Sebastian para uma grande sala quadrada margeada por objetos e cadeiras, mas vazia no centro. Na parede do fundo ficava um amplo altar coberto de cera de velas, pequenas estatuetas de ídolos Vodus e santos da religião cristã, comida, bugigangas e manchas de sangue seco. Havia uma fotografia de uma mulher de turbante e uma imagem grande de Cristo crucificado. Enroscada em volta da base da imagem, estava uma jiboia amarela. Uma jiboia pequena, mas tamanho nunca é documento em se tratando de cobras.

O sangue sumiu da minha face enquanto um arrepio de medo tomava conta do corpo todo. Meus braços e pernas ficaram dormentes, e o coração começou a ribombar como se fosse um dos tambores de Sebastian. Congelei onde estava, incapaz de dar mais um passo. Distância. *É, mantenha a distância.*

— Está tudo bem — falou Sebastian, ao perceber meu nervosismo. — As cobras são usadas para ajudar o sacerdote a se concentrar e se conectar com os espíritos.

— Venham, venham. — Jean fechou as portas duplas e deslizou na direção do altar, pegando cuidadosamente a cobra para acomodá-la nos ombros. A cauda se enroscou em volta do pescoço, enquanto ele acendia as velas do altar.

Todos os pelos da minha nuca se eriçaram. Jean voltou-se para nós e avançou dois passos. Mais um e eu sabia que sairia correndo. Não iria conseguir me controlar. A cobra olhava diretamente nos meus olhos.

Mas Jean se deteve no segundo passo, inspirou fundo e fechou os olhos.

— Legba — sussurrou com reverência, erguendo ambas as mãos para acariciar a cobra. — Papa Legba, abra o portal para que eu passe. Ao voltar, hei de prestar minha homenagem ao Loa. *Papa Legba ouvri baye-a pou mwen, pou mwen pase. Le ma tounen, ma salyie lwa yo. Papa Legba ouvri baye-a pou mwen, pou mwen pase. Le ma tounen, ma salyie lwa yo.*

Jean repetiu o encantamento mais e mais vezes, até que começou a soar como um cântico. Cada vez mais acelerado. Ele oscilava o corpo ao entoar as palavras, mergulhando numa espécie de transe profundo. A cobra balançava no ritmo de Jean, equilibrando seu repulsivo corpo reptiliano, sem desgrudar os olhos de mim. Sebastian e eu nos vimos acompanhando o ritmo também.

Jean parou de repente, totalmente imóvel.

Quase morri de susto.

Seis segundos se passaram. Eu os contei um a um, tentando acalmar minha pulsação que havia disparado, mas a tática não parecia estar funcionando. Lentamente seus olhos foram se abrindo, e estavam diferentes de antes. Turvos. Ele deu um sorriso e engrolou algumas palavras ininteligíveis, olhando para nós ou através de nós, eu não tinha certeza.

— O que você busca?

Engoli em seco, lançando um olhar breve para Sebastian. Ele parecia tão ansioso quanto eu, e um pouco mais pálido. Puxei o ar, tentando me sentir mais estável e reparei que os olhos e a cabeça de Jean haviam se inclinado na direção do ventilador do teto.

— A-ham — pigarreei. — Busco uma maneira de retirar a minha maldição.

Foi tudo tão rápido que eu nem registrei o movimento da sua cabeça inclinando de volta ou dos olhos se movendo. Eles estavam grudados no teto e de repente já me fitavam. Depressa demais para serem humanos. Eu congelei. A cobra ergueu a cabeça para longe do ombro de Jean, a atenção pregada em mim.

E então o inferno explodiu.

Jean ou Papa Legba — quem quer que estivesse ocupando o corpo dele no momento — começou a berrar e a pular como se lhe tivessem ateado fogo. A cobra caiu no chão e rastejou para baixo do altar, virando a cabeça para sibilar para mim. Uma discussão furiosa irrompeu entre Papa Legba e Jean Solomon. A mesma pessoa. Duas vozes diferentes.

Recuei devagar, captando fragmentos de frases naquele arremedo de inglês e francês e de quaisquer que fossem as outras línguas que os dois estavam falando.

Sebastian estendeu a mão para agarrar a minha, enquanto Jean dizia para si mesmo:

— Ela não pode fazer mal...

— *Bah!* Legba não está *com medo!* — A cabeça deu um giro, e ele correu diretamente na minha direção, esticou o pescoço e pôs o rosto bem diante do meu. Eu não conseguia me mexer nem respirar. — VOCÊ NÃO METE MEDO EM *MIM*!

As veias saltaram na cabeça de Jean Solomon. O rosto dele tremia de ódio. Então, ele aprumou o corpo e marchou de volta para o altar, gesticulando loucamente. — Desonra, desonra, desonra!

E ouviu-se a voz calma de Jean:

— Shhh. Shhh. Shhhh... — Seguida por murmúrios tranquilizadores ininteligíveis, enquanto tentava aplacar o espírito furioso.

Mais palavras de ódio.

Depois, Jean Solomon dobrou o corpo, e tudo ficou quieto, exceto pelo sangue martelando nos meus ouvidos, e pelos pássaros do lado de fora que começaram mais uma vez o seu canto. Arrepios percorreram minha pele. Eu apertava forte a mão de Sebastian, mas ele não fez menção de se soltar. Na verdade, ele estava se segurando em mim com tanta força quanto eu me segurava nele.

Jean se pôs de pé; parecia confuso, constrangido e um pouco assustado, quando se aproximou de nós.

— Vocês têm que ir embora agora — falou, e a voz que saiu foi mais feminina e cansada.

— Mas...

A Filha das Trevas

— Sinto muito, Srta. Ari, o Loa não vai ajudá-la.

O desespero gelou meu estômago.

— Olhe, eu posso pagar. Posso conseguir mais dinheiro. Por favor, preciso saber alguma coisa, qualquer coisa. O que foi que ele disse?

Jean nos conduziu para as portas-janelas, empurrando a maçaneta para abri-las. Ele estendeu a mão.

— Por favor, vão embora.

Hesitei, mas Sebastian puxou minha mão. Jean manteve os olhos baixos quando atravessamos a porta, mas, assim que pusemos os pés no pátio, ele me surpreendeu passando pela soleira e fechando as portas duplas de madeira com cuidado.

Seu tom de voz foi bem baixo; obviamente, ele não estava querendo que o ouvissem.

— Eu desonrei o meu Loa com a sua presença aqui. A culpa foi minha, por não tê-la enxergado em sua essência verdadeira até me unir ao Legba. Você nunca mais deve pôr os pés neste lugar.

— Por quê? Do que está falando? — Senti os meus punhos se fechando dos lados do corpo. Queria gritar de frustração. — O que há de errado comigo afinal?

Uma tristeza atravessou seus olhos.

— Espero que você nunca descubra. — E se virou, balançando a cabeça.

— Por favor, Jean — insisti, agora implorando. Ele tinha visto a minha maldição. Ele *sabia* o que ela era; a *única pessoa* que, de fato, sabia. — Preciso de ajuda.

Meu Deus, como eu *detestava* ter que implorar. Detestava tanto que senti um aperto amargo no peito.

Jean suspirou, e então sacudiu a cabeça outra vez como se estivesse prestes a fazer alguma coisa que não deveria. Inclinou o corpo para longe da porta.

— Você quer saber sobre o passado, sobre aquilo que foi lançado em você? Esmague um osso de Alice Cromley até virar pó, um pó fino feito poeira, e então verá. Esses ossos vão contar a sua história. Bastian sabe o que fazer, não sabe? — Sebastian assentiu, e Jean pareceu satisfeito. — Boa sorte, *chère*.

E, voltando a entrar, fechou a porta.

Eu me virei para Sebastian.

— Por favor, me diga que ele não estava falando sério.

Sebastian pegou meu braço e me guiou para longe da casa e, outra vez, na direção do túnel.

— Lamento, mas ele falou mortalmente a sério.

Só podia ser.

Puxei meu braço da mão dele e marchei de volta pelo túnel até sair na Dumaine Street. Não me dei ao trabalho de esperar por Sebastian quando empurrei o portão com um estrondo e o deixei bater de volta no trinco, rumando para o sul.

Tudo o que eu queria era um pouco de normalidade na vida. Só isso! Por que tinha que ser tão difícil de conseguir? *Por quê?*

As lágrimas me arderam nos olhos, lágrimas idiotas e quentes, que limpei com as costas da mão. Um grito vinha inchando dentro do peito contra o coração e as costelas, doendo feito o diabo. Funguei com força e...

Um flash de luz brilhante me cegou.

Um raio intenso de dor cortou meu cérebro e me fez berrar, as mãos se erguendo para a cabeça enquanto eu caía de joelhos no meio da rua. Curvei o corpo, os cotovelos contra o pavimento, os dedos puxando as raízes dos cabelos, enquanto a dor se expandia até os limites do crânio e fazia o caminho de volta só para causar mais estrago ainda. Berrei novamente com a cabeça engolfada em ondas de pura agonia.

Aquilo era dor demais... dor demais.

Um par de mãos me envolveu pelos ombros, puxando meu corpo para trás, levantando-o do chão.

Meus olhos se abriram sem enxergar, cegados pela dor. A lateral do meu rosto molhado foi de encontro a uma superfície de tecido. A camiseta de Sebastian. O cheiro dele. A voz dele, embora eu não conseguisse entender as palavras. Os lábios e o hálito quente estavam colados à minha têmpora, falando baixinho. Eu me voltei na sua direção em busca de consolo, conforto, de algum tipo de saída, mas ainda estava doendo. Cada passo dele no chão bombeava uma dor nova por dentro da minha cabeça.

E então, graças a Deus, os passos pararam. Ele segurou firme o meu corpo, enroscando os braços à minha volta, e se inclinou para trás. Eu me agarrei como pude, apertando os olhos fechados e me isolando de todo o resto. Mas não sozinha. Felizmente, não sozinha desta vez.

Sete

Uma melodia suave de jazz fazia companhia ao ritmo regular do coração de Sebastian, as notas do piano penetrando minha mente semidesperta como uma brisa tranquila. Resquícios ocos de dor se acumulavam na curva do crânio num lembrete do meu colapso no meio da Dumaine Street, e dos braços que haviam me segurado — e que *ainda* me seguravam.

O lado direito do meu rosto estava colado ao algodão macio da camiseta de Sebastian, minha orelha estava na altura do coração. Uma das mãos dele apoiava minha nuca, os dedos misturados ao meu cabelo solto. A outra estava espalmada na base da coluna, pele contra pele no lugar onde a minha camiseta havia se enroscado para cima. Um calor pairava à minha volta. O calor dele. O cheiro. Os braços. As pernas estavam plantadas bem firmes de cada lado do meu corpo, meu quadril aconchegado diretamente na sua virilha.

Quanto mais eu acordava, mais a minha pulsação se acelerava e abafava as batidas do coração dele. Uma sensação de frio varreu o estômago. Cada terminação nervosa se atiçava com aquela proximidade toda... e com o constrangimento monstruoso por saber que estava agarrada a ele por tanto tempo.

Melhor acabar logo com isso.

Inspirando do jeito mais sutil que consegui e mordendo o lábio, ergui a cabeça e abri os olhos. Usando ambas as mãos, uma espalmada no peito de Sebastian e a outra perto do ombro dele, empurrei o corpo até ficar sentada entre as suas pernas, sentindo o peso do cabelo cair em torno do meu rosto. Nunca tinha posto as mãos num cara desse jeito. Nunca tinha sentido o calor e os músculos e a pele cedendo sob as minhas palmas.

Depois de me erguer, meus olhos pousaram em Sebastian. Uma vez na vida, fiquei feliz por estar com o cabelo solto e contar com a proteção que ele oferecia. Porque assim, pelo menos, eu podia me esconder.

Sebastian estava com a cabeça recostada no estofamento verde, o corpo aconchegado na quina do assento de um nicho junto à parede. Um barman enxugava o balcão enquanto o pianista seguia tocando sua melodia e uma garçonete servia os drinques do único outro casal que dividia conosco o salão escuro. A porta aberta dava para a rua.

Quando voltei o olhar para encarar Sebastian, seus olhos semicerrados estavam presos em mim com uma expressão tranquila, inescrutável. A cor deles parecia quente como fumaça, num misto de cinzento com prata. Os lábios tinham ganhado um vermelho mais profundo naquele seu estado de relaxamento. A cabeça ainda repousava no assento, e a pele pálida da garganta ondulou quando ele engoliu de leve. Não movi um músculo. Não consegui mover.

Uma vez na vida, eu não estava me sentindo constrangida por estar com o cabelo solto. Minha mente foi tomada pela calma, totalmente relaxada, embora o estado do corpo fosse bem diferente. O sangue martelava nas minhas veias com a velocidade da luz. Pequenas faíscas de energia latejante explodiam do estômago em direções variadas.

Sebastian ergueu a mão e entremeou suavemente os dedos no meu cabelo. Meu coração deu uma pancada mais forte quando a mesma mão desceu para o rosto, deslizou para dentro do cabelo outra vez e envolveu minha cabeça numa concha, puxando-a na sua direção.

Foi como se eu ainda dormisse, como se ainda estivesse sonhando.

E pareceu que para ele também foi a mesma coisa, porque seu corpo estava totalmente relaxado. Não houve pausa, nenhuma hesitação, só uma jornada lenta e inescapável rumo à sua boca.

Meu estômago revirou por completo quando meus lábios pairaram sobre os dele por um instante trêmulo, tão próximos que nossos hálitos se misturaram. E então, o encontro.

Um jato frio de adrenalina percorreu meu corpo. A pressão de uma boca contra a outra aumentou. A dele se entreabriu. A minha acompanhou. O deslizar da sua língua contra a minha foi uma revoada de borboletas no estômago.

Borboletas. Agora eu entendia o significado da expressão.

Ele me puxou mais, mais para perto, aprofundando o beijo como quem estivesse com fome e ainda assim com a calma de saborear cada instante. Eu sabia como beijar, conhecia toda a mecânica envolvida no ato, mas essa era a primeira vez que me perdia num beijo, que desejava aquilo mais do que respirar, que queria continuar beijando até que o tempo parasse e o mundo todo desaparecesse em volta.

Eu estava viva. Não apenas existindo, mas realmente viva.

— Ai, droga! — A voz de susto veio do outro lado da mesa. Eu me afastei ofegante, captando de relance o sorriso nos lábios da garçonete. — Desculpem, não queria interromper vocês. Posso voltar depois...

Sebastian endireitou o corpo, esfregou uma das mãos no rosto, depois, passou os dedos no cabelo. Eu pigarreei, finalmente, sentindo o tal constrangimento que não havia aparecido antes, embora ele não tenha servido para aplacar em nada o calor do nosso beijo, um calor loucamente delicioso, tenso e, ao mesmo tempo, avassalador.

— Não foi nada — consegui dizer apesar da respiração entrecortada. — Quero muito uma água, se você tiver.

Mas é claro que eles têm água. Que coisa mais idiota de se dizer.

— E para você, Sebastian?

— Água também, Pam. Obrigada.

Pam se afastou da mesa, enquanto as mãos de Sebastian pousavam nos meus quadris. — Como você está se sentindo? — Um tom de rosa corou as faces dele por um segundo, se tanto. — A cabeça, quero dizer. — Ele riu para si mesmo. — Está doendo ainda?

— Não. Melhorou. Obrigada, aliás... pela ajuda. Onde nós estamos?

— No Gabonna's. A uma quadra de onde você caiu. Venho sempre aqui. Costuma acontecer muito?

— O que costuma acontecer muito?

Um canto da boca dele se ergueu.

— Os gritos no meio da rua. Joelhos no asfalto. Choro...

Sinceramente, eu não sabia como responder a essa pergunta. As minhas crises de enxaqueca andavam mais frequentes ultimamente, mas nada *daquela* magnitude havia acontecido antes. A garçonete voltou com as águas. Virei meio copo da minha de uma vez só. O líquido frio me despertou e clareou minha mente. Pousei o copo na mesa e, em seguida, torci o cabelo num nó.

— Você devia usar solto.

Minhas bochechas continuavam quentes, mas eu estava sorrindo quando terminei de arrumar as mechas.

— Isso é um elogio?

— É, sim. Gosto dele. É...

— Esquisito? Bizarro? Diferente? É, todo mundo diz isso o tempo todo. — E revirei os olhos para concluir.

— Eu ia dizer bonito.

— Ah. — Genial. *Assim é que se faz, pateta*. Estava mais do que óbvio que eu era péssima nesse lance de garotos. Não tinha muita experiência em interações com o sexo oposto. Na maior parte do tempo, me mantinha ocupada, evitando os garotos ou brigando com aqueles que se recusavam a me *deixar* evitá-los.

— Desculpa — falei, tomando a decisão de ir pelo caminho da sinceridade. — É que não faço muito essa coisa de garota-com-garoto. Nem de beijo...

— Então não tem nenhum namorado esperando em casa?

Eu não conseguia saber se ele estava fazendo graça ou se queria mesmo saber a resposta. Parecia um misto das duas coisas.

— Não.

— E por quê?

A Filha das Trevas

— Bom, acho que nunca conheci muitos caras capazes de se ocuparem com qualquer coisa além de esportes, hormônios e zoação.

— E essas coisas você não faz muito, também?

Dei de ombros.

— Talvez pudesse fazer, numa outra vida. As coisas que importam para a galera da minha idade já deixaram de ter importância para mim há muito tempo. Ou então nunca tiveram. — Eu me inclinei numa meia reverência. — Eis aqui um produto do depauperado e ninguém-dá-a-mínima-mesmo serviço social deste país.

Ele riu.

— Está quase na hora do almoço. A comida daqui é ótima, mas estava com uma outra coisa em mente. Vamos?

— Que tipo de coisa, exatamente?

— *Beignets.*

Minha barriga roncou em resposta.

— Está aí uma coisa que *definitivamente* eu faço. — Sebastian devolveu meu sorriso com um dos seus. E foi então que me toquei que nós estávamos sentados num bar rindo um para o outro, feito dois idiotas. Desviei os olhos dos dele e arrastei o corpo para fora do assento, jogando a mochila no ombro, enquanto Sebastian vasculhava o bolso da calça atrás de uns trocados para deixar na mesa para Pam.

Havia nuvens lá fora, mas nada que indicasse uma tempestade iminente. O céu nublado foi providencial, pois eu tinha certeza de que, depois da crise de enxaqueca infernal que tivera, não conseguiria lidar com luz forte por um bom tempo.

Do lado de fora do Gabonna's, Sebastian assoviou para uma das charretes que trotavam pela Saint Anne Street. O condutor acenou, fez o retorno e encostou perto de onde estávamos.

— *Bonjour, mes amis*. Para onde eu e a Srta. Pralinê podemos levá-los neste dia tão agradável?

Ele exibia um sorriso radiantemente contagioso que retribuí, enquanto fazia a charrete ranger ao subir para o assento. Nunca imaginara que minha incursão por Nova 2 envolveria um passeio turístico pelo French Quarter, mas a distração vinha bem a calhar... assim como a companhia.

— Jackson Square — informou Sebastian ao condutor, se acomodando a meu lado.

— Ouviu o moço, Srta. Pralinê? Jackson Square. — O condutor sacudiu as rédeas por cima das ancas avantajadas, e o animal engatou o galope.

Nós não chegaríamos ao destino em tempo recorde, mas supus que a ideia devia ser justamente essa: seguir com toda calma para apreciar a paisagem e os sons do French Quarter. O ombro de Sebastian se inclinou para o meu, entendi a deixa e relaxei meu corpo contra o dele. Uma sensação estranha, mas não era ruim.

Precisava mesmo de um intervalo assim. Estava precisando esquecer por um tempo todas as coisas sombrias da minha vida, então, fiquei ouvindo o condutor da charrete mostrar os pontos turísticos e seguindo o dedo de Sebastian sempre que ele me apontava algo que achava que podia me interessar.

— E aqui — disse o condutor ao passarmos devagar por uma casa de esquina de três andares com sacada dupla na entrada e balaustradas de ferro forjado — temos a casa conhecida como a residência de Alice Cromley.

O nome, o mesmo nome que Jean Solomon havia mencionado mais cedo, fez a minha pele pinicar. Troquei um olhar rápido com Sebastian e, em seguida, inclinei o corpo para perguntar ao condutor:

A Filha das Trevas

— Quem foi Alice Cromley?

O homem girou o corpo no assento estofado de vermelho; os olhos vivos e ansiosos por contar a história.

— Quem foi Alice Cromley? Ora, mas se essa não é uma boa pergunta! Alice Cromley tinha sangue mestiço e foi a maior beleza creole que o Vieux Carré já viu. A moça tinha pretendentes às pencas, mas sabia desvendar todos eles, entende? Ela sabia coisas que uma amante *não deve* saber, se é que a moça me compreende.

— O homem deu um risinho. — Alice Cromley era o que as pessoas chamam de vidente. Fez fortuna, dizendo aos outros coisas que eles queriam saber. E jamais se enganava, a menos que fizesse isso *de propósito*. Até que um belo dia ela simplesmente sumiu. Desapareceu do nada. Algumas semanas depois, dois corpos foram encontrados boiando no rio Mississipi. A identificação foi complicada porque, bem, já fazia um tempo que estavam lá. Mas houve quem dissesse que um dos pobres cadáveres estava usando o vestido mais bonito que Alice Cromley tinha no armário. — Ele deu uma risada e estalou a língua para atiçar a mula vagarosa. — Um de seus amantes lhe encomendou um túmulo num cemitério da região. Ninguém sabe dizer qual. E dizem que enterrou os dois corpos nele, concluindo que um deles só podia ser o da sua amada Alice. — O condutor deu de ombros. — Ele deve ter pensado que contar com uma chance em duas não era algo tão ruim assim.

E os ossos dela, segundo Jean Solomon, poderiam me contar sobre o passado. *Sei. É muito provável mesmo.*

A charrete passou pela Catedral St. Louis, antes de chegar à Jackson Square.

Eu me esqueci de Alice Cromley por um instante para admirar a torre alta da catedral, enquanto a Srta. Pralinê nos conduzia ao longo da fachada do Conjunto de Apartamentos Pontalba. O edifício residencial era o mais antigo dos Estados Unidos, com compridas sacadas de ferro fundido, fachada de tijolos vermelhos e lojas ocupando o andar térreo. Uma estátua de Andrew Jackson em seu cavalo adornava o centro da praça. Havia energia ali, uma energia que penetrou meu espírito, levando uma dose necessária de vigor. Colorido. Vibrante. Lindo. A praça estava cheia de cartomantes, joalheiros, artesãos, músicos... uma mistura eclética de tudo isso.

E então nos vimos nos arredores de Riverwalk e da Decatur Street, onde as charretes ficavam estacionadas.

Depois de dar a gorjeta ao condutor, Sebastian me ajudou a descer do assento e manteve minha mão na sua enquanto atravessávamos a rua para entrar no Café Du Monde. Não me desvencilhei; estava gostando da sensação. Se ele não estava pensando em soltar a mão da minha, não era eu que iria fazer isso.

O cheiro de pão saído do forno e do café recém-preparado fez meu estômago roncar outra vez, enquanto achávamos uma mesa do lado de fora do lugar, sob o toldo listrado de verde e branco.

Sebastian pediu uma porção de *beignets* e dois cafés. Eu estava ocupada demais observando as pessoas e admirando todos os detalhes da praça, surpresa com a quantidade de área verde que havia nela.

— Aposto que sua mãe devia trazer você aqui. — A voz de Sebastian interrompeu a minha contemplação.

— Por que você diz isso?

Ele deu de ombros, um sorriso ligeiro brincando nos cantos dos lábios escuros. — Se ela morava em Nova Orleans, certamente frequentava este lugar. É um fato inescapável.

A Filha das Trevas

E provavelmente devia ser verdade mesmo. Até mesmo eu que nem era do lugar sabia que todo mundo ia ao Café Du Monde.

— Você tem razão — respondi numa voz suave, olhando o café à minha volta. — É bem provável que ela me trouxesse aqui.

— Se, ao menos, conseguisse me lembrar! Como devem ter sido esses momentos? Vir a esse café com minha mãe, sentar com ela numa dessas mesas...

— E então, você vai querer achar a Alice Cromley? — perguntou Sebastian, mudando de assunto. Ele estava tentando esconder o tom divertido na voz, mas perdeu essa batalha bem depressa.

— Acho que vou recusar essa, obrigada. Prefiro apostar minhas fichas na sua avó a ter que violar o túmulo de uma mulher para moer os ossos dela. — Um arrepio ligeiro percorreu meu corpo, enquanto o garçom voltava com nosso pedido.

— Tem medo? — Ele despejou creme no café. — Quem nunca violou um túmulo não sabe o que é vida.

Um riso borbulhou nos meus lábios um instante antes de eles tocarem a borda da xícara de café.

— Se você está dizendo... — O líquido quente era a pedida ideal para um dia fresco de janeiro no French Quarter. Depois de saborear alguns goles, pousei a xícara e peguei um *beignet*. A massa doce e frita soltou fumaça ao ser partida ao meio.

— Faça como quiser — continuou Sebastian —, mas Dub é um dos melhores saqueadores de túmulos que conheço. Você precisava ver algumas preciosidades que ele já conseguiu.

— Dub. O Dub viola túmulos. Você está de sacanagem comigo? — O *beignet* derreteu na minha boca. Soltei um gemido — caramba, eram gostosos demais.

— Tem muitos jovens que fazem isso. A gente precisa ganhar dinheiro de algum jeito. A Crank entrega correspondência. Eu trabalho para a Novem. O Henri limpa infestações de ratos e cobras de edifícios. E o Dub rouba túmulos, e vende o que acha para os turistas e antiquários.

— Que coisa mais doente.

A sobrancelha dele se levantou, sinalizando que concordava comigo.

— Bem, mas, pelo menos, nós não passamos o tempo todo pensando em esportes, hormônios e zoação. — E seu corpo imitou a meia-reverência que eu tinha feito mais cedo. — Eis aqui um produto de Nova 2. — Sebastian riu. Um riso que soou profundo e contagiante, e que exibiu aquelas covinhas fantásticas outra vez...

— Mas me fale um pouco das tais nove famílias, da Novem. — Dei mais uma mordida no *beignet*, ávida por desviar logo o assunto para longe dos cadáveres e cemitérios e, com certeza, para o mais longe possível do meu estado de encantamento crescente pelo guia turístico local que havia arrumado. — Por que eles insistem em manter tanta reclusão?

— Não se trata de reclusão. Eles só não se importam com o mundo lá fora, da mesma maneira que vocês todos fazem.

— E com o que se importam, então?

— Com preservar a cidade — falou entre uma nova mordida e algumas mastigadas —, com a história do nosso povo e daqueles parecidos conosco, e que ofereceram refúgio para indivíduos com mentalidades afins, um lugar onde você não é julgado e nem transformado num experimento de laboratório.

— Experimento de laboratório?

Ele fincou os dois cotovelos na mesa.

— Nova 2 é um lar para muitas das pessoas que a Novem chama de "especiais". O que você acha que aconteceria se a Violet ou o Dub — ou até eu mesmo, aliás — vivessem fora dos limites da Borda?

Essa era fácil.

— Se não conseguissem disfarçar seus dons, não teriam uma vida muito tranquila — respondi pensativa, me lembrando das minhas próprias experiências.

— Exatamente. E Nova 2 é um lugar onde você não precisa viver escondido, mas onde também é livre para fazer isso se quiser. Onde ninguém vai julgar ninguém por ser diferente. E essa sempre foi a intenção da Novem desde o início.

Meu coração bateu em falso.

— Porque eles são diferentes também. — Então eles não eram só famílias tradicionais cheias de dinheiro antigo, eles também eram diferentes. *Douè*, como Dub havia dito.

Sebastian assentiu.

— E o resto dos seus parentes, a família Arnaud, eles são como você? Eles sabem hipnotizar as pessoas?

A mastigação ficou mais lenta, enquanto ele pensava na resposta.

— Eles conseguem fazer isso, sim.

Eu queria acreditar nas palavras do Sebastian, acreditar que a Novem não estava por trás do homem que havia me atacado em Covington, que eles estavam do meu lado e, na verdade, eram um grupo de pessoas do bem.

Mas os anos haviam me ensinado que era sempre melhor desconfiar do pior. Que isso era infinitamente mais produtivo do que confiar em alguém, dar o benefício da dúvida a essa pessoa e receber em troca uma facada pelas costas.

Saboreamos os cafés e acabamos com a porção de *beignets*. Sebastian pagou a conta.

— E aí, você acha que está pronta para ir falar com Josephine?

Eu me levantei da cadeira e joguei a mochila por cima do ombro.

— Agora é uma hora tão boa quanto qualquer outra.

Oito

Sebastian foi conversando comigo enquanto atravessávamos a praça. A Catedral St. Louis era ladeada por dois grandes edifícios históricos. O Presbitério, à direita, havia sido reformado para abrigar as pretensiosas instalações do colégio/faculdade da Novem, que Sebastian supostamente deveria frequentar, se não vivesse matando aulas. E o prédio à esquerda era o Cabildo, que continuava sendo um museu, como fora nos tempos anteriores à Nova 2, mas que tivera o segundo e o terceiro andares ocupados pela Novem e transformados na sua sede oficial. Era lá que aconteciam também as reuniões do Conselho dos Nove, abertas apenas ao chefe de cada uma das famílias.

E cada um dos clãs dispunha também de apartamentos e escritórios particulares nos dois edifícios do Conjunto Pontalba, que ocupavam os lados da praça.

Pelo visto, a Jackson Square era a base de operações da Novem.

A cada passo que dávamos na direção do Cabildo, eu sentia meus músculos se retesarem mais. Girei o pescoço para contemplar mais uma vez a torre alta da catedral.

— A história da sua família remonta a que época, exatamente?

— O primeiro Arnaud chegou a Nova Orleans no ano de 1777. Ele era o terceiro filho de uma família nobre da região de Narbonne, na França.

Um trio de músicos tocava junto aos bancos diante da catedral. O vento aumentou, e nuvens baixas cobriram o sol. O ar ficou úmido e frio com a ameaça de chuva. Algumas gotas começaram a cair justo no momento em que nos protegemos sob uma das arcadas do antigo museu.

Fomos recebidos do lado de dentro por um silêncio oco. Havia algumas exposições permanentes abertas ao público, mas não tive muito tempo para explorar os arredores, enquanto Sebastian me conduzia por um lance de escadas.

O átrio do segundo andar havia sido reformado para lembrar um edifício comercial de luxo, com um balcão central para os recepcionistas e tudo. Sebastian soltou minha mão quando o sujeito do balcão ergueu os olhos, o reconheceu e assentiu de leve com a cabeça, antes de voltar ao que estava fazendo.

Nossas passadas ecoaram alto no assoalho de madeira encerada ao nos dirigirmos para a comprida galeria na parte frontal do edifício. A luz tempestuosa do lado de fora entrava pelas janelas em arco, projetando um brilho estranho no ambiente. Mais adiante, um corredor encontrava a galeria principal.

Sebastian entrou nele. Fui atrás. Nada de janelas. Nada de luz artificial. Só um corredor que ia ficando mais e mais escuro à medida que avançávamos.

A Filha das Trevas

Paramos na última porta à direita. Minha pulsação ribombava num ritmo regular junto aos ouvidos. Josephine Arnaud pagara uma parte da estadia da minha mãe no hospital. Era óbvio que elas se conheciam. Talvez Josephine tivesse até conhecido meu pai. Engoli o bolo que havia se formado na garganta, tentando não alimentar demais as esperanças. Mas estava muito perto da verdade.

A sala de espera onde entramos era tão antiga e sagrada quanto o restante do edifício. Os móveis pareciam caros demais para que alguém ousasse se sentar neles, e cada quadro nas paredes devia valer alguns milhões. Desejei que houvesse algum tipo de música ambiente, alguma coisa além daquela quietude sinistra.

Um homem levantou os olhos da sua escrivaninha quando nos aproximamos. Era um sujeito bonito, provavelmente na casa dos trinta anos, que não tinha *nada a ver* com a imagem que eu faria de um secretário. O cabelo castanho escuro estava preso num rabo de cavalo. Formava um bico de viúva na testa, emoldurando um rosto de traços clássicos.

Ele franziu os lábios, os olhos estreitando-se na direção de Sebastian.

— Então, finalmente, decidiu usar o juízo, Bastian?

Sebastian enrijeceu o corpo.

— Sempre usei muito bem o meu juízo, Daniel.

— Eu não diria que matar aulas e ir viver no lado mais podre do Garden Dis...

— Só avise a Josephine que nós estamos aqui.

Os olhos escuros de Daniel ficaram presos ao olhar de Sebastian por um longo segundo carregado de tensão, antes de se voltarem para mim.

— Então você a encontrou — disse ele, medindo-me de cima a baixo e provavelmente se perguntando o que diabos a velha poderia querer com alguém como eu. — Madame vai ficar feliz com a notícia. Podem entrar. — Ele pegou o telefone e murmurou algo em voz baixa, enquanto atravessávamos a sala em direção às portas duplas.

Sebastian se voltou para mim com um revirar de olhos que dizia *Isso vai ser a maior diversão*, antes de empurrar a maçaneta. Inspirei bem fundo e me preparei para encontrar a pessoa que talvez tivesse todas as respostas.

Uma mulher de cabelo preto-azulado baixou o telefone e levantou-se devagar, ajeitando a barra do blazer rosado que usava sobre a saia da mesma cor, com uma blusa tinindo de branca por baixo. As mechas escuras estavam torcidas num coque, ela usava brincos de pérola e um colar de camafeu. Dinheiro muito antigo. Um mundo muito antigo. E, ao que tudo indicava, um clima *nada* vovozinha.

— *Bonjour, Grandmère*. — Sebastian se inclinou para beijá-la nas duas bochechas.

Minhas pálpebras se fecharam por um instante, e logo depois meneei a cabeça, querendo rir. Falando sério, será que a maluquice daquilo tudo só iria aumentar cada vez mais? Aquela mulher não podia ter mais de vinte e cinco anos de idade. De jeito nenhum ela poderia ser avó do Sebastian. Qualquer idiota descerebrado seria capaz de ver isso.

Sebastian recuou. O olhar de Josephine pousou em mim.

Ele havia mentido. Tinha inventado uma história qualquer e me feito acreditar em tudo. Nossa, que idiota *eu* era! Só o que conseguia sentir era minha própria estupidez, a estupidez de ter acreditado num garoto imbecil. E por quê? Só porque ele era fofo, só porque tinha demonstrado interesse por mim?

— Que se dane — deixei escapar entredentes, enquanto dava meia-volta e marchava na direção da porta, fazendo um esforço enorme para não me sentir magoada.

Eu não sabia qual era o jogo do sujeito, mas, para mim, estava encerrado.

— Ari.

Não parei. A mão de Sebastian se fechou em torno do meu braço. Girei o corpo, com o punho cerrado e já pronto para entrar em ação.

— Que joguinho é esse que você armou para mim, Sebastian? Por acaso estava sem nada para fazer e resolveu pregar uma peça na forasteira? Se divertir à minha custa, só para ver até onde conseguiria chegar? Me esquece! — Puxei o braço da mão dele, sem encarar aqueles olhos cinzentos e falsos. — Esquece que me conheceu. — E segui em direção à porta.

Ele surgiu na minha frente, bloqueando o caminho.

Arquejei, parando de repente, e o sangue sumiu do meu rosto. O movimento dele tinha sido rápido *demais*.

Em algum lugar algo me dizia para fugir, para dar um soco no cara e correr para as escadas, mas eu não conseguia me mexer.

Os olhos dele estavam repletos de preocupação e arrependimento, e talvez houvesse até um toque de súplica neles. O maxilar estava retorcido de frustração.

— Sinto muito, Ari — falou em voz baixa. — Eu achei... — Ele esfregou uma das mãos no rosto. — Achei que você não iria ficar tão perturbada com isso. Pense só no que já viu até agora. E você se lembra do que eu lhe disse no café? Sobre ser *douè*, sobre ser diferente? Não era mentira. Nós *somos* diferentes. — Ele revirou os olhos para o teto. As duas mãos se agarraram aos meus antebraços. — Eu só quero ajudar você. E juro, ela é minha avó mesmo.

Dei um passo para trás e pisquei com força, tentando espantar a névoa de confusão que estava invadindo a minha mente. É, eu tinha lidado bastante bem com todas as bizarrices que haviam aparecido até ali. *Mea culpa*. Porque agora a coisa estava desmoronando em cima de mim feito uma droga de avalanche da qual eu não conseguia escapar, desmoronando de um jeito que não daria pra deixar de lado e ignorar.

— O que você é, exatamente?

Um cacho de cabelo negro caiu tapando o olho dele, e foi afastado com um suspiro profundo. A boca se abriu, mas não saiu nenhum som. O maxilar ficou travado, e a sensação era que ele não fazia nenhuma ideia de como responder a minha pergunta.

— Ele é um Arnaud — interveio uma voz quente, de sotaque francês carregado.

Os lábios de Sebastian se esticaram numa linha amarga, como se ele desejasse ser qualquer coisa *menos* um Arnaud.

— Venham, sentem-se aqui. Vocês dois — disse.

Depois de lançar um olhar bem furioso para Sebastian, dei meia-volta e caminhei na direção de uma das cadeiras vazias diante da mesa de Josephine. Ótimo. O que quer que estivesse acontecendo ali... não tinha importância. O que importava de verdade era conseguir as respostas sobre a minha mãe. Depois disso, eu cairia fora.

A Filha das Trevas

— Ora, ora — começou ela, me avaliando da cabeça aos pés —, exceto pela marca no rosto, você se parece muito com sua mãe.

Meus olhos se arregalaram. Uma das mãos se agarrou ao encosto da cadeira e a outra foi pousar na barriga. Aquelas palavras tinham jogado uma onda de choque em cima de mim. Havia umas lembranças difusas, claro, mas eu sempre as questionara. Sempre tivera dúvidas.

E ali estava, enfim, a resposta para uma das minhas perguntas, e ela havia me deixado com uma sensação estranha de felicidade e dor misturadas.

— Por favor, sente-se. — Josephine se recostou na sua cadeira e me estudou com um olhar avaliativo.

Respire. Pelo canto do olho, vi Sebastian se sentar. Meu pulso estava acelerado demais, e uma fraqueza tomou conta das pernas. Talvez, me sentar fosse mesmo uma boa ideia.

— Quando me ligaram de Rocquemore House, não acreditei. Mas... — Josephine estendeu as mãos e sorriu, o que obviamente era um acontecimento raro visto que sua pele pareceu prestes a rachar nessa hora. — Olhe só. Aqui está você.

— Então a senhora sabia sobre Rocquemore. Sabia que minha mãe havia ido parar lá.

— Sua mãe fugiu de Nova Orleans contrariando o meu conselho. Foram necessários alguns meses, mas não foi difícil descobrir o paradeiro dela.

— E a senhora simplesmente a deixou naquele lugar.

— O que você teria sugerido, criança? A mente dela estava fraquejando. Tinha necessidade de acompanhamento constante. O sanatório era o melhor lugar para abrigá-la. Infelizmente, quando a localizamos você já estava perdida nos meandros do sistema, caso contrário, teria tido um lar aqui conosco.

Sebastian resfolegou de leve.

— Como a senhora conheceu minha mãe?

— Eleni me procurou com um pedido de ajuda alguns meses antes dos furacões. Era uma mulher muito especial, Ari. Mas disso você, por certo, já deve saber, *oui*?

— Se o seu "especial" tem a ver com amaldiçoada, a resposta é sim, eu sei.

Josephine deu de ombros, como se aquilo não tivesse passado de um ligeiro mal-entendido entre os sotaques.

— E o meu pai?

— A identidade do seu pai era um segredo que Eleni guardava.

A vaca estava mentindo. E nem fizera qualquer esforço para disfarçar isso. Cruzei os braços.

— E a senhora, quem é exatamente?

— Eu sou Josephine Isabella Arnaud. Filha de Jacques Arnaud, fundador desta família e o primeiro de nós a chegar a Nova Orleans.

Soltei uma risada cortante e alta, uma risada do tipo à-beira--de-um-colapso-mental.

— Está querendo que eu acredite que é a filha de um sujeito que chegou aqui em 1777? Isso quer dizer que tem o quê? Mais de trezentos anos de idade? Estou vendo que mandaram a pessoa errada para Rocquemore.

Um riso gutural borbulhou da garganta de Josephine.

— Você é mais espirituosa que ela. Tem mais... *atitude*.

A frustração cavava um buraco mais fundo no meu peito a cada segundo que se passava.

A Filha das Trevas

— Por que a senhora ajudou minha mãe?

— Ela estava com medo. Sozinha. A única da sua estirpe, como dizia. Eu sabia que ela era diferente, mas só mais tarde fui compreender a dimensão do seu poder.

— Que poder?

— Eu quero ajudá-la, Ari. Existem pessoas que desejam vê-la morta por causa daquilo que você traz consigo. Sua mãe devia ter ficado em Nova Orleans como eu aconselhei, mas ela entrou em pânico quando as tempestades chegaram. Não acreditou que eu pudesse protegê-la, que todos juntos pudéssemos proteger a cidade. Mas foi o que fizemos. E agora somos os donos do lugar. Eleni talvez estivesse viva até hoje, se tivesse ficado. — Josephine ficou um instante remexendo na caneta em cima da escrivaninha. — Pedi para vê-la porque quero lhe oferecer minha proteção enquanto estiver na cidade. Juntas iremos mergulhar no passado e desvendar tudo sobre o dom que você recebeu. Mas, em troca, precisarei da garantia da sua lealdade: um juramento de sangue com a família Arnaud e mais nenhuma outra.

— Foi isso que a senhora pediu à minha mãe em troca? Não foi pela bondade pura e simples do seu coração que resolveu ajudá-la?

Josephine riu.

— Eu não tenho coração, minha querida. Pode perguntar a meu neto. — A resposta de Sebastian foi um sorriso forçado. — Estamos acertadas então, criança?

— Eu tenho a sua palavra quanto à suspensão da maldição?

— O poder das nove famílias é capaz de qualquer coisa. E *oui*, eu lhe dou a minha palavra.

Eu não tinha intenção de ficar em Nova 2 por muito tempo depois que a tal *coisa*, a maldição que tinha levado minha mãe à morte, estivesse fora da minha vida para sempre. E não pretendia mergulhar no passado com Josephine coisa nenhuma, mas ela não precisava saber disso. Eu não confiava em uma palavra saída daqueles seus lábios perfeitos. Mas não tinha como negar o fato de que o nome de Josephine aparecia nos registros do hospital. Ela *havia mesmo* conhecido minha mãe. *Havia mesmo* existido um sujeito que virou fumaça, depois de morrer tentando me matar. Se eu acreditava que Josephine era capaz de acabar com a maldição? Com ressalvas. Mas já estava ali mesmo. Não havia mais nenhuma outra alternativa disponível para tentar, e não parecia um problema mentir descaradamente para conseguir a cooperação dela.

— Ótimo então. Você acaba com minha maldição e eu lhe dou meu juramento.

— Preciso de dois dias para preparar o ritual. Você ficará sob a vigilância da família Arnaud. Etienne será o seu protetor. E poderá ficar alojada...

Sebastian pôs-se de pé num pulo.

— Sem chance de ela ficar com vocês.

— Suas opiniões têm poucas chances de influenciar a minha decisão, Sebastian.

— Etienne é um imbecil.

Josephine ignorou a explosão de raiva, apoiou os dois braços na escrivaninha e lançou um olhar ponderado para Sebastian.

— E o que, em nome dos céus, você sugere que eu faça com ela?

— Que a livre do fardo de ter que aturar Etienne, para começo de conversa.

A Filha das Trevas

Finalmente me pus de pé. Eles que se danassem. Podiam ficar ali discutindo o dia todo.

— Obrigada pela oferta, mas posso me cuidar sozinha. Preciso ligar para os meus pais adotivos para avisar que vou ficar por aqui um pouco mais.

O único som no escritório foi o rugido de um trovão ao longe.

— Muito bem — disse Josephine por fim. — Pode ir. Tenho trabalho a fazer. Sebastian irá vigiá-la, e Daniel pode ajudar com o telefonema. — Ela voltou a atenção para os papéis à sua frente, mas, em seguida, fez uma pausa:

— Eu a aguardarei daqui a dois dias.

Meu corpo todo tremia quando Daniel completou a ligação para Memphis. A Novem tinha telefones que funcionavam. E provavelmente dispunha de conexão com a internet também.

Daniel me passou o fone. No quarto toque, Casey atendeu.

— Sanderson Cauções & Fianças, Casey falando.

Caminhei na direção da parede do fundo. Sebastian estava esperando na porta, encostado nela, com os braços cruzados e uma impaciência tremenda para cair fora dali de uma vez.

— Casey. Sou eu.

— Meu Deus do Céu, Ari. Onde é que você está? Bruce já ligou mil vezes para o seu celular e só cai na caixa-postal. Achávamos que você já estaria na estrada de volta a esta altura. — Ela fez uma pausa e consegui visualizar o seu rosto — as duas rugas entre as sobrancelhas afundadas pela preocupação, uma das mãos prendendo o cabelo ruivo cortado à altura do ombro atrás da orelha.

— Está tudo bem?

— Tudo certo. Encontrei uma pessoa que conheceu a minha mãe. Ela quer que eu fique mais alguns dias. *Eu* quero ficar mais alguns dias.

— Ah. Então... — A pausa longa sinalizou que eu a havia deixado completamente sem chão. — Você sabe que eu quero isso para você, Ari. E que não vou atrapalhar seu caminho. Mas sou responsável pelo seu bem-estar. Essa pessoa está aí? Posso falar com ela?

Eu me encolhi com o fone na mão.

— Claro que pode. Mas antes que você tenha um ataque... — *Respira fundo.* — Estou em Nova 2. E sinto muito por isso. Sei que vocês não queriam que eu viesse sozinha para cá, mas eu tinha uma pista, e a viagem seria rápida, e então conheci a Josephine e... — Parei para tomar ar, de repente, sem saber o que dizer em seguida, sabendo só que tinha feito uma besteira e que tinha mentido, mentido para o primeiro casal de pais adotivos que se importara de verdade comigo.

Silêncio do outro lado.

Por fim, o suspiro de Casey veio flanando pela linha do telefone.

— Alguma coisa já estava me dizendo que você talvez fosse até aí, depois de saber sobre o hospital. Olha, eu entendo. Entendo mesmo. Mas você não pode sair viajando sem nos dizer onde está. Não completou dezoito anos ainda. E Bruce e eu nos preocupamos com o que pode lhe acontecer. Sei que provavelmente é difícil acreditar nisso, às vezes, mas...

— Não — interrompi. — Sei que vocês se preocupam. Estraguei tudo. Desculpa.

— Bom, fora o fato de que o Bruce certamente vai obrigar você a limpar o banheiro do escritório como castigo e pegar mais

A Filha das Trevas

pesado do que nunca no treinamento de luta, acho que tudo bem. Você conhece as ideias dele sobre o trabalho duro fazer as pessoas pensarem. E... vê se não se afasta da gente, certo? Isso não resolve nada, não ajuda em nada.

— Tá bem. — *Eu sinto muito. Sinto muito mesmo.* Não importava quantas vezes dissesse isso a ela, ou a mim mesma, nunca seria capaz de expressar o quanto estava me sentindo mal por dentro.

— Tenho uma reunião daqui a 5 minutos. Passe o telefone pra essa tal Josephine.

Sebastian veio logo atrás de mim nas escadas, gritando para que eu esperasse, mas não esperei. Que ele vá para o inferno.

A raiva e a humilhação corriam pelo meu sangue. Raiva dele, de Josephine e de mim mesma por ter mentido. Eu era uma bosta. O tipo mais fedido e nojento de bosta, mas que outro tipo poderia existir? Bruce iria ter um troço quando soubesse. E Casey, o desapontamento na voz dela... Nossa, aquilo doeu fundo. Teria sido melhor se ela tivesse gritado comigo, em vez de simplesmente aceitar o que eu fizera, de ter se mostrado compreensiva e tentado seguir adiante normalmente. Eu não merecia. E a pior parte era que havia traído a confiança deles.

Quando empurrei a porta do térreo com um safanão e saí para a rua molhada, estava tão furiosa que seria capaz de gritar.

Uma garoa fina caía. Os músicos haviam se recolhido e a rua estava vazia. As luzes das lojas térreas do Conjunto Pontalba emitiam um brilho cálido na neblina cinzenta, fazendo a região parecer completamente desolada.

Saí marchando pelo meio da rua, grata pelo tempo frio, me perguntando se o vapor que subia da minha pele era calor corporal ou a raiva fervente em seu estado puro, que foi despejada inteira em cima de Sebastian.

— Que tipo de criatura você é? E não mude a porra do assunto, nem me venha com uma das suas respostinhas ambíguas. Estou falando sério, Sebastian; não sei se vou aguentar mais essa maluquice por muito tempo.

E fiquei esperando, as mãos nos quadris, observando enquanto a rigidez da sua postura se dissolvia.

— Minha mãe era uma Arnaud — falou ele. — Mas, seja como for, eu me pareço mais com meu pai. — Um músculo do seu maxilar se contraiu. — As nove famílias são divididas em três grupos. Os Cromley, Hawthorne e Lamarliere são bruxos muito poderosos. — Ele se encolheu ao pronunciar a palavra "bruxos", fazendo parecer que preferiria ter que arrancar um dente sem um pingo de anestesia a estar dizendo aquelas coisas. A cabeça se virou para cima na chuva e ele respirou fundo mais uma vez. — Os Ramsey, os Deschanel e os Sinclair são todos alguma forma de semideus ou de criatura com poder de metamorfose. E os Arnaud, os Mandeville e os Baptiste são o que você poderia chamar de... vampiros.

Uma piscada lenta foi minha única reação.

O resto aconteceu por dentro: o vazio no estômago, o gelado nas veias, a constatação de que cada palavra do que ele estava dizendo era verdadeira.

Realmente. Tudo se encaixava. As pessoas do outro lado da Borda simplesmente davam risada e sacudiam as cabeças diante dos relatos de atividades paranormais, diante das alegações malucas sobre a existência de vampiros e fantasmas e outros tipos de aparições em Nova 2. E de mim, com a minha maldição. E da turma da casa na First Street. E de Sebastian e do seu poder de transformar aquelas funcionárias do hospital praticamente em robôs...

— Você é um vampiro. — Eu estava rindo.

Pois é, e você viu com os seus próprios olhos um sujeito desaparecer numa nuvem de fumaça, Ari.

— Pela metade — retrucou ele, como se isso fizesse uma enorme diferença. — Meu pai não era vampiro. Ele era um Lamarliere. E não sou nenhum tarado de trezentos anos que sai por aí beijando adolescentes, está bem? Tenho a sua idade. E nasci do mesmo jeito que você.

Ele jogou as mãos para o alto, me lançou um olhar que dizia: *Eu sei que você está me achando maluco,* deu meia-volta e saiu marchando pelo meio da rua. Pingos de chuva rolavam pelos lados do meu rosto. À frente de Sebastian, o French Quarter parecia perdido no meio de nuvens de cerração. E, de repente, ele girou o corpo, caminhando de costas por alguns metros, abrindo os braços e soltando um grito cheio de frustração:

— Bem-vinda a Nova 2!

Ele estava sofrendo, e eu não sabia por quê. Voltou-se novamente para frente e arqueou os ombros contra a chuva fina. Meu coração batia feito louco. Meu corpo estava tomado por uma tremedeira incontrolável, por causa do frio e por causa das palavras de Sebastian.

Aquilo não deveria me deixar tão surpresa. Não deveria. Principalmente depois de ter convivido tantos anos com minha própria bizarrice, e de ter ouvido todas as teorias e estórias que circulavam a respeito da Novem. E da maldição. E de ter conhecido a garotada do Garden District.

O que você vai fazer, Ari? Fugir? Vai fazer de conta que é uma garota normal e que não consegue lidar com esquisitices desse tipo? Ou vai ficar e aguentar o tranco e descobrir o que você é de verdade?

Fiquei zanzando pela rua feito um leão enjaulado, de um lado para o outro, meus olhos colados à silhueta de Sebastian, que começava a se dissolver na névoa. Cravei os dentes na parte interna da bochecha até sentir o sangue atingir minha língua e me instilar um pouco de humanidade, algum *senso de realidade*. Essas pessoas ainda sangravam como as outras. Ainda morriam como as outras. Eram pessoas que amavam, que sofriam, que queriam sobreviver. Da mesma forma que os *doué*, os especiais. E que todos na Novem também.

— Sebastian!

Disparei rua abaixo.

Ele deu mais alguns passos antes de se virar, a chuva agora caindo forte. Eu não tinha ideia do que estava fazendo, ou por quê. Mas me atirei para cima dele, enroscando meus braços em volta do seu corpo e apertando com força.

Primeiro, ele ficou duro, não sei se pelo choque ou por raiva, mas, depois, me apertou também, puxando meu corpo ainda mais para junto do seu até ficar com o nariz enterrado junto à minha nuca.

Por fim, depois que estávamos os dois ensopados, ele levantou a cabeça e me olhou nos olhos, envolvendo meu rosto entre as mãos.

— Achei que você fosse me mandar para o inferno, que fosse embora. A cada palavra que dizia, eu estava achando que era a última vez que falava com você.

A Filha das Trevas

— Sem essa. Eu aguento o tranco. Você faz ideia da pessoa perturbada que eu sou?

O sorriso meio de lado transformou o rosto dele.

— É, acho que faço uma ideia.

O calor no meu estômago voltou a aparecer. Sebastian me beijou, com os lábios molhados de chuva.

Nove

— Fizemos deste pedaço o nosso lar desde o começo. Quando os furacões vieram, as famílias deixaram suas desavenças de lado, uniram seus poderes para proteger a maior porção que conseguiram da cidade. O Vieux Carré. O Garden District. O impacto no centro financeiro foi bem grande, e é por isso que a maior parte dele continua em ruínas até hoje. Depois que estava tudo terminado, os chefes de todas as famílias formaram o Conselho, e começaram a esquecer os rancores antigos e a conversar. E quando ficou óbvio que o governo americano não teria condições de fazer a reconstrução, reuniram seus recursos e compraram o território. Desde esse dia, a cidade pertence a eles. São eles que têm o controle sobre tudo — sistema bancário, mercado de imóveis, turismo, transações comerciais... tudo.

Eu ouvia a explicação, sorvendo o chá quente do copo para viagem junto com as palavras de Sebastian. Depois que a chuva começou a apertar, nós havíamos corrido para a calçada e encontrado uma pequena livraria equipada com um café.

A Filha das Trevas

Sua voz tinha um tom tranquilo e a pele estava pálida, os olhos cinzentos num contraste gritante e prateado contra o negro dos cabelos e os lábios vermelho-escuros. Eu poderia passar o resto da vida olhando para aquele rosto. Mas isso era uma coisa que ele nunca, *jamais* ficaria sabendo.

— Há outras coisas vivendo na cidade e nos arredores — continuou Sebastian. — A Novem oferece asilo para qualquer tipo de pessoa ou criatura, desde que se disponha a seguir suas leis e não atrair atenção para si. E nem todo mundo que mora aqui é diferente. Existem pessoas comuns também.

Meus dedos envolveram o calor do copo descartável, meu estômago se contraiu. — Mas a sua mãe era...

— Uma vampira? — respondeu ele, com um riso que soava como se não acreditasse em si mesmo. — Era. E era a única filha de Josephine.

— Sempre achei que os vampiros eram feitos por outros, não nascidos deles. Pensava que não podiam ter filhos.

— É isso que a maioria das pessoas acha. — Ele sorriu e encolheu de leve os ombros. — E nós não vemos muita necessidade de esclarecer os fatos para o mundo exterior. É tudo muito simples. Não somos uma espécie totalmente à parte, nem nada do gênero; somos só um ramo que saiu da árvore evolutiva da humanidade há muito tempo e evoluiu de uma forma diferente. Você ficaria surpresa de saber quantos desses desmembramentos evolutivos existem. Mas, é verdade, vampiros também podem ser feitos, além de nascer. Os que são feitos nós chamamos de Transformados — basicamente, são humanos que foram transformados em vampiros.

— E as crianças?

— É bem raro termos uma criança. Não é fácil para um vampi procriar, mas isso acontece, às vezes. As crianças que nascem desse modo crescem normalmente, mas, chegando à idade adulta, seus corpos param de envelhecer. É por isso que a maior parte dos vampis de nascença tem a aparência de 20 e poucos anos de idade. — Ele ia continuar a dizer algo, mas então hesitou e sacudiu a cabeça. — Você tem certeza de que quer mesmo saber essas coisas?

— Claro, o assunto é interessante. — Dei um risinho. — Interessante do tipo capaz de pirar sua cabeça, mas interessante, mesmo assim.

— Você tem sorte por não ter sido obrigada a frequentar as aulas de biologia molecular do Sr. Fry, que faz questão de explicar a existência de toda criatura humana e *doué* ao nível dos detalhes genômicos.

— O sonífero perfeito, hein?

— Pode apostar. — E ele ficou quieto.

Mordi o lábio, parando um instante para refletir sobre o que ouvira do Sebastian. — Mas você é só meio-vampiro?

Ele fincou os cotovelos na mesa e inclinou o corpo.

— Vou encurtar a história para você. Nós temos as crianças puras, que são chamadas de Linhagem do Sangue. Elas são vistas como a nobreza; são as mais poderosas e também as mais irritantes. Imagine um ego do tamanho do Monte Everest. Os filhos de humanos com vampiros são a chamada Linhagem do Dia. As características desse grupo são variáveis, com poderes e pontos fracos diversos, dependendo da criança. Quem nasce da Linhagem do Dia não precisa de sangue para sobreviver como a Linhagem do Sangue. Embora exista uma fase, quando chegam à idade adulta, em que a ânsia aparece. E então se eles provam o

A Filha das Trevas

sangue — completou ele, com um encolher de ombros —, passam a precisar dele desse ponto em diante, exatamente como alguém da Linhagem do Sangue precisa.

— E eles fazem isso, geralmente? Provam o sangue?

Sebastian concordou com a cabeça, uma expressão sombria tomando conta do rosto e o volume da voz baixando aos poucos.

— Para qualquer vampiro é difícil resistir ao apelo do sangue, seja de qual linhagem for.

O peso dessa confissão se fez sentir entre nós por um longo momento. Pigarreei.

— E você é isso, então, um membro da Linhagem do Dia?

Ele desviou o olhar. O seu pomo-de-adão subiu e desceu, engolindo em seco.

— Não. Minha outra metade é Lamarliere. Não exatamente humana também. O DNA dos bruxos é um pouco diferente, da mesma forma que o dos vampis e dos metamorfos, só que, em geral, os poderes deles são passados só pela linhagem materna.

— Mas, nesse caso... Você seria definido como o quê, afinal?

— Eu sempre gostei de "aberração da natureza".

— *Rá* — devolvi —, essa aí já é minha.

Ele inclinou a cabeça, como se estivesse abrindo mão do título em meu favor.

— Mas, falando sério agora: quando eu era pequeno meu pai deu um jeito de me levar até uma biblioteca escondida que existe no Presbitério, uma que os alunos nunca chegam a conhecer. Uma que guarda as coisas antigas *de verdade*. Chegando lá, ele pegou uma tábua de pedra e disse que ela contava a história de uma criança como eu. Que pertencia ao que ele chamou de Linhagem da Neblina.

— Linhagem da Neblina — repeti.

— Isso. Porque a neblina esconde o que há por dentro. E isso meio que descreve a maneira como eu sou. Um ponto de interrogação gigante, você entende? Ninguém saberá me dizer que características, maldições ou necessidades trago comigo até que elas se manifestem. Há aqueles entre nós que já se viram precisando de sangue para sobreviver. Outros nunca sentem essa necessidade. Alguns têm o poder de controlá-la.

— Ah. — Um calor se esgueirou pela minha nuca, e eu me remexi na cadeira. — E... bem, em que grupo você está?

Ele balançou a cabeça e pousou o olhar num ponto atrás do meu ombro, impossível de decifrar.

— Não sei. Não tenho ideia de se — ou quando — a ânsia pelo sangue vai aparecer.

Puxa, que reconfortante ouvir isso. Meus dedos apertaram o copo de chá com mais força.

— E quantos de vocês existem?

Ele ergueu as mãos e recostou na cadeira.

— Você está olhando para o único.

— O único. Só existe você então.

— Na América do Norte, só. Devem existir mais alguns pelo mundo, eu acho. Mas, como lhe disse antes, *nós* não somos uma ocorrência muito comum.

— Mas e a Crank? Ela é sua irmã.

— Jenna não é minha irmã, Ari. Não de verdade.

— Mas... — Franzi a testa.

Ele fez uma pausa, escolhendo as palavras certas.

— Este lugar meio que leva as pessoas a se unirem. Se você topa com outros que sejam parecidos com você, outros em quem você sabe que pode confiar para o que for, acaba formando uma família com eles. É isso que a Violet está aprendendo. É por isso que agora ela tem ficado na casa mais do que ido embora. — Ele deu de ombros, parecendo desconfortável por ter se aberto tanto e revelado que tinha um coração. — Jenna perdeu os pais e depois perdeu o irmão. Isso mexeu com a cabeça da garota. Quando a encontrei, ela ainda estava ao lado do corpo do irmão morto. E, de alguma forma, acabou achando que eu era ele, e então foi comigo. Nunca tentei discutir o assunto com ela. Não via motivo para fazê-la sofrer ainda mais. É assim que Jenna consegue forças para seguir em frente. Inventando coisas.

Senti o peito apertar ao ouvir aquilo.

— E como foi que ele morreu?

— Não sei direito. Encontrei os dois no centro financeiro da cidade. Nas ruínas. Ninguém deve circular por aquelas bandas à noite, muito menos andar lá sozinho à hora que for. O lugar é um paraíso para os predadores. Acho que é por isso que a Novem não se mete ali. Vai ver que preferem que o pessoal do mal tome conta das ruínas em paz a arriscar que se alastrem pelo Quarter ou pelo Garden District.

Sebastian fitou a janela marcada pelos pingos.

— Parece que a chuva parou.

Eu não estava fazendo pressão para que ele revelasse nada, e parte de mim sabia que isso era porque eu não queria ter que responder às perguntas *dele* quando chegasse o momento. Uma tentativa de fazer com que, talvez, ele mostrasse o mesmo tipo de consideração que eu mostrara.

— Você quer ir fazer compras? Eu disse aos outros que levaria comida para o jantar.

— Claro.

Era uma caminhada curta, saindo do café e atravessando a praça até o Mercado Francês nos arredores do rio. O sol surgiu no céu quando entramos na área coberta. Turistas e moradores locais haviam ido para lá se abrigar da chuva, e o lugar estava apinhado de compradores. As cores vivas dos legumes e frutas, carnes e queijos, plantas e ornamentos de jardim dominavam o espaço. Sebastian parecia saber bem o que queria comprar e onde, mas preferi seguir uma rota mais lenta, com tempo para absorver os detalhes do ambiente, observar as pessoas e me perguntar quem ali era humano ou não, e para imaginar se — sendo uma *doué* — eu seria capaz de perceber a diferença de alguma maneira.

Mas ninguém se destacava da massa. Nova 2 também era um destino cobiçado pelos praticantes do paganismo e os adeptos da Wicca e dos mais variados estilos de vida alternativos; por isso, a roupa que alguém usava ou o tipo de joia espetado na sua pele não queria dizer coisa alguma.

Desistindo da missão de identificar os passantes, eu me concentrei nos estandes e em inalar os aromas do café e do pão, das flores recém-cortadas e até mesmo o cheiro do rio, que serpenteava pelo ar do mercado trazido por uma brisa ocasional.

Haviam sido montadas bancas especiais do *Mardi Gras* para vender colares de contas, máscaras e fantasias. Logo me vi perdida num arco-íris de cores e corredores exíguos, deixando Sebastian para trás, enquanto regateava o preço de um saco de batatas. As contas dos colares eram geladas ao toque e escorregavam pela minha mão, fluidas como água. As máscaras eram lindas, com seu ar fantasmagórico e sedutor.

A Filha das Trevas

O veludo negro, o debrum dourado e as pequenas plumas pretas felpudas de uma delas me chamaram a atenção, fazendo com que me lembrasse imediatamente de Violet. Eu sabia que ela iria adorar aquela máscara, já podia vê-la amarrada no alto da cabeça da menina. Pousei a mochila no chão e tirei algumas notas de dinheiro de dentro dela.

Em outra banca, comprei *beignets* para levar para Dub e para Henri e um quebra-cabeça de metal para Crank. Depois, comecei a imaginar o que Sebastian gostaria de ganhar e se todos estranhariam o fato de eu ter comprado presentes.

Quase no final do comprido corredor coberto que era o mercado, passei por um varal de lenços, balançando ao sabor da brisa. Uma lufada mais forte fez uma parte deles se enroscar em volta do meu rosto e do meu pescoço no momento em que me virei para procurar o Sebastian. Enquanto me desvencilhava do abraço sedoso, bati em cheio num corpo rígido.

— Desculpe.

Nenhuma resposta. Nenhum movimento, nenhum sinal de recuo. Um vazio se fez no meu estômago ao mesmo tempo que a sensação do mau presságio me congelava o coração. Voltei os olhos para cima.

Outra camiseta preta. Outro gigante de cabelos loiros. Outro conjunto tétrico de faca e escudo.

Minha mão foi atraída para a pistola na cintura, mas havia gente em volta. Hesitei ao ser pega totalmente desprevenida.

Não deveria ter hesitado.

Ele me agarrou pelo braço e girou meu corpo para arremessá-lo para fora do mercado.

— Ei! — Recuei, sentindo a adrenalina disparar. — Sebastian! — Firmando os pés no lugar, puxei o braço com força, usando a outra mão para tentar afrouxar seus dedos fortes. — Me solta! — Ele não fez isso, e quase tropecei quando me deu um safanão ainda mais forte. O sujeito havia prendido meus dois punhos com a mão e começou a me arrastar na direção do rio.

Meus olhos cruzaram com os do vendedor da banca de lenços. A forma como ele recuou para mergulhar na escuridão do fundo do estande, os olhos baixos, me fez questionar se esse tipo de coisa era normal por ali. Não podia ser. Gritei outra vez na esperança de chamar a atenção dos turistas, mas nós já tínhamos nos afastado uns bons metros e os barcos na água, além do barulho do mercado, devem ter sufocado meus gritos.

A visão da água me despertou um pensamento repentino, horripilante — aquele sujeito iria me afogar. Puxei os punhos com força, inclinando o corpo para morder a mão dele. Ela afrouxou o suficiente para liberar um dos braços, que usei para socar com força e sentir nos dedos a dureza do osso do seu malar esquerdo.

Puxei a arma da cintura, mas, quando a ergui, o sujeito interceptou meu braço com a mão livre e o empurrou para o lado, junto com a pistola apontada para longe do alvo pretendido. Eu estava resistindo, mas não seria páreo para um homem daquele porte e com aquela força. Hora de repensar a estratégia. Nossos olhares se encontraram. Minha boca se curvou num sorriso que o fez baixar a guarda por uma fração de segundo; ao mesmo tempo, ergui o joelho para atingir em cheio o meio das pernas dele. A força dos dedos em volta do meu punho aumentou, mas o sujeito soltou um gemido e curvou o corpo, ficando na posição perfeita para o meu joelho atingir o rosto dele. E foi isso que fiz.

A Filha das Trevas

Ele gritou e praguejou na mesma língua desconhecida que o outro cara havia usado. E, quando endireitou o corpo, estava com o rosto vermelho, o nariz pingando sangue, as veias saltadas nas têmporas. Vi a cabeçada chegando, mas não teria a mínima chance de conseguir detê-la.

Minha visão fraquejou e depois resvalou para o negrume.

O zunido suave de um motor. O sacolejar e o barulho ritmado da água batendo contra a fibra de vidro de um casco de barco lentamente me trouxeram de volta à realidade.

As cerdas da forração azul no chão do barco haviam arranhado a maçã do rosto. Um borrifo fino molhava meu corpo, frio e refrescante, criando um incentivo extra que faltava para eu conseguir clarear as ideias. Não mexi um músculo, mas consegui avistar um par de pernas diante do painel de controle do barco que corcoveava nas ondas daquilo que só podia ser o rio Mississipi.

Minha arma havia sumido. Eu não precisava me mexer para sentir a ausência do contato metálico contra a pele, mas, pelo menos, a mochila estava a bordo. Pousada num banco próximo dos controles do barco. Dentro dela, estava a adaga. E, se não podia contar com a minha pistola, a lâmina se tornava uma alternativa interessante.

Assim que endireitei o corpo, apoiando as mãos na forração para ganhar equilíbrio, um cogumelo de dor latejante subiu pela minha cabeça. *Respire. Respire até passar.* O ondular nauseante do barco não ajudava as minhas tentativas de ficar de pé. *Merda.* Lancei um olhar para a mochila e decidi que o melhor plano seria esquecer a ideia da adaga e derrubar meu raptor para fora do barco, me valendo só do elemento surpresa e do peso do meu corpo.

Mas tentar ficar de pé num barco em movimento depois de ter sido atingida pela cabeçada de um troglodita de cem quilos com crânio de chumbo era como tentar guiar uma bicicleta com os olhos vendados através de dois palmos de lama.

O barco passou para um trecho de águas mais calmas e reduziu a velocidade, se aproximando da margem. Eu sabia que só teria mais um segundo, antes que o sujeito viesse checar como estavam as coisas. Empurrei o corpo para ficar de pé e me arremessei para o alvo no instante em que ele se virou.

O cessar do motor fez a proa do barco mergulhar na água. A força do impulso me arremessou direto para os braços abertos do sujeito, que se fecharam em volta do meu tronco ao mesmo tempo que o barco deslizava para uma pequena doca. Por cima do ombro dele, o sol poente me cegou por um segundo, antes de baixar no preto horizonte das águas cintilantes do rio e do pântano que cercava suas duas margens.

Vou perder o jantar com Sebastian e a turma da casa. É engraçado ver os pensamentos estranhos que passam pela sua cabeça em momentos de crise. Tirando o ritual de Vodu com desfecho ruim, a enxaqueca e o encontro com Josephine, hoje havia sido um dos melhores dias da minha vida por causa do Sebastian. Isso, até aparecer um imbecil marombado para estragar tudo.

O sujeito me empurrou como se a ideia de ter meu corpo tão perto de si fosse um sacrifício terrível. Aterrissei com força na forração do barco, arranhando os cotovelos e batendo a parte de trás da cabeça na borda do casco.

— Idiota — soltei entredentes, esfregando o lugar da batida.

A Filha das Trevas

Ele franziu o cenho e replicou com algo provavelmente tão eloquente quanto, antes de atirar minha mochila para a doca, amarrar o barco e vir me buscar.

Assim que nos vimos em terra firme, fiz uma oração de agradecimento, não querendo nada mais do que poder ficar *parada* até meu corpo se readaptar à superfície estável, mas o Sr. Cabeça-de-Chumbo já estava me puxando pelo ancoradouro e me oferecendo a primeira visão do nosso destino.

Tropecei.

Afastada do rio, aninhada num bosque de antigos carvalhos cobertos de barba-de-velho, como se fossem as roupas esfarrapadas de fantasmas mortos há tempos, havia uma imensa casa de fazenda. Totalmente isolada. No meio do pântano, plantada em um gramado bem cuidado, como uma ilha teimosa que se recusava a afundar no lodo. O cheiro do rio e do manguezal era forte, mas abrandado pela brisa vinda da água e pela temperatura mais fria, agora que o sol estava indo embora. Já se ouvia o coaxar dos sapos e o canto dos gafanhotos.

A casa tinha uma comprida sacada no segundo andar e grossas colunas brancas que pareciam tão robustas quanto os troncos dos carvalhos à sua volta.

Umas poucas luzes suaves emanavam das janelas altas, emolduradas por persianas.

Quando chegamos ao gramado, meus pés afundaram na vegetação fofa, como se estivessem pisando na areia. Planos de fuga e perguntas passavam sem parar pela minha mente acelerada, mas questionar meu raptor seria inútil, pois ele não parecia falar uma palavra de inglês. E, à medida que nos aproximávamos da casa, comecei a ter dúvidas se *conseguiria* falar alguma coisa. A construção me deixava sem fôlego. Porque era imensa e bela, sim, mas também porque parecia transbordar emoções. Tristeza. Solidão. A casa era uma linda dama abandonada num mar de cinza, verde e negro, protegida apenas pelas matronas vegetais na forma dos carvalhos embrulhados em seus xales fantasmagóricos.

Atravessamos o alpendre do térreo para chegar à porta principal. Do lado de dentro, o espaço era iluminado por um enorme lustre que pendia do teto do vestíbulo.

Deserto e mergulhado em luz difusa. O verdadeiro sonho de um decorador de interiores. Nossas pegadas úmidas e enlameadas ressoaram nas tábuas do assoalho, passando pela imponente escadaria em curva e seguindo na direção dos fundos da casa. Então ele me empurrou para o lado direito, onde havia uma porta que conduzia ao vão sob a escada.

O sujeito emitiu algumas palavras sussurradas quando entramos no espaço fétido iluminado por velhos lampiões de ferro. Havia algo de muito errado nessa cena. Nós estávamos indo *para baixo*. O que seria impossível de fazer no meio de um pântano. Claro, a casa devia ter sido erguida sobre um trecho de terra firme, mas até mesmo essa área estava afundando, da mesma maneira que tudo mais que havia nos limites e em torno de Nova 2.

Meu coração disparou quando olhei para as paredes feitas de blocos de pedra encaixados firmemente uns nos outros. Filetes negros de lodo escorriam das fendas, fazendo parecer que as pedras estavam chorando lágrimas escuras. A sensação era de que, a qualquer momento, os blocos de pedra cederiam, e a água negra e as criaturas do pântano viriam retomar o que era delas por direito.

A Filha das Trevas

Engoli em seco ao chegarmos a um comprido corredor. Já devíamos estar uns dois andares abaixo da superfície, e o peso acima de nós, a ideia de que tudo em volta existia numa base de lama fofa e pantanosa, estava fazendo minha pressão arterial disparar, e as palmas das mãos se encharcarem de suor. Eu precisava sair daquele lugar. Já. Antes que minha claustrofobia me levasse a entrar em pânico e fazer alguma besteira.

O raptor empurrou minhas costas pelo corredor. Os lampiões se acendiam sozinhos à nossa passagem, como que por mágica. E então me dei conta, horrorizada, de que estávamos passando por celas. *Celas*. Celas protegidas por grossas barras de ferro cobertas de crostas e teias de aranha. No seu interior, só negrume. E o cheiro que havia se tornado sufocante. Muito além do fedor de corpos e dejetos humanos, no limiar do irrespirável.

Meu estômago se revirou, e tropecei justo no momento em que o sujeito me deu um empurrão mais forte para continuar em frente. Caí de joelhos, engasgada, e tive ânsia de vômito por três vezes, antes de ser puxada para ficar de pé outra vez. Uma camada fina de suor frio recobria minha pele e a bile ardia na garganta.

Quatro celas adiante, ele parou e abriu uma das grades.

— Não... — comecei numa voz sumida, pressionando o corpo contra o dele, dando meia-volta e me pendurando em seus braços feito uma criancinha. — Não, por favor. — Ele puxou meus dedos para soltá-los. Lágrimas escorreram pelo meu rosto durante nossa luta corpo a corpo — eu me agarrando a ele com todas as forças, e ele fazendo de tudo para se desvencilhar. Eu já estava muito além do pânico, murmurando palavras aceleradas, trêmulas e desesperadas.

De jeito nenhum, entraria naquele lugar. Nem pensar. *Por favor, meu Deus, não!*

Por fim, minhas forças terminaram e ele levou a melhor, me enfiando dentro da cela. Caí sentada. A porta se fechou numa batida. As palmas das minhas mãos aterrissaram numa gosma, e meus joelhos patinaram no chão escorregadio, quando engatinhei até as grades de ferro, aos berros.

— Não me deixe aqui! Por favor!

À medida que ele se afastava, os lampiões se apagavam um a um.

Meu nariz entupiu. As lágrimas continuavam escorrendo quentes e rápidas pelo rosto, que eu apertava contra as grades de ferro no desespero de reter a luz, de *ver* a luz.

— Por favor.

E então não havia mais nada, além do veludo negro da escuridão e do silêncio.

Chorei por um longo tempo, até não me restarem mais lágrimas. Minhas mãos se afrouxaram em torno das grades e caí no chão junto delas, ainda me segurando, ainda querendo ficar o mais perto que conseguisse da saída, com medo do que se escondia ou *um dia* havia se escondido no fundo da cela.

Por fim, fiquei tão quieta quanto o espaço à minha volta. Minha mente se acalmou e começou a retomar o foco. Era óbvio que o sujeito que me levara até ali era do mesmo tipo do outro que havia me atacado em Covington. E que, ao matar aquele primeiro, eu não havia detido a maldição coisa nenhuma. Uma ligeira onda de náusea percorreu minhas entranhas. Seria para isso que eu estava ali, para ser decapitada do mesmo jeito que minha avó fora? Não. Não, isso *não* iria acontecer. Apertei as pálpebras bem fechadas, me concentrando no *pinga, pinga, pinga* da água e no

A Filha das Trevas

ritmo regular da respiração, que podia estar vindo da cela ao lado da minha ou daquela que ficava do outro lado do corredor.

Houve um leve ruído de algo se mexendo. Um rosnado. Endireitei o corpo. Um calafrio desceu pela espinha e arrepiou os pelos dos meus braços e pernas. Havia outros nessas celas. Eu não estava sozinha. Um alívio, mas também outro motivo de preocupação. Amigo ou inimigo? Alguém raptado como eu ou perigoso? Eu me sentei encostada nas grades por um tempo que pareceu se estender por horas, pensando em Sebastian e na turma da casa da First Street. Será que estavam me procurando? Que haviam desistido? Que estavam se recolhendo para dormir?

Uma luz minúscula começou a crescer na cela que ficava na diagonal da minha. Esfreguei meus olhos secos com as costas da mão. A luz chegou à sua plena capacidade, um brilho tênue e não mais forte do que a chama de uma vela em seus últimos momentos.

Uma sombra surgiu na parede interna da cela, e pareceu que a pessoa que a produziu estava sentada contra uma parede fora do meu ângulo de visão.

— Olá? — A voz que saiu de mim estava rouca por causa dos gritos e quase fraca demais para ser ouvida. Tentei outra vez: — Olá?

— Olá, diz ela — grasnou uma voz ríspida e aguda no fundo do corredor, rindo e zombando. — Pobre criança. Pobre, *pobre* criança. — E veio uma risada alegre, que raspou minha espinha feito unhas compridas passadas num quadro-negro, como se alguém tivesse dado o dom da palavra a um pássaro. Um pássaro cruel. — Trate de se acostumar, menininha. Trate de se acostumar. Olá, ela diz. Olá, olá, olá... — E mais risos, que só cederam quando uma outra voz, vinda também do fundo do corredor, lhe disse para "calar a merda da boca".

Algumas outras celas se acenderam com o mesmo brilho tênue. Seus ocupantes obviamente dispunham de algum tipo de fonte de luz que eu não tinha.

A sombra na cela localizada na diagonal da minha se mexeu, e uma forma escura, iluminada por trás pelo mesmo brilho fraco de antes, surgiu contra as grades.

— O que você fez? — perguntou a voz rouca, masculina. Muito grave, mas muito tranquila.

— Nada. Não fiz nada.

Outras vozes riram. Lágrimas voltaram a pinicar meus olhos, mas eu as espantei, piscando.

— Isso é o que você acha, mas, para Ela, fez sim.

— Ela?

Ele riu, num ronco cheio de ecos.

— Você deve ser uma Bela, então.

— Uma o quê?

— São as Belas que nunca fazem ideia de por que estão aqui. Aquelas que atraíram o tipo errado de atenção, que roubaram a atenção destinada a Ela. — Ele suspirou. — E todas as Belas morrem tão depressa...

— Não sou uma Bela. — E nunca havia pensado ser. Eu enxergava no espelho, sim, uma *possibilidade* de beleza, não fossem os cabelos bizarros e o azul-esverdeado dos olhos num tom claro demais. Muito esquisita para ser bonita. — E tenho certeza absoluta de que não vou morrer aqui.

O homem se mexeu, sentando perto das grades.

— E por que veio para cá, então?

A Filha das Trevas

— Era o que eu queria saber. Estava cuidando da vida no Mercado Francês quando apareceu esse troglodita estrangeiro munido de escudo e adaga para me atacar.

Um assovio se fez ouvir.

— Mercado Francês? Na cidade? Em Nova 2?

— Isso — respondi devagar. — O que Nova 2 tem a ver com a história?

— Os Filhos de Perseu — disse o sujeito. — Caçadores de τέρας. Eles são proibidos dentro dos limites da cidade. Maldita — praguejou ele a meia-voz. — Ela rompeu o pacto.

— Me perdoe se fiquei um pouco perdida agora, mas o que diabo é um caçador de τέρας? E que conversa de pacto é essa?

— O pacto é — era — um acordo feito entre a Novem e Ela, depois que vieram os furacões. Nós entregamos um caçador de τέρας que a havia traído, em troca da sua promessa de nunca mais violar os limites da cidade outra vez. Τέρας quer dizer "monstro" em grego. Qualquer criatura que não seja humana. Os Filhos de Perseu caçam essas criaturas. Perseguem as pobres almas desafortunadas que foram Feitas pela Megera, para começo de conversa.

A voz de pássaro riu, e consegui visualizar a pessoa pulando para cima e para baixo em sua cela.

— A Megera! A Megera, A Megera, A Megera!

— Dá para calar... a merda... dessa boca? — falou a mesma voz irritada de antes.

— Mas se Ela fez uma coisa dessas, você deve ser alguém muito importante. Quem você é? — indagou o cara da cela perto da minha, como se nem tivesse ouvido a comoção no fundo do corredor.

— Primeiro me responda: quem é "A Megera"?

Sussurros. Tristes, frágeis sussurros brotaram, avançando pelo corredor. Sussurros de uma única palavra, uma palavra que, enfim, tomou forma.

Atena.

Os pelos da minha nuca se eriçaram. A voz de pássaro se misturou às outras num murmúrio que soava como uma reverência.

— Atena.

Dez

Soltei um riso de descrença, um som cortante que reverberou corredor afora até os ecos, enfim, serem substituídos pelo gotejar surdo e contínuo da água contra a pedra. Primeiro vampiros, bruxas e metamorfos. E agora isso.

É assim que Alice deve ter se sentido quando caiu na toca do Coelho.

Ninguém se mexeu ou emitiu um som, e fiquei com a sensação de que a minha reação de novata havia trazido um ar de tristeza ao calabouço, como se todos ali, por um instante, tivessem se recordado da sua primeira noite naquele lugar, do seu próprio horror e descrença.

— Quanto tempo faz que você está aqui? — perguntei ao vulto da cela na diagonal da minha.

— Nada traz a loucura de volta mais depressa do que pensar no tempo — respondeu ele numa voz suave. — É melhor você não fazer essa pergunta. Ninguém gosta de ter que lidar com esse assunto.

Ah. Tudo bem.

— E quanto à Atena... vocês estão falando *daquela* Atena, a deusa grega, que morava no Olimpo?

— Ela é, para a infelicidade de todos nós, uma presença muito real.

Meus ombros desabaram, as pálpebras se fecharam trêmulas, e um riso perplexo borbulhou para a minha garganta e se alojou ali. O que diabo estava acontecendo? Por que eu não conseguia sair desse maldito pesadelo? *Os deuses eram reais.* Sem saber como reagir, fiquei lá sentada com a mente como uma tela vazia e as mãos agarradas com toda força às grades. E, além de tudo, o que era ainda mais bizarro, eu tinha, de alguma maneira, irritado um desses *deuses*.

Só podia ser.

Puxei os joelhos até o peito e os abracei, repousando a cabeça no antebraço e deixando escapar num suspiro:

— Eu não estou acreditando nisso. — O homem da cela próxima riu baixinho; ele devia ter a audição inacreditavelmente sensível.

Ergui a cabeça.

— Então, eles são de verdade, os deuses?

— Alguns deles, sim. Alguns seres mitológicos que nós conhecemos, os deuses de que ouvimos falar na escola, não passam de ficção mesmo. Mas muitos são ou já foram verdadeiros um dia. E há também os que jamais foram citados nas narrativas da humanidade e que vagam pela Terra até hoje. Mas os panteões já não são mais o que foram. A Era dos Deuses já passou há tempos, e hoje eles lutam pela sobrevivência da mesma maneira que o resto de nós. Famílias inteiras dizima-

A Filha das Trevas

das, deuses derrubados, aprisionados... Hoje só restaram dois panteões, formados por aqueles que conseguiram sobreviver às guerras e às disputas. Atena adoraria poder exterminar de vez seus inimigos da face do planeta. Mas, enquanto não consegue isso, ela se diverte engendrando conspirações e dando vazão a seus prazeres vingativos.

— Mas, então, o que você fez para irritá-la?

Ele riu.

— Eu nasci do poder.

Outro sussurro pairou pelo corredor.

— Eu nasci também.

— Eu também.

— E eu.

— E eu.

Meu coração ribombou com mais força. O único crime dessas pessoas era terem nascido. Será que esse era o meu crime também?

A voz de pássaro se fez ouvir em seguida:

— Nascido ou Feito. Nascido ou Feito. Todos nós somos Nascidos ou Feitos.

— E você é o quê? — perguntei mais alto, colando o rosto às grades para fazer minha voz descer pelo corredor.

— Feito. Feito. Feito, ela me fez. — E a voz grasnou igual a um pássaro, espalhando um calafrio pelo meu braço.

Outra voz, feminina, emergiu da escuridão.

— Feita.

Contei sete. Havia sete pessoas no calabouço. Eu era a de número oito. A ideia de nascer do poder eu havia entendido, mas "Feitos"?

— O que significa exatamente ser Feito?

— Feito a partir de um humano para virar algo... diferente. Um τέρας. Como castigo. Para lutar em favor dela. Às vezes por mero capricho. Atena é cruel, tem sempre um olhar julgador e não aceita ser ofuscada. Às vezes, a simples beleza física basta para condenar alguém — explicou o homem da cela na diagonal da minha.

A voz de pássaro voltou a se pronunciar em meio a um farfalhar de movimentação.

— Nem todos nós estamos aqui por sermos Nascidos ou Feitos. Há alguém que foi trazido por outro motivo...

— Vá se foder — falou aquela mesma voz irritada e grave de antes. Masculina. Com o mesmo sotaque dos dois caçadores que haviam surgido no meu encalço. Um sotaque que eu agora havia entendido ser grego. O pássaro gritou uma resposta furiosa, o som me fez tapar os ouvidos quando reverberou pelas paredes de pedra.

Ninguém disse nada depois.

Voltei a pousar a cabeça no antebraço e fechei os olhos, deixando o corpo relaxar. Minha mente, entretanto, estava mais ativa do que nunca, repassando os acontecimentos dos últimos dois dias, que haviam conduzido àquela situação. Eu não podia estar muito longe de Nova 2. Este lugar provavelmente era uma das grandes fazendas que existiam, ou haviam existido, ao longo da River Road. Tudo o que precisava fazer era cair fora da cela e voltar para a doca. Ou encontrar uma estrada. Não podia ficar onde estava, não naquela escuridão, não cercada pelo pântano e pelo lodo que podiam, a qualquer momento, implodir as paredes e me afogar em lama — numa avalanche inescapável, sufocante de lama.

Minha pressão arterial subiu em reação a esse pensamento. Os dedos se crisparam com o desejo de provocar algum estrago grave. Um estrago em mim mesma. Um estrago na cela. Não importava. Meu pé fazia a perna quicar com a velocidade de uma locomotiva. Um jeito singelo de liberar a adrenalina que se acumulava no meu corpo. Era quicar a perna ou bater o punho contra a grade de ferro e quebrar a mão. A escolha podia parecer fácil, mas eu já começava a pensar que a sensação da dor talvez viesse a cair muito bem neste momento.

Respira, Ari. Você já esteve em lugares piores do que este. Sete anos de idade. Trancada por três dias direto num caixote de transportar cachorro imundo e alimentada com ração seca atirada através da grade da frente. O meu castigo. A Mãe Adotiva Número Dois havia servido peito de frango no jantar e ele estava totalmente cru por dentro. De propósito. Eu me recusei a comer, fui segurada no lugar, e o frango cru foi enfiado à força goela abaixo. Vomitei tudo bem na mão da Número Dois e ela tentou tapar minha boca com fita isolante, e o resto virou só mais um capítulo da minha história pessoal. Ou coisa parecida. Mas, de qualquer forma, eu já havia sobrevivido àquele espaço minúsculo. E, com toda a certeza, sobreviveria a este lugar também.

Funguei com força e passei a mão pelo nariz, o olhar fixo na luz mortiça no fundo do corredor, me lembrando de outros acontecimentos do meu passado...

Não pense nessas coisas.

Em vez delas, eu iria pensar no Bruce e na Casey, no seu jeito tranquilo e nos sorrisos frequentes; ambos práticos e diretos no trato com as pessoas, mas sempre gentis e carinhosos à sua maneira. Iria pensar na Crank e na Violet, e nos presentes que continuavam na minha mochila, onde quer que ela tivesse ido parar. E no Sebastian. Em como o peso no meu estômago parecia sumir sempre que a imagem dele me vinha à cabeça. Em como amei segurar a mão dele no trajeto até o Café Du Monde. Em como o ato de beijá-lo havia sido capaz de apagar todo e qualquer pensamento da minha mente e, uma vez na vida, me permitiu estar inteira no momento presente, totalmente arrebatada por ele.

Uma tosse ecoou da escuridão.

Ergui a cabeça da grade, o joelho finalmente parando de quicar. Tinha consciência de que estava experimentando o mesmo que todos os outros ali já haviam passado. O pânico. A descrença. O medo.

Meus dentes morderam o lábio de leve. E todos aqueles prisioneiros provavelmente já haviam pensado em escapar também.

Meus dedos tatearam as grades, buscando a fechadura. Era quadrada e tinha um buraco grande o suficiente para acomodar o dedo mindinho, que entrou até a primeira articulação e depois não conseguiu avançar mais. Remexi o dedo na fenda, sentindo o desenho do entalhe.

— Não vai abrir — disse o Cara na Diagonal. — Nossos poderes não funcionam aqui embaixo.

Minha mão congelou.

— Poderes?

Uma única sílaba saiu da sua boca antes de a porta acima se abrir, derramando um raio bem-vindo de luz pelo corredor. Não era uma luz muito brilhante, mas, depois de passar horas na escuridão completa, aquilo era como se o próprio sol tivesse acabado de nascer. Protegi os olhos com as mãos, ouvindo passadas descerem os degraus.

A Filha das Trevas

— Boa sorte, menininha — falou a voz de pássaro.

Retesei o corpo, pondo-me de pé e agarrando as grades, os olhos fazendo esforço para distinguir o vulto do cara mais próximo a mim, em busca de conforto, de ajuda, de qualquer coisa.

— Ele vai levar você para Atena — disse o homem depressa. — Ela não vem até aqui. Terminará antes que você possa se dar conta.

Os lampiões das paredes foram ganhando vida e bruxuleando sua luz, um a um, à medida que as passadas se aproximavam. A grande silhueta escura parou diante da minha cela. Era o mesmo sujeito que havia me levado até ali. Um caçador de τέρας. Caçador de monstros. E estava com a minha mochila pendurada no ombro. Ele enfiou a chave na fechadura, abriu a porta e tateou para dentro.

Reagi sem pensar, movida pelos anos de instinto acumulado e por uma necessidade estupidamente forte de cair fora dali. Agarrei o pulso do sujeito, puxando-o com toda a força que consegui, sabendo que ele não estaria esperando por esse movimento. Que, no máximo, teria se preparado para uma tentativa de fuga, para me impedir de sair, e não de puxá-lo para *dentro* da cela.

Pego desprevenido, o sujeito soltou uma expressão de surpresa e tropeçou para dentro, patinando no chão gosmento e escorregando para a escuridão, enquanto eu tirava a mochila do seu ombro.

A voz de pássaro estrilou. Houve um ruído de movimentação. O caçador praguejou alto.

Abri o zíper depressa e tateei procurando a adaga, que puxei pela lâmina e girei até sentir o punho se encaixar na palma da minha mão. E então esperei, com o coração aos pulos e os membros formigando por causa da adrenalina.

Meus olhos estavam um pouco mais habituados que os dele à escuridão, essa vantagem eu tinha. Meus dedos se contraíram. Movimento. Eu só captei sua imagem de relance por um segundo quando o vulto emergiu do negrume. E caí com os dois joelhos no chão, os tornozelos e os pés protegidos debaixo do corpo, no instante em que os braços se esticaram para o lugar onde eu estivera um instante antes. Os pés dele bateram nos meus joelhos e o sujeito caiu para a frente, enquanto eu inclinava o corpo para trás, tão para trás que minha cabeça chegou a tocar a imundície do chão, e, ao mesmo tempo, arremetia com a lâmina para o alto. As mãos do homem bateram contra as grades. Ele gemeu.

Pingos mornos atingiram meu rosto. O cheiro do ferro era forte e nauseante.

O sangue dele escorreu pelo punho da adaga e para as minhas mãos, já rumando em filetes na direção dos cotovelos. Fiquei quieta, a respiração pesada. Nenhum movimento. Silêncio nas celas. Os músculos das minhas costas e da barriga sentiram o impacto do peso dele tombando em cima da adaga. Meus braços começaram a arder, mas continuei imóvel. E então, sem aviso, ele teve um espasmo. Três segundos depois, seu corpo se transformou em fumaça para desaparecer sugado por aquela força invisível. O peso saiu de cima do meu corpo de uma só vez, e eu me deixei cair de volta no chão.

Rolei para o lado, transbordando de descrença. Limpei depressa as mãos ensanguentadas na calça jeans e depois as sacudi com força, tentando me livrar da tremedeira. Não adiantou. Enfiei a adaga de volta na mochila, puxei a chave da fechadura, e então deixei cuidadosamente a cela.

A Filha das Trevas

O caminho para a liberdade estava iluminado desde a minha cela até as escadas, mas dei as costas para a luz a fim de encarar as trevas. Todos os meus nervos estavam em alerta, me mandando correr, mas fiquei imóvel, o coração ribombando, e disse alto o bastante para os outros ouvirem:

— Estou fora.

As luzes voltaram a surgir nas celas, com brilho suficiente só para revelar a sombra do corredor. Caminhei até a cela que ficava na diagonal da minha, mas ela estava vazia. A seguinte era a do sujeito que falara comigo. Ele estava de pé junto às grades, à espera, os olhos cinzentos brilhantes de expectativa.

Ofeguei quando vi o seu rosto.

— Meu Deus do Céu.

Ele franziu o cenho.

— O que foi?

— Nada — falei, as mãos trêmulas começando a trabalhar na fechadura. — É que você me lembra uma pessoa.

A porta se abriu. Ele saiu. Alto, como Sebastian, aqueles mesmos olhos cinzentos furando os meus. O rosto estava coberto por uma barba preta revolta e o cabelo era comprido e embaraçado, mas não restava dúvida na minha mente. Era a mesma coisa que estar diante do Sebastian, só que trinta anos mais velho. Ele me empurrou corredor abaixo.

Passei de cela em cela, destrancando as portas e não olhando muito detidamente para seus ocupantes. Todos pareciam iguais. Sujos, com cabelos desgrenhados e roupas em farrapos. Só os seus olhos queimavam. Com medo. Pavor. Com o gosto da liberdade, mas ainda assustados demais para se permitirem ter esperanças.

Cheguei à cela seguinte e, dessa vez, recuei, com o coração na garganta.

— Depressa — sibilou a voz de pássaro.

Engoli em seco e me concentrei na fechadura, as mãos tremendo mais do que antes. As garras envolveram as grades de ferro, e o bico adunco e afiado ficou a centímetros do meu rosto, enquanto eu procurava a chave. A fechadura estalou. Fitei o par de olhos negros redondos contornados de amarelo, mas, em algum lugar, enxerguei um traço de humanidade neles. Tristeza. A criatura piscou.

— Pronto — disse eu numa voz sumida, quase envergonhada.

Puxei a porta, recuando aos tropeços para dar passagem à harpia de um metro e noventa e oito de altura. Não havia outra palavra no meu vocabulário capaz de descrever aquela visão. Humanoide, ave, e assustadora como o diabo.

Duas celas para terminar.

Abri mais uma, essa completamente às escuras. Uma mulher com o corpo de aranha negra, da cintura para baixo, correu para fora. Todo o sangue sumiu do meu rosto.

— Obrigada — disse a criatura, e inclinou a cabeça de um jeito totalmente significativo.

Cacete.

A última cela. Eu continuei. Tinha que continuar. Era a única coisa que me mantinha longe da histeria. *Não pare. Deixe para pensar depois.* A tremedeira era tanta agora que as chaves quase caíram no chão. Mas o sósia do Sebastian pôs a sua mão grande sobre a minha.

— Não. Ele fica.

Não acreditei.

A Filha das Trevas

— Como é? — A pessoa dentro da cela nem sequer havia se aproximado das grades. A silhueta estava sentada contra a parede do fundo, uma das pernas encolhida junto ao peito. — Nós não podemos deixá-lo assim.

— Ele é um caçador de τέρας. Igual ao que você acabou de matar. Ele trancafiou alguns de nós neste lugar. Não vai sair daqui.

Uma sensação lenta e gelada pesou no estômago. Passei os olhos do vulto para o cara barbado, num misto de terror inexplicável com alguma coisa muito parecida com pesar. Ele era um caçador de τέρας. Um dos capangas de Atena. Quem poderia saber o que ele havia feito para desagradar sua mestra, mas, de qualquer forma, me parecia errado deixá-lo para trás. Errado, errado, errado. Sacudi a cabeça.

— Depressa! — A voz da harpia vindo das escadas tinha um tom de urgência.

O Sebastian Mais Velho tirou as chaves da minha mão e começou a caminhar. Meus pés pareciam ter criado raízes. Eu não conseguia me mexer. Olhei para o vulto dentro da cela e tive a sensação de ficar com o coração encolhido.

— Eu...

— Vá embora — falou com voz áspera. Era a mesma que havia mandado a harpia "calar a merda da boca". — O meu lugar é aqui.

— Menina! Ande logo! — Era o Sebastian Mais Velho outra vez.

Engoli em seco, sentindo as lágrimas quentes abrirem caminho pela sujeira do meu rosto.

— Aqui não é o lugar de ninguém.

— Dos matadores, é, sim. Agora vá. Pegue a trilha por trás da antiga senzala. Ela vai dar na estrada que volta para Nova 2.

Talvez você tenha tempo suficiente para se esconder. Mas isso não vai fazer com que Ela desista. O pacto com a Novem já se rompeu quando o caçador foi enviado à cidade. E outros serão mandados também. Não se separe da adaga. Foi o que lhe deu a liberdade. Aquela lâmina é a única coisa capaz de matar um caçador. Guarde-a com cuidado e em segredo.

Bati nas grades, querendo gritar que me devolvessem a chave.

— Rápido. Você não tem muito tempo.

— Obrigada. — Aquilo soava totalmente inadequado. Mas disse, de qualquer maneira, com a voz entrecortada. O caçador não respondeu.

E saí correndo, sentindo que havia acabado de fazer uma coisa errada, uma coisa da qual iria me arrepender para sempre. Passei zunindo pelo Sebastian Mais Velho e comecei a subir os degraus de dois em dois.

Ninguém estava na casa quando disparamos porta afora.

Segui a dica que recebera, cruzando o pátio amplo e entrando sob a proteção das copas dos carvalhos, na direção da construção que havia atrás da casa principal, com a lua crescente brilhando no céu e iluminando o caminho.

Depois que contornamos a antiga senzala reformada, parei, com os pulmões lutando para manter o fôlego, e o peito subindo e descendo. Meus olhos vasculharam o entorno, procurando a trilha, e foram bater numa estreita picada, que conduzia para o centro do pântano em meio a uma confusão de videiras, palmeiras e ciprestes.

Um gemido baixo, angustiado, atraiu minha atenção de volta para o grupo.

A Filha das Trevas

A mulher-aranha estava de joelhos, inteiramente num corpo de mulher agora, nua, o rosto voltado para a luz da lua e os braços caídos inertes. Lágrimas de alívio e alegria se derramavam pelo seu rosto enquanto alguns dos outros a ajudaram a ficar de pé.

— Passei duzentos anos sem conseguir me metamorfosear. Obrigada.

Fitei seus olhos escuros. A mulher tinha uma beleza intensa no estilo Rainha da Noite, com longos cabelos escuros e traços marcados e sedutores.

— Não tem de quê — falei numa voz que pretendia soar normal, mas saiu entrecortada e aguda.

Os olhos se estreitaram quando ela reparou nos meus cabelos brancos e olhos muito claros.

— Você é τέρας? — perguntou.

Cheguei a abrir a boca para dizer que não, mas, então, hesitei. Não tinha certeza de como responder à pergunta, e, muito menos, do que diabo estava fazendo ali no meio do nada.

— Eu não sei o que sou — falei por fim.

O Sebastian Mais Velho pousou de leve a mão no meu ombro.

— Se fosse um dos Feitos, você iria saber. Alguns deles, como a Arachne aqui, têm o poder de se metamorfosear de volta para a forma humana.

— Chegou a hora de me separar de vocês. — Arachne virou-se para me encarar. — Se um dia precisar de mim, é só chamar o meu nome. Eu vou ouvir.

Ela deu um aceno com a cabeça na direção dos outros e então disparou para dentro do pântano.

— Eu também devo deixá-los — disse a harpia.

Sua cabeça enorme se inclinou para perto de mim, os olhos intensos, o bico quase encostando no meu nariz. Um dos pés se ergueu, a ponta da garra prestes a tocar a lua crescente tatuada no meu rosto e depois brincou com meu cabelo. A criatura riu.

— Livre graças a uma Bela. Faz sentido. Fui como você um dia. Não se deixe pegar por Ela, menininha. Prefiro contar com o pântano para me abrigar. — Chegando ainda mais perto, o bico roçou na minha bochecha, fazendo um calafrio descer pela espinha. E então sua voz sussurrou só para eu ouvir:

— Basta me chamar que vou ouvir, não importa a distância. — E, depois de uma pausa, me segredou um nome.

A magia contida naquela palavra fez minha pele se arrepiar na mesma hora.

A harpia desdobrou suas amplas asas robustas e alçou voo.

A força de seus movimentos soprou as folhas aos meus pés e desalinhou meu cabelo.

Ela desapareceu.

— Vamos em frente — disse o Sebastian Mais Velho, liderando o grupo com passadas rápidas na direção da trilha.

Nós nos mantivemos unidos, avançando depressa pelo terreno alagado. Ninguém dizia nada, mas os sons da nossa respiração arfante e dos pés na vegetação rasteira soavam anormalmente altos aos meus ouvidos.

O trajeto pareceu levar horas até chegarmos a uma estrada de terra. Até que enfim — nada mais de folhas batendo nos pés, nada mais de tropeções em raízes e de chapinhar com lama e água na altura das panturrilhas. Corremos para o meio da pista, com cuidado para não cair nos sulcos abertos pelos rastros de pneus nos dois lados dela.

A Filha das Trevas

Em vez de ficarem cansados como eu, os outros pareciam aumentar cada vez mais a velocidade, ganhando um fôlego extra. Eu me lembrei da menção que o Sebastian Mais Velho tinha feito a certos poderes: *Os nossos poderes não funcionam aqui embaixo*, e fiquei me perguntando se esses poderes que os prisioneiros tinham — quaisquer que fossem — estariam retornando pouco a pouco, e se era isso que lhes dava aquela dose extra de energia, enquanto eu me sentia a ponto de me sentar na terra, dar a missão por encerrada e desmaiar.

Mesmo assim, eu continuava em frente, concentrada em avançar com um pé na frente do outro, até meu corpo todo ficar entorpecido e quente, e as narinas secas ao ponto de doerem.

A aurora ainda não havia chegado ao horizonte quando avistamos o primeiro relance das luzes da cidade e entramos nela pela Uptown, seguindo para a Leake Avenue e dali para a St. Charles, até passar pelo Zoológico Audubon.

Alguns dos ex-prisioneiros pararam. *Graças a Deus!* Não questionei essa decisão, só dobrei o corpo com as mãos apoiadas nos joelhos e tentei aproveitar para recuperar o fôlego. A sensação de cansaço nos pulmões e a secura que me ardia na garganta eram diferentes de qualquer coisa que já tivesse sentido na vida. Então levei as mãos para os quadris e comecei a caminhar em círculo, tentando desaquecer, acalmar meu coração sobrecarregado.

Um dos prisioneiros sorveu uma quantidade enorme de ar e começou a se sacudir como um cachorro saindo da água. Uma parte da sujeira voou para longe do seu corpo, mas não toda. Ele agarrou minha mão e a beijou.

— Eu sou Hunter Deschanel. Devo minha vida a você. É só me chamar que retribuirei o favor na hora em que precisar.

Hunter recuou. As duas mulheres que havia no grupo e mais um cara se adiantaram para me agradecer. Tudo o que eu podia fazer era inclinar a cabeça em resposta. Não sentia que eles pudessem ter qualquer tipo de dívida comigo. Eu conseguira escapar da cela por uma obra feliz do acaso, e sabia disso. Se a faca não estivesse na mochila, todos ainda estaríamos no calabouço.

Hunter e o restante do grupo, com exceção do Sebastian Mais Velho, desapareceram na luz do fim da madrugada, suas silhuetas se desvanecendo à medida que iam se afastando e seguindo os próprios caminhos.

Eu me virei para o sósia de Sebastian, o olhar dele fixo numa das sombras já prestes a sumir. Éramos só nós dois agora. Na rua escura e vazia.

Ele dobrou a cabeça para trás e fechou os olhos devagar. Seu peito inflou à medida que sorvia uma longa inspiração reparadora. O ar se agitou, soprando-lhe as roupas e cabelos, enquanto revolvia à sua volta — um tornado suave que escondeu a silhueta dele por um instante. E que levou a sujeira embora e trocou os farrapos por um jeans, uma camisa branca impecável e um fino casaco preto que lhe batia na altura dos quadris. O cabelo negro estava amarrado para trás do rosto recém-barbeado, com apenas uma leve sugestão de pelos escuros delineando o maxilar. Uma tatuagem negra surgia de algum ponto à esquerda do colarinho da camisa retorcendo-se pela lateral do pescoço e da face até envolver a orelha e chegar à têmpora.

O sangue ribombava nas minhas veias. Engoli em seco e me obriguei a não recuar, meu corpo paralisando totalmente, quando ele virou a cabeça na minha direção. O choque roubou minha voz. Um tremor percorreu meu corpo. Assenti, tentando encaixar essa cena no catálogo de fenômenos sobrenaturais que havia presenciado ao longo dos últimos dois dias. Na verdade, ela não deveria me espantar tanto, não depois de tudo o que eu ouvira no calabouço de Atena e vira fora dele.

— Então você conheceu meu filho.

Onze

— Sebastian é seu filho. — O que saiu da minha boca não foi bem uma pergunta, só uma constatação ecoante. Do óbvio. Os dois eram quase idênticos. O mesmo cabelo preto, os mesmos olhos cinzentos, a mesma estrutura do rosto, embora os lábios de Sebastian fossem um pouco mais cheios e escuros. Talvez eu só precisasse mesmo dizer isso em voz alta, para ancorar a verdade à realidade.

— Michel Lamarliere. — Ele estendeu a mão, os olhos repletos de afeto e propósito e de um saber muito, muito profundo. Eu a apertei brevemente, a atenção distraída pelos olhos dele e pelo ligeiro tremor de apreensão que não sossegou dentro de mim. O tamanho da sua mão fazia a minha parecer pequena e irrelevante. Mais fraca. Mais jovem. O que era verdade, mas não me obrigava a gostar da sensação.

— Se você puder me mostrar como chegar ao Garden District — falei, ouvindo o tom pouco à vontade da minha voz.

A Filha das Trevas

Michel soltou minha mão, os olhos se estreitando por cima do meu ombro, enquanto avaliava nossa localização.

— É para lá.

Soltei a respiração devagar e comecei a caminhar ao lado dele, entrando numa rua formada só por casinhas modestas dos dois lados.

— Como está o meu filho?

Eu mal conhecia Sebastian. *Só o suficiente para ficar me agarrando com o cara.* Meus olhos se reviraram diante desse pensamento idiota. Pigarreei e segurei as alças da mochila, aliviando a pressão delas de cima dos ombros e das axilas, e mantendo os olhos fixos no asfalto quebrado.

— Parece que está bem. Na verdade, não conheço bem o Sebastian. Ele está me ajudando com uma coisa. Bem, ele e a avó. Vão nos ajudar... Quero dizer, me ajudar.

— Josephine?

— Isso. Ela é sua mãe? — No instante em que fiz a pergunta, eu me lembrei de Sebastian dizendo que Josephine era mãe da sua mãe.

— Pelos deuses, eu jamais iria querer uma maldição *dessas*! Não, Josephine é a mãe de minha falecida esposa. Com o que exatamente eles estão ajudando você?

— Com uma maldição — falei, tomando a decisão rápida de confiar nele. — Uma maldição que eu tenho.

Ele assentiu ponderadamente, juntando as mãos atrás das costas, enquanto caminhávamos pela paisagem desolada. Casas velhas, árvores, carros, tudo parecia envolto em sombras. E as fracas luzes alaranjadas que piscavam através das janelas sujas ou à distância só faziam acentuar a escuridão.

Agora que meu corpo havia esfriado, depois da maratona de antes, a pele se tornara úmida e fria. Um ligeiro calafrio brotou na minha nuca, mas não foi de frio.

— Por que você... — Hesitei, não sabendo como perguntar.

— Meu único crime contra Atena foi ter nascido de uma certa origem e me posicionado contra a insanidade d'Ela. Qual é o seu nome, criança?

— Ari. — Eu me lembrei das palavras de Sebastian. A divisão entre as nove famílias. Os Lamarliere eram bruxos. Com poder passado através da linhagem feminina. — Eu achei que só as mulheres sabiam fazer...

— Magia?

Dei de ombros. Que outro termo poderia haver para o que ele fizera mais cedo?

— Às vezes, o poder pode ser passado pelo lado masculino também — explicou ele.

— O que torna Sebastian...

— Metade bruxo, metade vampiro. E alguém muito especial. — É, essa informação ele próprio havia decidido sonegar. — Estou há quase uma década sem ver meu filho — disse Michel com tristeza, cheio de remorso na voz. — Ele deve achar que eu o abandonei, que fui embora. E tenho certeza de que, na minha ausência, Josephine imprimiu sua marca. Temo que a influência dela possa ter transformado o rapaz.

— Acho que não precisa se preocupar com isso. Sebastian só segue as próprias regras.

Michel sorriu, os olhos se enchendo de orgulho e do brilho das lágrimas.

— Que bom.

A Filha das Trevas

Assenti, deixando morrer esse assunto. Dez anos era um tempo de separação muito longo, e podia imaginar os pensamentos difíceis que deviam estar passando pela cabeça de Michel agora.

— Mas, diga, por que a harpia não retornou à forma humana como Arachne fez? Aquilo *era* uma harpia, não era?

Michel deixou escapar um risinho.

— Era. E você, Ari, foi a única pessoa em todo o tempo que passei naquela pocilga para quem eu a vi revelar seu verdadeiro nome. Guarde esse nome com você como o presente que ele é. A harpia não pode voltar à sua forma humana porque Atena a fez sem a habilidade da metamorfose. Já Arachne foi feita com meios para se transformar, de modo que pudesse atrair os inimigos da deusa com suas belas formas femininas e depois se metamorfosear para derrotá-los.

Michel parou de caminhar e me encarou.

— Você nos libertou e matou um dos Filhos de Perseu. Ela vai persegui-la com dez vezes mais afinco agora.

— Dois, na verdade. — Estremeci. — Foram dois que eu matei.

Ele piscou de surpresa.

— Nesse caso, fez uma coisa que ninguém jamais conseguiu antes. — E, continuando mais uma vez a descer a rua, prosseguiu: — Você precisa ficar na cidade, sob a proteção dos Lamarliere. Somos parte das nove famílias e, com o poder da Novem, seremos capazes de mantê-la em segurança.

— Obrigada, mas tudo o que eu quero mesmo é cessar a maldição, e sei que Josephine sabe como fazer isso. Depois, caio fora deste pesadelo... Sem querer ofender.

Ele coçou o queixo.

— Você tem que ter cuidado com Josephine.

— Sei disso. Já me alertaram. Mas ela conhecia minha mãe, e sabe o que fazer para me ajudar.

Ele congelou e pousou um olhar intenso em mim, a mente girando, registrando essa informação, processando, me enchendo de nervoso. Fosse qual fosse a conclusão que estava se formando na sua cabeça, ela não parecia nada boa. Ele xingou em voz baixa.

— A filha de Eleni.

Uma onda de frio varreu meu estômago.

— Faz sentido que seja uma procurada.

Não perguntei procurada por quem. Josephine. Atena. De repente, já não me interessava saber. Eu só queria poder ser normal. Talvez, depois que a maldição tivesse desaparecido, nenhuma das duas quisesse mais saber de mim.

Ele estendeu uma das mãos e a pousou no meu ombro.

— Não tenha medo — falou. — Isto é para o seu próprio bem.

Retesei o corpo. E, no instante seguinte, o chão sumiu sob os meus pés e minha visão escureceu.

Imagens — desconexas, aleatórias — encheram minha mente. A cela. Violet com sua máscara. O branco leitoso do focinho de Pascal, com a boca aberta, os dentes à mostra, me olhando de bem perto. Minha mãe diante do espelho, as lágrimas escorrendo pelo rosto, as mãos trêmulas tentando arrancar as serpentes do couro cabeludo. A harpia e suas asas imensas, voando, se chocando no vidro e trinando com um coro de outras aves. Raios de sol. Lençóis com cheiro de limpos.

Lençóis limpos?

Meus olhos se abriram num estalo. Passarinhos se remexiam, esvoaçavam e trinavam entre os ramos da trepadeira que adornava

A Filha das Trevas

um dos lados da janela. Esfreguei os olhos, secando a névoa de lágrimas que o bocejo fez brotar. Meu rosto parecia velho e pesado, o corpo rígido e exausto, mas, à medida que fui me mexendo, me espreguiçando e me aconchegando no macio colchão de penas, voltei a me sentir eu mesma outra vez. As pás do ventilador de teto giravam devagar, me acariciando com uma brisa suave.

Logo percebi que estava num quarto no andar térreo que dava para um pátio ajardinado, parecido com o da casa de Jean Solomon, na Dumaine Street. Alguém havia me vestido com uma camiseta branca e uma calça branca de pijama, dessas ajustadas por um cordão. Os pés estavam descalços. Saí da cama e caminhei pelo assoalho de madeira de lei até um par de portas-janelas, abrindo-as para o lindo pôr de sol de inverno no French Quarter. O ar estava fresco, mas o dia havia aquecido as lajotas do pátio e elas exalavam calor.

Eu dormira um dia inteiro, da aurora ao anoitecer — passar uma noite fugindo da "prisão da deusa", chapinhando pelo pântano e voltando para a civilização, pelo visto, podia fazer isso com uma garota.

Nada de trancas nas portas. Nada de prisões. Só o meu corpo deitado por Michel numa cama macia. Michel, que sabia sobre minha mãe. Que, provavelmente, sabia tudo sobre minha maldição.

Para além dos muros altos de tijolos, o ploc-ploc dos cascos na rua e o ranger das rodas de charretes chamou minha atenção. Vozes chegavam abafadas pela passagem em túnel que dava acesso ao pátio. Minha mão apertou forte a moldura da porta. Nossa, como eu queria que minha mãe ainda estivesse aqui, que nós tivéssemos passado mais tempo juntas! Que ela pudesse me ver agora, que pudesse ver no que aquela menininha se transformou.

Comecei a entender por que minha mãe havia escolhido viver neste lugar. Era repleto de beleza, não só beleza para ver, mas também para sentir, ouvir e provar. Inspirei mais uma vez o ar purificador, tentando amainar o aperto no peito, antes de voltar para o quarto.

Roupas cuidadosamente dobradas haviam sido deixadas em cima da cômoda numa pilha bem-arrumada. Não as minhas roupas. Concluí que essas deviam ter ficado num estado que lavagem nenhuma daria jeito. Uma calça jeans. Camiseta preta de tecido elástico. As minhas botas haviam sido limpas, e havia também meias novas e um conjunto novo de calcinha e sutiã. A mochila estava pousada no chão, ao lado da cômoda. Depois de uma rápida verificação, constatei aliviada que ela não havia sido aberta. Minha arma, claro, tinha sumido. Ela fora tomada pelo caçador de τέρας, mas a faca continuava em seu lugar, e era isso que importava; a lâmina dela era muito mais letal do que a pistola.

No banheiro da suíte, tomei uma chuveirada rápida, lavando o cabelo duas vezes, enquanto pensava em como havia ido parar ali, no que iria fazer em seguida e em como convenceria Michel a me contar tudo o que sabia. Espremi a água dos fios, me perguntando por que Atena queria me pegar, e se ela é quem tinha lançado a maldição sobre minha família, para começo de conversa. Mas o que levaria uma deusa a nos condenar à morte aos vinte e um anos de idade? Por que ela nos faria ter cabelos imutáveis como esses e olhos da cor de um mar de néon? Afinal, traços assim *atraíam* atenção, coisa que, segundo Michel, ela odiava. Por que, então?

Terminei de me secar, fiz uso dos cosméticos que haviam sido deixados sobre o balcão da penteadeira e me vesti com as roupas novas. Debaixo da pia, encontrei um secador de cabelos.

A Filha das Trevas

As mechas continuavam úmidas, quando desisti do aparelho e comecei a trançar o espesso volume em algo mais manejável e menos chamativo. Feito isso, deixei o quarto, me sentindo energizada, balançando a mochila no ombro e em busca de algo para comer. Não conseguia me lembrar da última vez que havia me alimentado.

Ou melhor, conseguia, sim. Os *beignets* com Sebastian.

A casa era enorme e cheia de peças de época e antiguidades. O refúgio de um feiticeiro, claro. No segundo andar, passei por uma sala. Vozes vinham do outro lado de um par de portas altas de madeira. Eu me escondi atrás de um vaso decorativo, quando uma criada saiu por elas, empunhando sua bandeja, trazendo consigo as vozes que diziam meu nome. Depois que a mulher passou, espiei de trás do vaso e captei de relance a visão de uma imensa biblioteca. Conferindo se não havia mais ninguém por perto, relaxei o corpo, estiquei o pé e fiz com que a porta de madeira parasse, deixando uma ligeira fresta aberta.

— É perigoso demais mantê-la aqui, Michel. Você sabe disso. Atena vai investir contra nós usando todos os seus poderes.

— Rowen tem razão. Você viu o que abrigar Eleni custou para nós e para a cidade inteira. Aqueles furacões quase acabaram com tudo.

— Mas, juntos, nós tivemos poder para nos proteger. Juntos, somos fortes — falou Michel. — E, juntos, seremos fortes o bastante para abrigar essa criança.

— Não, enquanto ela tiver consigo a maldição — interveio outra voz. — Com ou sem Atena, a criança é um perigo para nós e para todos na cidade. Nenhum poder será capaz de detê-la, depois que estiver pronta.

— Ela ainda não se viu diante de sua maldição. Não oferece perigo para nós, neste momento. Se a ajudarmos a se livrar dela — propôs Michel —, a menina não terá mais utilidade para Atena, nem representará perigo para nós.

— Ajudá-la a se livrar da maldição? — Essa era Josephine.

— Você já se deu conta do trunfo que essa garota pode representar para nós? Pense no poder que teremos. Poder sobre os deuses. Com a oportunidade de, talvez, nos vermos livres deles para sempre.

Uma pancada ressoou como um objeto sendo batido contra uma superfície de madeira. A voz de Michel saiu dura:

— Ouça o que está dizendo, Josephine! Foi essa atitude que nos rendeu problemas da primeira vez. Se você não tivesse tentado usar Eleni, talvez nossa situação fosse diferente hoje em dia. E agora está querendo usar a filha dela? Em troca de poder?

— De proteção — disparou ela. — Atena tem sido nossa inimiga desde os tempos da Inquisição, quando tentou nos exterminar da face do planeta. Ela tem medo, medo de que nos tornemos poderosos demais, medo de que suas próprias criações voltem para derrotá-la. Nós só temos que ficar com a criança e deixar que se transforme naquilo que o destino lhe reservou. E, então, nem Atena, nem qualquer outro deus, aliás, ousará nos enfrentar.

— E o que sugere? Mantê-la encarcerada? De jeito nenhum. Eu a proíbo.

Josephine riu.

— Você não pode proibir coisa alguma, Michel. Nós somos um conselho. E a maioria decide.

— Não me sinto confortável com a ideia de usar uma criança dessa maneira, mas não teremos como suportar um novo golpe contra a cidade como o de treze anos atrás — disse uma nova voz. — Nós alcançamos a paz em Nova 2, uma paz pela qual ansiávamos há séculos. Abrigar ou ajudar essa criança será o estopim de uma guerra entre nós e Atena. Eu voto para que ela vá embora, para que se vire como conseguir, fora dos limites da Borda.

— Não, ela não pode partir — falou Michel. — Pense bem, Nickolai. Ela não tem como se esconder de Atena. A garota nem faz ideia da capacidade que tem. Ela precisa ficar, mas não como uma arma. Como uma criança que necessita de proteção.

Minha garganta ressecou. O coração bateu disparado. Eu me apoiei na parede. O sangue ribombava nos meus ouvidos tão depressa que não conseguiria ouvir mais nada da conversa, nem se tentasse.

Sem saber o que fazer, saí correndo.

Direto para a rua e para a frente de um cavalo em pleno trote, puxando uma charrete com turistas. Passei tão perto dele, que o hálito quente bafejou na minha bochecha, antes de eu alcançar, aos tropeços, a calçada oposta.

Na esquina, parei, agarrada a um dos postes de luz para me apoiar, ofegante. As lágrimas faziam meus olhos arderem, sem transbordar. Tinha vontade de voltar, de marchar para dentro daquela biblioteca e dizer que eles estavam todos *errados*. Eu não era uma arma. Não tinha poderes como a Novem ou os *doué*.

Eu tomaria a decisão por eles. Iria embora de Nova 2. Se Atena havia provocado os furacões para punir o fato de a Novem ter protegido a minha mãe, nem queria imaginar o que seria capaz de fazer agora por minha causa, por causa dos caçadores que eu matara e dos prisioneiros libertados do calabouço.

Tomada por uma sensação de desconforto e vazio, perambulei pelas ruas do French Quarter enquanto o sol baixava e os postes de luz iam ganhando vida, usando esse tempo para organizar os pensamentos e planejar o que faria em seguida. Eu conseguira encontrar um telefone fixo para me comunicar com Bruce e Casey, mas a última coisa que queria era arrastar os dois para dentro desse circo de horrores sobrenatural onde haviam me escalado para o papel principal.

Usei meus últimos cinco dólares para comprar um sanduíche *po'boy* de camarão de uma barraquinha na Jackson Square e me deixei cair num banco da praça. Um trio de músicos tocava jazz em frente à catedral. Um engolidor de fogo exibia seu espetáculo. As luzes refletiam nos paetês das fantasias, nas máscaras e colares de contas. O lugar estava repleto do burburinho de vozes, música e risadas. Era um bom momento para me misturar à multidão, principalmente agora que a lua já havia subido e a cidade estava ganhando vida.

O caminhão de Crank com o logo da UPS coberto de spray preto avultava-se junto à calçada do número 1.331 da First Street, no mesmo local onde ela havia parado no dia em que me trouxe para ficar hospedada no Garden District. Um Toyota Camry velho estava estacionado na entrada da garagem, sem placa e coberto de adesivos. Parei debaixo da copa de um carvalho, escondida pelas sombras da cobertura de musgos que pendia de seus galhos. Meu olhar mirou o outro lado da rua escura, para além do portão de ferro e na direção das janelas do segundo andar.

A Novem, a essa altura, certamente já estaria sabendo da minha fuga. Mas eu me recusava a ir embora sem levar a caixa com os pertences da minha mãe.

A Filha das Trevas

Até agora, as sombras que pairavam sobre as ruas do Garden District haviam cumprido sua missão de me manter oculta. A única luz por estas bandas — tirando os poucos postes ainda funcionando ao longo da St. Charles Avenue — vinham de casas esparsas. Do meu posto de observação, estudei o sobrado e seu perímetro, mordendo de leve a parte interna da bochecha.

A umidade fria molhava minha pele. O ar estava estagnado. Nenhum movimento. Hora de ir. Disparei para o outro lado da rua, cuidando para manter as passadas leves e mirando a quina da cerca de ferro forjado. Essa parte estava soterrada nas trepadeiras, o que facilitaria minha intenção de escalar a grade.

Assim que meus pés pousaram no leito macio de folhas mortas, saí correndo para os fundos da casa, tomando o cuidado de não fazer barulho e continuar me escondendo nas sombras. Depois de uma pausa breve atrás de uma magnólia, atravessei correndo as lajes do pátio e abri as portas-janelas, esgueirando-me para dentro e fechando-as com todo o cuidado.

Havia luzes acesas. Mas tudo estava parado e quieto na casa. Ninguém na sala de estar, nem na "Cripta" da sala de jantar e nem na cozinha. Ousando alimentar um fio de esperança, parei ao pé da escada e agucei os ouvidos. Nada. Corri pelos degraus acima e tomei a direção do quarto. Se, pelo menos, conseguisse entrar e sair sem ser vista, sem ter que dar explicações, nem enfrentar despedidas... Talvez essa não fosse a melhor maneira de fazer as coisas, mas certamente seria a mais fácil para todos os envolvidos.

A porta estava entreaberta, tudo o que precisei fazer foi dar um empurrão nela e me esgueirar para dentro. Ao fazer isso, entretanto, estaquei.

Violet estava enroscada no meu saco de dormir — isto é, no de Crank —, com o rosto virado para o outro lado, e Pascal aconchegado na curva de suas costas.

Oscilei sobre os pés. As tábuas do assoalho rangeram. Pascal ergueu a cabeça e a virou devagar na minha direção. Ele piscou enquanto Violet despertava e olhava por cima do ombro. Ela se pôs de pé, recolhendo Pascal para não esmagá-lo e, em seguida, voltando a colocar o animal no chão, a seu lado. Uma máscara azul royal pendia do seu pescoço e foi empurrada por cima do rosto até ficar equilibrada no alto da cabeça. Ela me fitou com ar solene, os olhos tão grandes e pretos quanto eu me lembrava. Um relance de afeto se espalhou no meu peito, me fazendo ter vontade de ir sentar a seu lado, de conhecê-la melhor, de...

Não, eu estava de partida.

— Oi, Violet. — Caminhei para a caixa, bem consciente dos olhos redondos me acompanhando. Minhas mãos deslizaram nas laterais de papelão. *Só pegue a caixa e dê o fora. Violet vai ficar bem sem você.* O que já era um pensamento idiota por si só. Violet havia se virado muito bem sem mim esses anos todos, e a menina certamente não ficaria abalada com a partida repentina de alguém com quem ela convivera só uns poucos dias.

Segurei a caixa contra o peito, sentindo a garganta apertar. Violet e eu éramos uma mesma essência, percebi. Diferentes. Solitárias. Mas Violet tinha uma coisa que eu invejava, uma coisa que eu admirava. Ela aceitava o seu jeito de ser. Não tentava se esconder ou passar por algo que não era. Já eu, por outro lado, tinha como maior desejo querer ser normal, querer ser qualquer coisa *menos* aquilo que eu era.

A Filha das Trevas

— Sebastian está atrás de você. Todos foram para a rua atrás de você — falou ela numa vozinha calma. Eu me virei para vê-la acariciando o couro das costas do Pascal. — O que aconteceu com você, Ari?

— Nada. — Minhas mãos apertaram a caixa com mais força. — Trate de se cuidar, Violet. E nunca mude.

Eu já estava quase saindo pela porta, quando ela disse:

— Você também não devia mudar, sabe.

Meus passos seguiram adiante no mesmo ritmo, sem se deixar abalar.

Doze

Eu já estava na sala de estar lá embaixo quando me lembrei dos presentes que comprara. Coloquei depressa a caixa na mesa do saguão e peguei da mochila o quebra-cabeça de Crank e os *beignets* — provavelmente borrachudos a essa altura — dos garotos. Puxei também a máscara que comprara para Violet, parando um instante para deslizar o polegar por sua superfície macia e pensar que adoraria ter uma daquelas para mim mesma, para me esconder como sempre fizera. Um pequeno nó de culpa se formou no meu ventre. Eu não estava exatamente aplicando na prática as coisas em que dizia acreditar, não era mesmo?

Mas Violet não tinha nenhuma deusa grega no seu encalço e nem uma vampi sedenta de poder querendo usá-la para fazer de arma.

De repente, os pelos da minha nuca se eriçaram e uma sensação gelada de apreensão subiu por baixo da pele.

Havia alguém às minhas costas.

Fechei os olhos e respirei fundo em silêncio, cerrando os punhos nas laterais do corpo. É. Com toda a certeza, havia alguém às minhas costas. E esse alguém era mais alto, mais corpulento do que eu, e silencioso feito uma estátua. Retesei os músculos e preparei o corpo.

Um. Dois. Três.

Agora!

Agachei sobre os quadris, girando o corpo e chutando com uma das pernas, fazendo contato com a panturrilha do oponente e continuando o chute até que os pés do intruso se descolaram do chão e seu corpo caiu para trás.

Mas, que coisa estranha, ele não bateu no chão.

As pontas dos meus dedos se firmaram no assoalho, enquanto eu puxava a perna outra vez para debaixo do corpo, já preparando um novo ataque. Nesse meio-tempo, porém, ele rolou em pleno ar e ficou com a cara voltada para o chão. As pontas dos dedos das mãos e dos sapatos quicaram no piso com a leveza de uma bola de borracha, impulsionando-o para cima e fazendo-o voltar a ficar de pé.

Um movimento nada natural. Eu não estava diante de um ser humano.

Eu me coloquei de pé num salto e esquivei o corpo, mas a mão dele já estava estendida para agarrar o meu cotovelo. Minha outra mão se ergueu. Ele a agarrou também. O seu rosto duro, anguloso, se iluminou num triunfo arrogante. *Imbecil.* Eles sempre caíam nesse truque. Agora ele estava com a área da virilha, os joelhos e as pernas vulneráveis aos meus chutes.

E então me ocorreu num estalo:

— Daniel? — O meu joelho congelou no meio do chute, a lembrança do rosto encaixando-se à do nome no mesmo instante. O secretário de Josephine. — O que você está fazendo aqui?!

Era óbvio pela expressão de seu rosto que o sujeito queria estar em qualquer outro lugar menos naquela casa. Com um franzir de cenho aborrecido, ignorou minha pergunta e soltou meus pulsos para puxar um envelope do bolso interno do paletó preto. Bem, o sujeito tinha mesmo motivos para se irritar; ele fora obrigado a ir até ali cumprir aquela tarefa, em vez de aproveitar o baile ou festa do *Mardi Gras* para a qual havia se arrumado todo.

Sacudiu o envelope diante do meu rosto. Eu o agarrei, puxei o cartão que havia dentro e li o texto do convite para um baile, com o coração batendo com força. Franzi as sobrancelhas confusa, até os olhos chegarem à pequena nota escrita à mão numa letra caprichada, na parte de baixo.

A família Arnaud solicita sua presença esta noite, às 12h, no número 716 da Dauphine Street, para unir-se a seus amigos Sebastian, Jenna, Dub e Henri.

— Ela capturou a todos — sussurrei. Minha mão se fechou com mais força sobre o papel do convite, enquanto Daniel ajeitava o paletó e, em seguida, marchava porta afora. *Babaca*.

Josephine Arnaud havia capturado os outros. Não havia necessidade de a Novem vasculhar a cidade atrás de mim. Bastava eles agarrarem meus amigos, que eu apareceria. Eu me peguei imaginando quem mais no Conselho estaria sabendo que Josephine mantinha o grupo cativo como um meio de chegar até mim, e se essa decisão fora tomada de forma unânime.

A Filha das Trevas

— O que diz aí? — perguntou Violet, parada no último degrau da escada com Pascal. Eu estava furiosa demais para falar, então lhe estendi o maço amarfanhado de papel grosso. Violet o fitou como se tivesse recebido nas mãos uma bola de tênis. E me devolveu.

— Eu não sei ler.

Congelei por um instante, espantada. Violet não sabia ler? Uma sensação de pena se remexeu no meu estômago. A criança nunca tivera a oportunidade de aprender. Dub a havia encontrado vivendo sozinha na casa-barco de um caçador de peles, e escolas e professores não eram exatamente ocorrências abundantes no meio dos pântanos.

Contei a Violet o que estava escrito no convite, tomando o cuidado de não deixar a voz trair minha reação.

— E o que vamos fazer?

— Acho — respondi —, que iremos a um baile de máscaras.

Um lento sorriso felino foi se alastrando pelo rosto da menina, revelando um brilho nas pontas das presas, que me encheu de calafrios.

— Excelente. — Ela disparou escada acima e estacou na metade do caminho para se virar e me olhar. — Venha. Pode escolher uma fantasia e uma máscara para você. Eu tenho um monte.

Subi os degraus aos saltos e segui Violet até um quarto no final do corredor, de frente para a porta de Sebastian. Ela pescou uma chave pendurada num cadarço preto, que trazia em volta do pescoço e destrancou a fechadura. Um abajur pequeno, coberto por um lenço vermelho, ardia ao lado da cama de solteiro, cada uma de suas quatro colunas repletas de colares de contas, lenços e máscaras penduradas. Era como estar dentro do próprio Mundo do *Mardi Gras*. Cada centímetro de espaço livre nas paredes era coberto por máscaras. Pilhas de vestidos e fantasias se acumulavam encostadas às paredes.

A luz refletia nos paetês, contas e cristais, projetando um arco-íris colorido no teto. O efeito era mágico.

— Tudo isso é seu?

Violet deixou Pascal em cima da cama.

— Agora é. Coleciono essas coisas.

— Por quê?

Ela fixou os olhos arregalados em mim, como se não conseguisse entender a pergunta, como se a resposta fosse óbvia demais. E, em seguida, começou a garimpar uma das pilhas de trajes extravagantes.

— O baile dos Arnaud é muito formal. Cada uma das famílias organiza o próprio baile, e, na última noite do *Mardi Gras*, acontece o baile do Conselho. Você vai precisar estar vestida à altura... não, isto aqui não... Ah. Este é perfeito.

Violet estava de pé no meio das roupas como uma minúscula fadinha *dark* cercada por joias, e segurava nas mãos um vestido de cetim negro debruado de branco. O corpete era do tipo tomara-que-caia, bordado com centenas de pérolas e pedrinhas de strass, como estrelas num céu escuro.

— Combina com a sua tatuagem e vai ficar bom com o seu cabelo. Tipo dominó. Preto com branco.

Ela desceu pisoteando os trajes preteridos, entregou-me a sua escolha e, então, postou-se diante da parede em busca da máscara ideal. Para mim, pouco importava qual fosse. Tudo o que queria era entrar na casa de Josephine e, depois, trazer meus amigos de volta em segurança. Mas, quando as minhas mãos acariciaram o tecido macio do vestido, senti o coração saltar de... expectativa. Acho que lá no fundo havia mesmo uma garota morando em mim, porque estava achando aquele vestido maravilhoso.

— Aquela — falou Violet, apontando.

Segui a direção do seu dedinho delicado até uma máscara cintilante de cetim branco, que tinha as pontas retorcidas para cima e era debruada por plumas negras com strass. Ela era do tamanho exato para cobrir meus olhos, as sobrancelhas e o alto do nariz.

Como tinha altura suficiente para alcançá-la, puxei-a da parede, enquanto Violet ia procurar um traje para ela. Cheguei a pensar em lhe dizer que ficasse esperando em casa, mas quem era eu para fazer isso? Não tinha qualquer autoridade sobre Violet. A menina sabia de si; tinha sobrevivido sozinha no pântano por sabe Deus quanto tempo. Ela faria o que quisesse, e provavelmente se sentiria ofendida com qualquer tentativa minha de dizer o contrário.

— Violet? — chamei, enquanto me livrava da camiseta e da calça jeans para entrar no vestido.

— Hum?

— Existem escolas em Nova 2?

Os ombros miúdos se ergueram; de costas, ela continuou vasculhando a pilha de roupas.

— A Novem tem uma escola, mas é só para os filhos deles e os de gente que tem muito dinheiro. Não para nós. Tem uma mulher que aparece no GD uma vez por semana para ensinar quem quiser ouvir suas lições.

Violet surgiu do meio das roupas metida num vestido roxo que lhe batia na metade da panturrilha e revelava os sapatos pretos grandes demais e umas meias listradas de preto e branco. Ela tirou a máscara que tinha na cabeça e escolheu outra de cima de uma cômoda cheia delas. Era roxa e branca para combinar com o vestido, e, junto com o cabelo preto curto, o conjunto todo ganhou uma harmonia no sentido mais *punkístico* do termo. Uma fada punk, decidi.

Quando me viu lutando com o zíper nas costas do meu vestido, Violet deu a volta para ajudar. O corte era ajustado ao corpo e projetava meus seios para cima, criando um volume na área do decote que, de modo geral, não existia ali. Os ombros e o pescoço nu me fizeram sentir ligeiramente vulnerável, mas eu não iria morrer por causa disso. A altura da bainha bastava para cobrir as pontas dos canos das minhas botas pretas, então decidi que ficaria com elas nos pés e puxei a máscara sobre o rosto.

A sensação de estar escondida me agradou de imediato. De ninguém saber quem eu era ou o que havia de errado comigo, embora o cabelo pudesse denunciar minha condição. Eu o arrumei num coque apertado na nuca. Violet me entregou um par de brincos pendentes de pressão, feitos de pedras negras e zircônia cúbica. O pescoço ficou sem nada; os brincos e a máscara tiravam a necessidade de mais acessórios.

Depois de encontrar um cinto de couro, eu o usei para prender a lâmina exterminadora de τέρας à minha coxa. Ela ficou batendo na perna, mas a saia do vestido era ampla e fluida, e eu teria espaço suficiente para me movimentar, de qualquer forma.

— Perfeito.

Descendo as escadas às pressas ao lado de Violet, de repente, me senti como se estivesse num sonho. Um sonho no qual flutuava pela escadaria de uma imponente mansão antiga, um sonho no qual eu era a bela do baile e a noite me pertencia.

A Filha das Trevas

O ar frio do lado de fora só aumentou minha sensação de euforia, quando nós nos espalhamos pela rua vazia em uma onda de cor e som. O ruge-ruge dos vestidos. A risada alegre de Violet. Os sons todos ecoavam à nossa volta.

Normalmente não me deleitaria tanto com a carícia do tecido fino nas minhas pernas, e nem com a euforia arfante de caminhar aceleradamente por uma rua misteriosa e escura cercada por mansões antigas e decadentes. Mas enxergar o mundo através da máscara me transformava numa pessoa diferente, numa versão confiante de mim mesma. Ela me tornava linda, misteriosa e poderosa, me fazia sentir como se eu pertencesse à noite e à mágica que existia nesse lugar, como em nenhum outro do mundo. E como se elas também pertencessem a mim.

Estava sem fôlego quando chegamos à St. Charles Avenue bem a tempo de pegar o bonde cheio de turistas fantasiados. Violet pagou as passagens; eu não havia pensado em nada além de brincar de me arrumar e no resgate de nossos amigos. Pelo menos uma de nós saíra de casa prevenida.

As vozes em torno eram altas e alegres, à medida que o bonde avançava em direção ao French Quarter, onde saltamos e caminhamos depressa por entre os grupos de fantasiados e gente comum que se dirigia à Royal Street para um dos desfiles noturnos. A música pairava no ar do Quarter, misturando-se à farra geral e chocando-se com melodias ocasionais que escapavam pelas portas dos clubes e dos bares.

A residência dos Arnaud ocupava a esquina da Dauphine com a Orleans Street. Era uma construção de três andares, com duas sacadas adornadas por uma renda de ferro trabalhado, formando a balaustrada. Samambaias pendiam dos ornamentos em forma de arabescos e as janelas altas estavam iluminadas por dentro, com sombras passando por elas. O som da música clássica emanava da casa toda.

Violet e eu paramos na calçada do outro lado da rua e ficamos observando um grupo de homens e mulheres mascarados entrar. Dois mordomos vestidos em trajes formais estavam parados à porta. A minha mão agarrou o convite dobrado e os dedos brincaram com ele. Nós havíamos chegado cedo, e estávamos fantasiadas. Pelo visto, essas seriam as duas únicas coisas contando a nosso favor. O desafio de verdade estava à espera lá dentro.

— Você está pronta?

Violet deslizou a mão miúda para dentro da minha e apertou. Ela ergueu a cabeça, os olhos grandes luminosos até mesmo através das aberturas da máscara.

— Sssssim.

Treze

O andar térreo da mansão estava repleto de gente mascarada, circulando pelos cômodos, distraindo minha atenção com o colorido e o brilho dos seus trajes. Fragmentos de conversas e de risos eram carregados pela brisa ocasional, que vinha das janelas abertas, e se misturavam à música suave do quarteto de cordas que tocava no salão de bailes do andar superior. Subi, seguindo a melodia. A cena do baile era impressionante e surreal, como se eu tivesse sido transportada para outro país de muitos séculos atrás.

Abri caminho entre os convidados até chegar à parte de trás da casa e à sacada que dava para o pátio amplo arrumado com mesas redondas adornadas por flores frescas e velas. Os garçons circulavam sob os fios de lâmpadas brilhantes pendurados nos galhos das árvores.

Eu me segurei na balaustrada de ferro batido e vasculhei a multidão lá embaixo à procura de Josephine ou Michel. Mas era difícil distinguir qualquer pessoa no meio dos mascarados. Quando fui externar meu desapontamento para Violet, ela havia sumido.

— Violet! — cochichei, virando-me depressa e voltando pelo mesmo caminho por dentro da casa. Mas não havia sinal dela.

A porta da entrada tinha sido fechada e os mordomos haviam se postado cada um de um lado dela. Violet estava aqui dentro em algum lugar. E todos os outros também. *Concentre-se.* Josephine não iria fazer nada para machucá-los, iria? Sebastian era neto dela, afinal, e os outros eram amigos dele. Por outro lado, ela própria havia declarado não ter coração.

Depois de fazer uma busca detalhada mas muito discreta no andar térreo, ergui a saia, e corri escada acima na intenção de fazer o mesmo no segundo andar.

A dança havia começado no salão. Uma multidão se amontoara para apreciar o espetáculo dos dançarinos rodopiando numa mancha de cores cintilantes. Lentamente, consegui abrir caminho para chegar até a beirada da pista de dança.

— Ah, a bela entre as belas! — disse uma voz com sotaque francês, enquanto sentia uma mão pousar de leve no meu braço e me guiar por entre o aglomerado de espectadores. — Dança comigo?

Abri a boca ao ser empurrada suavemente para trás. Nós havíamos irrompido do meio da multidão e chegáramos à pista. A mão quente dele deslizou do meu braço para minha cintura, puxando-me para junto de si e me fazendo rodopiar.

Meu corpo se retesou. Eu me afastei, e a mão na base da minha coluna cedeu ligeiramente. Mas ele não me soltou.

— Não sou uma grande dançarina — murmurei, tomada por um constrangimento profundo. Eu não sabia como fazer aquilo. Não pertencia àquele lugar. Ou àquele grupo de pessoas. — Na verdade, eu deveria...

— Só uma dança. Por favor. — Ele acelerou os passos para seguir o ritmo do resto do grupo enquanto nós girávamos na mesma direção, numa forma oval acelerada e de tirar o fôlego. O suor brotou nas minhas costas. Meus olhos vasculhavam a multidão em busca de uma rota de fuga, e... — Relaxe, *ma chère*. Deixe que eu a conduzo. — Minha mente tentava se organizar, enquanto ele me levava, girando, bailando e seguindo o fluxo. — Respire. Fica mais fácil se você respirar — disse, com um riso na voz.

O ar fluiu na mesma hora; não tinha percebido que estava prendendo a respiração. Meus dedos se dobraram no ombro do meu parceiro de dança, e os pés começaram a pegar os passos mais simples. Bailamos à frente de um lance de escadas, meus olhos acompanhando os degraus até a visão ser bloqueada pela máscara e eu ser obrigada a voltar a atenção para ele outra vez. Queria escapar dali, mas também havia algo dentro de mim que queria ficar.

Os olhos, as faces e o nariz dele estavam cobertos por uma máscara dourada simples, mas o sujeito era alto e jovem. Os lábios se curvavam num meio sorriso e os olhos cintilavam como esmeraldas seguradas contra a luz. O cabelo era castanho-claro e ondulado, com um toque dourado de sol, e comprido o suficiente para formar cachos em volta das orelhas e do colarinho da camisa branca. O aroma sutil de uma colônia me fez querer inalar mais fundo. *Gostoso.*

Estar por trás de uma máscara tinha algo que me permitiu relaxar para essa dança, ser uma outra pessoa, uma jovem que adorava se divertir, dançar com um parceiro, flertar e se sentir especial.

Rodopiei e rodopiei, perdendo toda a noção do tempo.

Troquei muitas vezes de parceiro, e a sensação era que cada novo mascarado que me segurava em seus braços ia ficando mais misterioso e mais bonito que o anterior. A música gorjeava. E me embriaguei dela, e da beleza, dos risos e do calor no meu corpo.

Fui largada de supetão pelo parceiro da vez, rindo e girando até que outro me pegasse pela cintura e, com o impulso do movimento, meu rosto fosse se chocar em cheio no peito dele.

— Ah, me desculpe! — Parei, com a respiração acelerada. — Ora, é você outra vez.

Meu primeiro parceiro havia voltado, e me segurou bem perto do corpo, a mão quente contra minhas costas. Ele inclinou a cabeça e roçou os lábios na minha orelha. Uma lufada de ar fresco varreu meu estômago de leve.

— Não peça desculpas. Eu gostei. — Ele beijou minha orelha e me conduziu para mais uma dança.

— Como você se chama? — perguntou. — Ninfa? Sereia? Princesa das Fadas?

Havia algo de divertido em me entregar ao flerte, na sensação de poder que aquilo me dava.

— Não sou nada disso — falei num sorriso.

— Ah, você é muito mais. — E me puxou ainda mais para perto, o peito se colando ao meu, quando sua face veio repousar na minha têmpora. — Vou chamá-la de Rainha da Lua.

Dei uma risada.

— E, nesse caso, você seria o quê?

— Boa pergunta. — Ele inclinou a cabeça para me fitar. Um sorriso lento tomou conta dos seus lábios. — A função de rei deve ser um tanto entediante. Prefiro... consorte da rainha.

Um calor tomou conta das minhas faces, e a respiração ficou pesada. Sua boca percorreu minha têmpora devagar, os lábios descendo preguiçosamente até a bochecha, explorando a orelha e depois a nuca, despertando um arrepio quente na espinha. Eu queria mais, queria mergulhar numa espiral irrefletida de sensações. Para o diabo com as consequências. Ele me puxou mais para perto, como se pudesse sentir meu desejo. E eu deixei que o fizesse, expondo ainda mais o pescoço enquanto girávamos pelo salão.

Engoli em seco, em algum lugar no fundo da mente a consciência de que aquilo estava acelerado demais, estranho demais. Mas os afrescos no teto e as luzes, que se fundiam num brilho colorido, distraíam minha atenção. Os braços me seguraram com mais força, enquanto ele me beijava o pescoço, pequenos beijos muito leves e um hálito quente que estava amolecendo minhas pernas. Meus olhos se reviraram, captando os dançarinos em torno, a música se desvanecendo ao fundo e levando consigo o som das conversas e das risadas.

Enquanto nós dois flanávamos pelo salão de baile, avistei certas cenas de relance, cenas libertinas. Outros homens e mulheres mascarados colando os lábios nos pescoços dos seus parceiros. Alguns apoiados nas paredes. Beijos. Suspiros de prazer. Um casal de cabelos negros — a boca dele no pescoço dela, ela com a cabeça apoiada na parede, os olhos fechados.

E nós giramos pelo salão outra vez. O ribombar do meu pulso sufocou a melodia da música. Minhas reações se tornaram mais lentas e indolentes, mas, por dentro, um fogo ardia. Quando passamos pelo lugar onde o casal de cabelos negros se beijava encostado à parede, não consegui me impedir de olhar novamente.

Meu Deus do Céu — os lábios do rapaz se retraíram, seus dentes compridos mergulhando no pescoço exposto da garota. No mesmo instante, meu parceiro de dança estendeu a língua e começou a passear com ela na minha nuca. Minhas unhas curtas e negras se cravaram no ombro dele enquanto os lábios da garota se abriam. Não sei se ouvi um gemido de prazer ou só imaginei ouvir. Mas o som dele ressoou nos meus ouvidos.

Meu coração bateu com força, o estômago revirando. Eu não conseguia respirar. Minha vista falhou e tudo em torno começou a girar.

De repente, senti a parede do fundo do salão contra as costas, meu parceiro imprensando meu corpo nela, ao mesmo tempo que seus dentes roçavam a pele da minha nuca. Eu estava perdida e isso não importava. Era uma outra pessoa, uma desconhecida de máscara, uma mulher desejada.

Sim.

E, então, ele sumiu.

O ar frio soprou na minha pele quente. Pisquei, a mente enevoada e confusa, a pele sentindo falta do contato.

— Deixe ela em paz, Gabriel — disse uma voz conhecida.

A sensação de embriaguez se recusava a ir embora, mas comecei a fazer todo o esforço que podia para retomar o foco, percebendo que algo não estava como deveria estar. Minhas reações não estavam respondendo como deveriam.

— Ela *não quer* ser deixada em paz — falou meu parceiro de dança. — Pode perguntar.

O salão continuava a girar mais adiante, mas a música estava ficando mais clara, as vozes mais nítidas a meu redor. Uma figura mascarada de preto entrou no meu campo de visão e ergueu a máscara.

Foi como um balde de água fria.

— Sebastian?

Catorze

Com algumas piscadas rápidas, os dois vultos masculinos à minha frente ganharam contornos definidos. Meu rosto esquentou mais do que a superfície do sol quando a consciência baixou por completo, e percebi o que quase havia feito. *Idiota!* Se tivesse alguém para me conceder um desejo nesse momento, pediria para sumir. Evaporar numa nuvem de constrangimento.

Havia bebedores de sangue, vampiros, por toda a minha volta. Aproveitando-se livremente daqueles que ofereciam a pele brilhante e alva dos pescoços, dos convidados perdidos naquela espécie de transe hipnótico, no qual só o que importava eram as sensações e a ânsia. E eu seria mais uma entre eles, caso Sebastian não tivesse aparecido.

Será que era tão fraca assim, tão disposta a satisfazer a "necessidade" de Gabriel?

— Ari — falou Sebastian —, está tudo bem com você?

Empurrei o corpo para longe da parede.

— Tudo. — Mas me sentia irritada com minha própria ingenuidade e abertura, irritada com a sensação de calor que ainda irradiava entre minha pele e os contornos justos do vestido. Graças a Deus, havia a máscara. Pelo menos, o vermelhão do meu rosto estava parcialmente escondido. Tentei não olhar diretamente para o que estava acontecendo à nossa volta. Os dançarinos continuavam evoluindo pelo salão, os convidados seguiam conversando, mas os outros, aqueles que se abraçavam encostados às paredes, nos cantos escuros...

— É isso que você é, Sebastian?

A boca dele enrijeceu.

Gabriel riu, os olhos se enrugando por trás da máscara dourada.

— Sebastian nega a essência dele. Mas ele é a mesma coisa que eu.

As íris dos olhos de Sebastian escureceram, tempestuosas. Um músculo do maxilar latejou.

— Vá se foder, Baptiste. Nunca vou ser como você, como nenhum de vocês. — O tom resoluto na voz era tão duro quanto a mão que me agarrou pelo braço. — Venha, vamos sair daqui.

— Mesmo no seu caso, Lamarliere, isso não é jeito de tratar uma dama. Por que não pergunta, ao menos, se ela quer ir na sua companhia?

Pigarreei, querendo desesperadamente ir embora, separar aqueles dois antes que alguma coisa realmente grave acontecesse.

— Obrigada pela dança — falei, dando a entender que nossa interação terminava ali.

A expressão e a postura de Gabriel ganharam um ar formal. Ele fez uma ligeira reverência.

A Filha das Trevas

— O prazer foi meu, Lady Raio de Lua. — E marchou altivamente para longe.

Sebastian me puxou para o lado oposto, ziguezagueando pelo meio da multidão, até chegarmos a um lugar vazio perto da sacada da frente. O ar fresco que entrava pelas portas abertas ajudou a clarear minhas ideias.

— O que diabo está acontecendo aqui? Onde estão os outros? E a Violet?

— O que está acontecendo? O que está acontecendo é que estamos atrás de você desde o seu sumiço do mercado ontem à noite, é *isso* que está acontecendo. — Ele me fuzilou com o olhar, as narinas levemente infladas, puxou a máscara para o rosto e marchou para a sacada.

Sebastian agarrou a proteção de ferro com uma das mãos e ergueu a outra para correr os dedos pelos cabelos, expirando lentamente. Os olhos pousaram na rua mais abaixo, nos passantes que festejavam o *Mardi Gras*. O perfil estava muito carrancudo da borda da máscara para baixo. Ele parecia uma ave de rapina, e uma mecha de cabelo negro caía sobre o cetim preto que lhe cobria a testa. Estava vestindo uma camisa branca com calça preta, e o contraste do tecido escuro da máscara com a pele clara fazia os lábios ficarem ainda mais rubros do que o normal. Isso além da raiva, claro, que também podia ser a razão por trás daquele tom mais intenso.

O apito brusco de uma corneta de festa soprada no andar de baixo me trouxe de volta do estado de encantamento num susto. Esse lugar, essa festa ou o que quer que fosse, havia afetado meus sentidos. Havia me transformado no brinquedinho dócil de um maldito chupador de sangue. As juntas dos dedos embranqueceram, quando apertei a balaustrada com toda a força das minhas duas mãos.

— Eu não vi a Violet — disse ele. — Mas o que foi que aconteceu com você, afinal?

— É uma longa história. Sua avó mandou um bilhete dizendo que estava com Dub, Crank e Henri também.

Ele se virou para me encarar, confuso.

— Nós a procuramos sem parar até o anoitecer de hoje, quando minha avó mandou dizer que você estaria aqui na festa. E, então, mandei os outros irem para casa descansar.

— E seu pai ainda não falou com você?

Ele puxou a máscara por cima do rosto, me olhando como se eu tivesse perdido o juízo.

— Meu pai? O meu pai foi embora quando eu era pequeno.

Ai, droga. A minha raiva amoleceu.

— Não foi isso que aconteceu, Sebastian. Seu pai foi capturado por Atena. E agora está aqui, no French Quarter. Estive com ele mais cedo.

Sebastian fez um ar de espanto e ficou muito pálido. Em seguida, oscilou sobre os pés.

Eu o peguei pelo braço e conduzi até o banco comprido que ficava encostado na parede da sacada. Ele se sentou como que movido pelo piloto automático e ergueu a mão para esfregar o rosto, mas tremia tanto que acabou desistindo e ficou só sentado lá, em estado de choque.

Eu não era muito boa nesse tipo de coisa — em ajudar as pessoas a lidarem com o passado. Não conseguia sequer lidar direito com meu próprio passado. Sebastian inclinou o corpo para a frente, os cotovelos apoiados nos joelhos e a cabeça baixa.

A Filha das Trevas

Fiquei perto dele, sem ter muita certeza do que dizer ou fazer. Tirei a máscara que cobria meu rosto.

Ele me fitou, os olhos cinzentos vidrados. Esperançosos, mas ainda cheios de incredulidade.

— Você tem certeza de que era ele?

— Tenho. Vocês dois são iguaizinhos. — Brinquei com a máscara entre os dedos por um instante, querendo ajudar, e sem saber como. — Ele não abandonou você. Eu vi a prisão com meus próprios olhos.

— Cacete — murmurou Sebastian, descrente. — E onde ele está agora?

— Estava numa casa no Quarter. Caí fora de lá mais cedo, depois que ouvi...

— Que ouviu o quê?

Engoli em seco.

— Que sua avó não quer que eu vá embora de Nova 2. Ela me vê como uma espécie de arma, quer me usar para proteger a Novem de Atena. Mas eu não sou como vocês, não tenho poderes nem capacidade para enfrentar uma deusa.

— Já é a segunda vez que você diz esse nome. Está se referindo a Atena *mesmo*, a deusa grega?

— Isso. Muito louco, não é? — falei, com um sorrisinho. — Sua avó escondeu minha mãe de Atena. Isso deixou a deusa irritada, e ela provocou os furacões de treze anos atrás. E, agora, ela sabe que vim para cá e está atrás de mim. Pelo que ouvi, parece que quer me usar de algum jeito também, assim como a Novem.

Ele sacudiu a cabeça e deixou escapar um longo suspiro.

— Minha Nossa... E você não sabe por quê?

— Não, nem faço ideia. — E mergulhei num momento de silêncio, antes de, enfim, me preparar para fazer a pergunta que estava à espreita no fundo da minha mente o tempo todo: — Só sei o que você disse ontem quando tomamos o chá... — Mas Sebastian podia estar mentindo, ou com medo de me dizer a verdade. Hesitante, fitei seus olhos cinzentos.

— O que Gabriel falou é verdade? Você é como ele mesmo?

— Gabriel Baptiste devia ir para o inferno. Ele gosta de pensar que vou ficar igual a ele. — Um gemido profundo de frustração rugiu na garganta de Sebastian. — Sinceramente, pode ser que eu passe a vida toda sem provar sangue, ou que um belo dia comece a sentir a mesma necessidade que eles sentem. Quem é que pode saber ao certo?

Imagens daquilo que eu tinha visto e sentido no salão de baile piscaram na minha cabeça, tornadas mais intensas pelo pensamento de que Sebastian poderia acabar, um dia, fazendo parte da mesma dança. Qual seria a sensação de ser tomada em seus braços, da maneira que Gabriel havia feito comigo?

Que pensamento mais idiota, Ari.

— Ele não devia ter se aproveitado de você daquele jeito.

Endireitei o corpo.

— Ele não se aproveitou. — *Ele não precisou fazer isso, afinal, você se ofereceu numa bandeja de prata.* — Preciso sair daqui. Tenho quase certeza de que sua avó não vai me deixar ir embora, se me encontrar.

— Você veio resgatar os outros?

— Isso. Mas obviamente ela mentiu sobre isso para me atrair para cá. Devia ter imaginado. — Olhando em torno, quis avistar Violet.

A Filha das Trevas

Sebastian se levantou e pegou minha mão.

— Vamos, venha comigo.

Deixei que ele me guiasse pelo meio da multidão, mantendo o olhar fixo à frente, e sem cair na tentação de espiar o bailado vampiresco. Só não consegui resistir ao apelo da mão dele entrelaçada com força na minha. A sensação era de uma segurança gostosa, mesmo agora que eu sabia o que ele era e do que era capaz.

Sebastian desceu as escadas e me levou para o pátio. A aglomeração era menor do lado de fora, mas, mesmo assim, tivemos que nos esquivar de grupos de convidados, mesas e criados para chegar até a pequena casa de hóspedes no fundo do terreno.

Um misto de ateliê com apartamento, para ser mais exata.

As luzes do pátio vazaram para dentro do cômodo quando entramos, revelando silhuetas de cavaletes, telas, material de pintura e um balcão comprido equipado com uma pia. Para além desse cômodo, havia ainda uma área de estar, um quarto e uma cozinha.

— Aqui nós podemos conversar em segurança.

Parei logo depois de cruzar a porta e tirei a minha máscara.

— E desde quando homens querem conversar?

Ele estacou quando percebeu que eu não estava indo atrás. E então voltou, pegou minha mão e me conduziu para o sofá.

— Bem, se é verdade que a minha avó quer que você fique em Nova 2 e que há uma deusa querendo o seu pescoço, então nesse caso, sim, eu quero conversar. Comece do princípio.

A saia se avolumou à minha volta quando me sentei. A máscara ficou entre as minhas mãos no colo. O reflexo da luz vinda de fora numa das pedras de strass que a enfeitavam me fez piscar os olhos. Respirei fundo, movimentando o corpo para puxar uma das pernas para cima e me virar, a fim de encarar Sebastian. E então lhe contei tudo o que sabia. Começando pela minha ida a Rocquemore House, e passando pela caixa com as cartas, minha maldição, os sujeitos que eu havia matado, a casa de fazenda perto da River Road e tudo o que eu ouvira ao bisbilhotar a conversa na casa de Michel. Um relato que deveria soar fantasioso e ridículo, mas que não foi assim. Aquelas palavras eram a minha vida. E, à medida que eu falava, era como se elas fossem se solidificando. Nada mais de descrença. Nada mais de pensar que aquilo tudo era maluquice. Nada mais de ficar me escondendo. Do mesmo jeito que Violet, eu era diferente. E, aqui em Nova 2 e diante de Sebastian, não precisava fingir o contrário.

— Isso não faz sentido — falou ele, depois que finalmente terminei. — Por que Atena condenaria as mulheres da sua família a terem olhos como os seus e o cabelo... feito raios de luar? — Ele estendeu a mão para desfazer meu coque na nuca, mas eu a agarrei no meio do caminho.

— Não. Por favor.

Ele continuou desenrolando meu cabelo. Prendi a respiração. Um bolo seco se formou na minha garganta, meu coração começou a bater mais forte e mais acelerado.

— Por que — começou ele numa voz bem baixa — dar às suas ancestrais toda essa beleza e, depois, fazê-las morrer antes de completar vinte e um anos?

— Eu não sei. — Baixando os olhos para a máscara que mantinha no colo, tive um calafrio ao me lembrar da imagem da harpia. — E não tenho certeza se quero descobrir.

Ele largou meu cabelo e tomou minhas mãos entre as deles para aquecê-las.

A Filha das Trevas

— Precisamos ficar longe dos radares de todos por tempo suficiente para desvendar o seu passado.

— É uma pena não podermos simplesmente consultar a Novem. Eles parecem conhecer muito bem a história toda.

Fiz uma pausa, ouvindo o burburinho da festa lá fora, a explosão ocasional de uma risada, o tilintar da prataria, os sons da orquestra. Para a maioria dos presentes, provavelmente, aquele era um barulho alegre, mas não para mim. Para mim, ele soava enganador e só sublinhava os perigos que existiam naquele lugar.

— Onde você acha que os outros podem estar, então? — perguntei. — Porque eu não os vi em casa. Violet estava sozinha lá.

— Não sei. Quando o mensageiro da minha avó nos encontrou procurando por você perto do rio, Henri falou que ele e os outros voltariam para o GD. E eu vim para cá me arrumar e esperar você chegar.

— E quanto a seu pai?

— Se ele voltou, certamente estará aqui esta noite. Mas, primeiro, temos que verificar se Josephine não mandou alguém capturar os garotos depois que fui embora. Ela enlouqueceu, se está achando que vai poder prender você aqui contra a sua vontade, ou usar meus amigos de isca. — Deu uma olhada no relógio e se pôs de pé. — Temos bastante tempo.

Eu me levantei também, ajeitando o cinto que prendia a faca de caçar τέρας debaixo da saia do vestido.

— Bastante tempo até o quê?

Ele desviou os olhos. Na mesma hora, a postura enrijeceu e sua linguagem corporal sinalizou desconforto.

— As coisas esquentam um pouco no baile depois da meia-noite.

O meu coração falhou.

— O que você quer dizer com *esquentam*? — perguntei, mesmo tendo quase certeza de que já sabia a resposta.

— É que estamos na época — disse ele. — É tempo de... ceder aos desejos. Depois que o *Mardi Gras* termina e começa a Quaresma, nós jejuamos também. Como manda a tradição. E, portanto, durante o *Mardi Gras*...

Eles se fartam de sangue, e provavelmente de sexo e de prazeres decadentes de todo tipo. Eu havia entendido. Ele não precisava soletrar. De repente, me senti muito pequena ali em pé à sua frente.

— Então é verdade mesmo que você nunca sentiu a ânsia? Nem mesmo uma vez?

— Nunca afirmei que não tinha o impulso. Só não quero que o sangue controle a minha vida como faz com as vidas de alguns. Depois que você experimenta, é como se fosse uma droga. — Ele voltou o olhar para a janela e para os convidados mascarados no pátio. — Quente, delicioso, fazendo você querer sempre mais.

Assenti, os dedos remexendo a máscara.

— Meio que como chocolate. — E tentei sustentar o sorriso. Casey sempre havia dito que eu tinha um senso de humor muito estranho, e que ele tendia a aparecer nos momentos mais disparatados.

Ele piscou os olhos antes de explodir numa risada. Sebastian tinha o riso mais bonito e o sorriso mais incrível que já vira na vida. Capaz de iluminar os olhos cinzentos e de revelar um par de covinhas sedutoras nas bochechas.

— É, acho que é meio parecido com chocolate.

Parte da tensão que pesava no ar se desfez.

A Filha das Trevas

Ele me pegou pela mão e abriu a porta, enquanto eu arrumava a máscara sobre o rosto.

— Fique perto de mim, que tudo vai dar certo. Nós só precisamos encontrar a Violet e nos certificar de que os outros não estão mesmo aqui, e, então, você cairá fora desta casa.

Quinze

Enquanto era conduzida por Sebastian pelo meio da multidão, não consegui manter os olhos fixos nas costas dele; a atração do cetim e dos paetês, das máscaras e do mistério era forte demais para resistir. O murmúrio suave das vozes, a música, as cores e as luzes que se refletiam em tudo faziam a casa inteira pulsar.

Ele avançava depressa, esgueirando-se entre os corpos e me permitindo captar somente relances de cenas, que eu tentava *não* procurar conscientemente, mas às quais não conseguia resistir. Eu era atraída o tempo todo para cantos escuros, ocultos, para casais absortos em outras atividades, além de só dançar ou conversar. Meu coração dava pulos diante do brilho das pequenas presas brancas, da visão de uma gota única de sangue cintilando num canto de sorriso, como um pequeno rubi, antes de a língua disparar rápida para lambê-la.

Sebastian me chamou com um puxão da mão. Nós havíamos parado perto da sacada do segundo andar. O ar estava ainda mais fresco do que antes, mais fácil de respirar, e certamente ajudou a clarear minhas ideias mais uma vez.

Uma batida alta de címbalos e tambores do lado de fora se aproximou, abafando a música da orquestra. Os convidados que estavam dentro da casa correram para se debruçar na balaustrada. Sebastian praguejou, apertando minha mão com mais força, enquanto éramos carregados pelo fluxo e imprensados contra a trama de ferro batido, no momento em que o desfile do *Mardi Gras* despontava na esquina da rua.

Por toda a nossa volta, as pessoas gritavam e aplaudiam — os drinques transbordando das taças, os olhos acesos pelo álcool, as faces coradas pelo sangue, pela excitação e pelos deleites sensoriais trazidos pelo desfile.

Os carros alegóricos começaram a passar, um a um, numa sucessão vagarosa, cada um retratando a vida no mar de alguma forma ou de outra.

— O Desfile de Poseidon — falou Sebastian.

Homens vinham a bordo do que parecia ser um navio de guerra antigo, com os rostos voltados para a sacada da casa, olhos cobertos por máscaras douradas lisas com narizes aduncos. Usavam chapéus ao estilo de Napoleão, e vestiam compridos casacos enfeitados e meias-calças brancas. Alguns convidados gritavam para chamar a atenção deles, mas nenhum moveu um músculo. Ficaram só com os olhos pregados em nós, enquanto o carro ia passando. O efeito foi perturbador.

A alegoria seguinte trazia sereias. Elas atiravam colares de contas para a multidão que tomava as calçadas e se apinhava ali na sacada. As pessoas às nossas costas empurraram, imprensando nossos corpos com mais força contra o ferro da balaustrada. Os braços de Sebastian envolveram minha cintura num gesto que eu soube ser movido por um impulso instintivo — e não porque ele quisesse me ter mais perto de si.

Ele inclinou a cabeça e colou os lábios à minha orelha para que eu pudesse ouvir.

— É melhor nós fazermos a busca na casa enquanto todos estão distraídos com o desfile.

Enquanto Sebastian dizia essas palavras, outro carro passou, representando um penhasco à beira-mar onde um grupo de sereias seminuas esperava a passagem de marinheiros desavisados. A música que vinha da alegoria fora criada para soar como o canto sedutor dessas criaturas.

De repente, raios de brilho — de corpos cobertos com purpurina cor de bronze — serpentearam pelo meio da multidão reunida na calçada. Exclamações de deleite se fizeram ouvir. Homens trajando apenas tangas e máscaras cor de bronze pularam para cima do carro das sereias. Eles ficaram agachados, à espera. E, então, as sereias reagiram com sorrisos lascivos e dissimulados. Os mascarados se aproximaram, escalando os corpos de cada uma das sereias e cobrindo-os com os seus. A multidão deu vivas.

Eu sentia minhas faces arderem. Meus sentidos estavam totalmente eletrizados. A ponto de eu quase não aguentar mais. Era como se o som vindo lá de baixo tivesse um efeito hipnótico de verdade. Mas isso não era possível... ou era? A festa inteira flanava numa embriaguez única. Eu me deixara entorpecer pelas visões e pelos sons, como alguém que não estava habituado a beber, e agora estava passando mal por causa do excesso. Apertando bem as pálpebras, forcei a mente a bloquear qualquer distração externa.

A Filha das Trevas

Precisava cair fora desse lugar. Vasculhar a casa. Encontrar Violet e os outros, e sumir dali.

Sebastian mexeu o corpo, a coxa se apertando contra a minha, e fazendo a lâmina pressionar minha pele. O metal havia aquecido em resposta à subida da minha temperatura corporal, e a faixa de couro estava ajustada de um jeito quase confortável demais. Mas o contato foi um lembrete bom o suficiente para me fazer retomar o foco.

Fios de contas e doces voaram por cima das nossas cabeças. Movimentei o corpo, voltando as costas para a balaustrada, junto com Sebastian, e deixando outras pessoas tomarem nosso lugar. Deslizamos de volta, puxados como uma onda que retorna para o mar. De volta para dentro da casa de Josephine.

Meu Deus, eu precisava me livrar desse vestido! Ele se tornara quente demais, apertado demais. Tirei a máscara do rosto e afundei os dedos na borda do corpete para afastá-lo um pouco da pele e deixar entrar algum ar. Não adiantou nada.

— Ande — falou Sebastian, marchando a passos acelerados pelo lugar agora vazio.

Começamos a percorrer às pressas o salão de baile deserto.

Um par de portas-janelas bateu com um estrondo.

Depois mais um. E mais outro.

Parei no meio do assoalho, girando o corpo para ver cada porta se fechar e a fechadura se trancar sozinha. A orquestra parou de tocar. Vi pelo vidro das portas alguns convidados tentando retornar para dentro, mas sem sucesso. Em volta deles, todas as portas batiam e as linguetas das fechaduras estalavam.

E, então, se fez o silêncio.

Uma única porta ainda permanecia aberta.

Olhamos para ela, esperando que se fechasse, mas algo me dizia que ela estava aguardando alguma coisa. Um arrepio de alerta desceu pelas minhas costas.

As cortinas muito brancas que havia de ambos os lados dessa porta se inflaram. O ar entre elas estremeceu e cintilou.

E, então, um vulto alto surgiu do nada.

O sangue congelou nas minhas veias.

Na minha mente, não havia dúvidas sobre quem era essa nova presença no salão. Quem mais poderia ser?

As folhas duplas da porta enfim bateram às costas dela, e tive um sobressalto.

Um metro e oitenta e dois de altura. Corpo perfeito. Envolvido do pescoço até os pulsos e os tornozelos num fino traje de couro justo, num tom escuro de oliva. O couro era riscado por linhas de aparência reptiliana — linhas que faziam pensar que um dia ele fora uma criatura viva.

Atena.

Sua pele era branca como porcelana, os olhos faiscando luz própria num tom de esmeralda, e longos cabelos negros descendo em ondas que lhe chegavam à base das costas. As mechas eram todas entremeadas por tranças, tecidas com finas tiras de couro, tendões, contas feitas de ossos — tranças que pareciam estar naqueles cabelos há muitos séculos. Ao longo de ambas as têmporas, bem na linha de inserção dos cabelos, havia fileiras de símbolos minúsculos gravados na pele.

Os lábios carnudos cor de vinho se curvaram para cima.

— Não estava pensando em ir embora, estava? — ressoou uma voz feminina gutural, emanando uma inegável vibração de poder.

A Filha das Trevas

Meus olhos a percorriam de cima abaixo. Em choque. Sem conseguir dizer uma palavra.

— Durante anos, perguntei-me se a sua existência era mesmo verdadeira, criança.

Eu me forcei a engolir em seco, os pés plantados onde estavam, quando a deusa caminhou mais para perto com um sorriso fixo nos lábios, um malicioso sorriso de vitória. Minha mão se agarrou com mais força à de Sebastian.

Meu Deus.

Meu estômago se revirou à medida que a visão do traje de couro de Atena ia ficando mais definida. Ele *se mexia*. A porra do troço se mexia. Feito uma coisa viva envolvendo o seu corpo, uma coisa onde se viam os contornos muito tênues de um imenso rosto achatado, como se fosse formada por uma pele arrancada dos ossos, prensada e com os pedaços costurados para fazer essa... coisa.

— Você gosta? — indagou, um relance de deleite nos olhos. — Fiz com a pele de Tifão. Só um pedacinho de nada de carne, na verdade. Afinal, ele era um titã.

O motivo que levara Atena a escolher aquele traje era óbvio. Tática de amedrontamento. Intimidação.

O olhar dela me varreu da cabeça aos pés, a expressão assumindo um ar de indiferença, carregada, porém, de tensão, como se ela estivesse se esforçando demais para mostrar que não se importava.

— Não tão bonita quanto a primeira das suas, mas vejo que tem o mesmo cabelo e os olhos.

— Eu não *quero* o cabelo e os olhos — disse numa voz grasnada, tendo que empurrar as palavras para fora da boca. — Podem ficar para você.

Rugas se formaram nos cantos dos olhos de Atena, e ela riu.

— Tenha cuidado com o que diz, criança, ou pode ser interpretado literalmente. E eu não lhe dei os cabelos e os olhos. Eles são naturalmente seus.

— Mas... — *Então o que diabos ela me dera, afinal?*

— Atena, não tem o direito de estar aqui! — rosnou Josephine numa voz furiosa, me fazendo pular de susto. A porta por onde ela passara se chocou contra a parede num estrondo. A matriarca da família Arnaud conduziu sua figura embonecada pelo salão como se fosse a rainha da Inglaterra em pessoa. — Você rompeu o pacto.

— Ora, o seu pactozinho idiota que se foda, vampira.

— Você concordou que jamais voltaria a pôr os pés em Nova Orleans outra vez. Foi só por esse motivo que nós lhe entregamos o caçador de τέρας, que tínhamos sob a nossa custódia. Esse foi o trato.

— A criança muda tudo, Josephine. Você sabe disso. Sabe bem que eu não posso deixá-la nas *suas* mãos. O que pretende fazer, hein? Protegê-la, como fez com os pais dela? Está planejando traí-la também?

Meu olhar disparou para Josephine.

— Você disse que havia ajudado minha mãe.

Ela me fitou cheia de impaciência.

— Sua mãe era jovem e tola, e não sabia o que era melhor para ela.

Os outros membros do Conselho entraram no salão, espalhando-se num círculo à nossa volta. A porta por onde haviam passado em fila bateu e se trancou sozinha. Olhando de relance por cima do ombro, pude ver que os convidados da festa ainda estavam entretidos com o desfile, embora alguns chacoalhassem as maçanetas das portas, tentando voltar para dentro. Pelo visto, também era desejo da Novem que esse assunto fosse tratado de maneira privada.

Michel me dirigiu um aceno de cabeça com ar grave, os olhos sinalizando que estava do meu lado, embora eu não pudesse confiar nisso. Como poderia confiar em qualquer coisa depois do que ouvira mais cedo?

Sebastian enrijeceu o corpo, a mão apertada com mais força em volta da minha, diante do primeiro encontro frente a frente com o pai em quase dez anos. Retribuí o aperto e depois afrouxei a mão, sinalizando que fosse até o pai, mas ele continuou a meu lado.

— Já chega disso, a criança é uma das minhas. — Impaciente, Atena estendeu a mão e agarrou meu braço.

O medo penetrou a minha boca aberta com um arquejo, descendo pela garganta e enchendo meus pulmões. O toque de Atena era gelado, seus dedos na pele nua do meu antebraço pareciam feitos de gelo.

Sebastian se recusou a soltar minha mão. Atena fitou dentro dos olhos dele. No círculo do Conselho à nossa volta, todos abriram os braços, estendendo-os ao lado do corpo. O ar do salão se tornou eletrificado, quando uma linha azul e brilhante de energia fluiu da ponta dos dedos de cada um para o da pessoa a seu lado, fechando completamente o círculo.

— Nós já expulsamos você uma vez, Atena — disse Josephine, com voz forte, sem vacilar um instante. — E podemos fazer isso de novo.

As unhas grossas de Atena se enterraram na minha pele, queimando, indicando que logo ela iria se romper e deixar o sangue fluir. A deusa voltou lentamente a atenção na direção de

Josephine, e seu ser inteiro assumiu uma imobilidade letal. A voz soou baixa e com ainda mais poder do que antes.

— Muito bem. Podem unir seus poderes, e os lancem contra mim. Verão sua festa terminar num mar de sangue.

Observei petrificada enquanto Josephine realmente parava e ponderava essas palavras. Eu sabia que ela não ligaria a mínima se todos os presentes morressem, desde que, com isso, conseguisse o que estava querendo.

O traje de pele se movimentou outra vez sobre o braço e o pulso de Atena, tão perto de mim que meu corpo deu um tranco involuntário contra as garras firmes da deusa. O pânico havia se instalado.

— Por que você quer a mim? — explodi, fazendo pressão contra a mão que me prendia.

Atena estacou, desviou sua atenção de Josephine e inclinou a cabeça até ficar com o rosto a poucos centímetros do meu. E, então, me fez ver qual era a verdadeira essência da deusa da guerra.

Seu rosto perfeito passou da beleza para a visão mais soturna e aterradora do inferno que eu já presenciara na vida. Morte. Guerra. Ossos. As feições se transformaram nas da rainha dessas coisas todas. Com uma metade de caveira. Um dos olhos faltando, a outra esmeralda faiscante ainda no lugar. Insetos chispavam pelo espaço entre a órbita e o globo ocular. Tendões repuxavam os lábios para formar um sorriso. E dentro do crânio dela, no meio do cabelo desgrenhado, dos ossos e da pele apodrecida, distingui um movimento. Por toda a extensão da deusa, pelo seu corpo inteiro, por baixo das costelas, estavam as almas dos guerreiros, o inferno que haviam encontrado dentro dela.

A Filha das Trevas

Atena endireitou o corpo, novamente só beleza, e forçou um sorriso afetado.

— Deixemos que a criança decida.

Eu havia contemplado o coração da guerra e da morte, e sabia que a deusa tinha poder para dizimar a cidade inteira, se quisesse. Certamente, devia haver meandros políticos, pactos e leis aos quais, talvez, até mesmo Atena fosse obrigada a se render, mas, nesse caso, ela não hesitaria em devastar o mundo para conseguir o prêmio que cobiçava. Eu.

— Não — falou Sebastian, ao perceber para qual lado eu estava pendendo. E segurou minha mão com mais força, mas eu a puxei para longe.

— Um dia, Atena — falou Michel, com os olhos pregados na deusa —, as criaturas que você fez se voltarão contra a sua criadora. E que os deuses a ajudem quando isso acontecer.

A cabeça girou num átimo. Ela soltou um rosnado.

— Pois a cada vez que tentam isso, elas fracassam. Eu posso mandar você de volta para o lugar onde estava, Lamarliere, então, trate de calar essa sua boca de merda.

Michel atingira um ponto sensível.

Minha mente trabalhava acelerada. Um arrepio tomou conta da pele. Pensei na harpia e em Arachne, mas tive medo demais para invocá-las, medo do que Atena poderia fazer.

— Há treze anos, você quase teve sucesso no seu intento de nos destruir — disse Michel numa voz serena, mas com os olhos cintilando de ódio. — Diga, Atena, não se arrepende de ter invocado os ventos e os mares? Não se arrepende da sua sede de poder?

— Eu não me arrependo de nada — sibilou ela.

— Ah, por certo, deve se arrepender. Seus furacões saíram de controle. Talvez, se não tivesse se deixado *exaltar* daquela maneira, você tivesse conseguido segurar a Égide em vez de derrubá-la no mar.

O modo de Atena respirar sinalizou que Michel havia acabado de revelar algo que não deveria saber. Mas ele apenas sorriu.

— Na prisão, não há muita coisa para fazer, além de conversar... Se o seu pai, o grande Zeus, ainda estivesse vivo e ficasse sabendo que você perdeu a Égide, uma de suas armas mais poderosas, aquela em nome da qual você mesma *o matou,* aposto que a ironia da situação iria diverti-lo, não é mesmo? Sem a Égide, você deixa de ser invencível.

Atena enrijeceu o corpo, seus olhos se estreitando na direção de Michel. Em seguida, deu um tranco no meu braço, puxando-me mais para perto de si.

— Com ou sem a Égide, continuo sendo mais poderosa que vocês. E essa coisinha aqui... — ela mexeu nos meus cabelos — ...será minha nova Égide. Vou separar a cabeça do corpo, arrancar a pele dos ossos e, com ela, fazer um novo escudo, uma Égide ainda melhor do que a anterior. Ou, talvez, faça essa nova Égide em forma de armadura peitoral ou de capa. — Ela correu um dedo pela lateral do meu rosto. — A pele é um material muito versátil.

Josephine riu.

— Você está se esquecendo, Atena, de que matou o único deus capaz de lhe criar a nova Égide. Está perdendo a sanidade junto com o juízo que lhe resta, é isso?

Ai, merda. Minhas pálpebras estremeceram. Não era só Michel que tinha impulsos de flertar com a morte. Josephine também. As palavras dela fizeram as unhas de Atena se cravarem ainda mais fundo na minha pele, furando a carne. A dor me deixou em choque, mas não por mais de um segundo. O sangue fluiu numa linha lenta pelo braço abaixo.

A fúria de Atena chegou ao ápice. Uma energia sufocante de tão densa nos envolveu.

— Não preciso mais esperar para usá-la. Mas acho que gostaria de ver você morrer primeiro, Josephine.

— Você não pode usar a garota — retrucou Josephine. — Ela não atingiu a maturidade ainda.

A boca cruel de Atena se retorceu.

— Ora, e que tal se eu acelerar esse processo? — E empurrou a palma da mão no meu peito.

— NÃO! — Josephine projetou o corpo para a frente, quebrando o círculo. Atena ergueu a outra mão, lançando Josephine de costas contra a parede. Sebastian surgiu por trás da deusa.

Michel gritou:

— Sebastian, não!

O braço dele envolveu o pescoço da deusa. Um mata-leão. Sebastian apertou com força, mas a carne se abriu só o suficiente para deixar o braço atravessá-la. E seu corpo caiu para trás, sem ter onde se segurar.

Um calor se espalhou por baixo da mão de Atena, passando dela para o meu peito e de lá para meu corpo todo e para dentro da minha cabeça. A mesma dor fenomenal que me atacara na rua apareceu outra vez, queimando meu cérebro, fazendo inchar os vasos sanguíneos por baixo do couro cabeludo, até deixá-los latejantes e distendidos. Um grito agudo nasceu do fundo do meu peito, subindo até explodir pela boca. O som que fez não foi humano.

Antes de os meus olhos se fecharem, distingui a imagem de Michel segurando Sebastian para impedir um novo ataque e de Josephine pondo-se de pé para refazer o círculo de força. Os membros do Conselho começaram a entoar um canto, a energia que ligava um ao outro se tornava mais densa. Mas não fazia diferença. Eu estava morrendo. Minha cabeça estava a ponto de explodir, ou implodir, ou então derreter.

Eu não sabia que era capaz de berrar tão forte, tão alto e por tanto tempo, como se o som fosse alimentado diretamente pelo poço escuro da minha alma.

Comecei a ver fragmentos de cenas, passando na mente. Uma linda mulher que se parecia comigo. Bondosa. Terna. Dedicada. Essa mulher num templo, um templo à beira-mar. Um bebê chorando. E tanta morte. Através das eras. Tormento.

Isso tinha que parar. Tinha que parar. *Meu Deus!* Eu não queria morrer!

Agarrei o pulso de Atena com minha mão direita e usei toda a força que tinha, tentando afastar sua mão e acabar com a agonia.

A fúria emergiu de repente, bloqueando, por um átimo de segundo, a dor que lancinava na minha cabeça. Meu peito ficou cheio dela. Todas aquelas imagens, toda a morte, todo o sofrimento na minha família por causa de Atena. E eu não fizera nada de errado. Nenhuma de nós havia feito.

Abri meus olhos em brasa.

Minha mão apertava com força, com todo resquício de energia que me restava. Meus olhos se cravaram nos de Atena.

— Eu... *odeio*... você — falei numa voz sibilante, querendo tirar isso de dentro do peito, antes de enfrentar a morte. — Por tudo o que fez com todas elas... por ser essa desgraçada... essa maldita... *megera!*

A Filha das Trevas

Atena retesou o corpo, os olhos se arregalando por uma fração de segundo. Só um ligeiro tremeluzir da dor e um espasmo no seu braço. Meu maxilar enrijeceu. Ela aumentou a pressão contra meu peito, mas eu estava, de alguma maneira, afastando sua mão de mim.

Baixei os olhos para o ponto onde minha mão envolvia o pulso da deusa, onde a pele branca de Atena estava ficando cinza e endurecida.

Mas o que é isso?

Ambas em choque, soltamos as mãos ao mesmo tempo.

Mas eu aproveitei a vantagem. Era boa em guardar as coisas para usá-las mais tarde. Tudo o que importava no momento era a luta. Fechei o punho num soco que teria feito Bruce ficar orgulhoso. Meus dedos bateram no maxilar de Atena, jogando sua cabeça para o lado com um tranco.

Meu coração bateu forte. A dor na cabeça fazia a visão fraquejar. Eu não estava conseguindo sentir os joelhos e não sabia como exatamente ainda me mantinha de pé, mas ergui as duas mãos para o alto pronta para o revide.

Devagar, a mão de Atena se ergueu até o seu maxilar. O assombro nadava nos olhos de esmeralda, e eu juro que vi também um relance de vulnerabilidade e constrangimento. E me atrevi a concluir que ninguém jamais tinha dado umas boas pancadas na deusa da guerra antes.

E, então, ela sumiu.

Assim, do nada. Num instante estava ali, no outro já não estava.

Minhas pernas cederam e caí sentada no meio do salão de baile, a saia se avolumando à minha volta, fazendo-me sentir muito pequena e muito como aquele termo que todos usavam para referir-se a mim. Criança. Uma criança fingindo ser adulta no seu vestido elegante de baile. Uma criança que não sabia nada a respeito do mundo onde estava imersa. Uma criança comparada às criaturas antigas e ancestrais com quem cruzava nesse mundo.

Michel soltou Sebastian. Ele correu para mim, ajoelhando no assoalho.

— Ari. Está tudo bem?

Ainda em choque, só consegui assentir.

Josephine marchou para a frente, os saltos estalando no piso, e me puxou para cima pelo braço.

— Levante-se. Nós temos um trabalho a fazer.

— Josephine — ressoou a voz baixa de Michel. — Isso não é maneira de tratar uma pessoa que acaba de salvar esta casa inteira da aniquilação.

Ela abriu a boca para retrucar, mas os outros membros do Conselho também haviam se aproximado e não se mostravam nada satisfeitos com os modos da matriarca Arnaud. Sua mão soltou meu braço.

— Está bem. — E virou-se para eles. — Atena foi embora para lamber suas feridas, mas o que vimos hoje foi só o começo. Ela *entrará* na guerra para disputar esta criança. — E, com isso, puxou a barra da saia para cima e saiu da sala, gritando para que os criados destrancassem as portas e ordenando que os aturdidos músicos da orquestra recomeçassem a tocar.

— Josephine está certa. — Michel estendeu a mão para ajudar Sebastian a se levantar do chão.

Eu me ocupei em alisar a saia, enquanto ele se erguia para ficar frente a frente com o pai, um pai que passara tantos anos sem ver.

A Filha das Trevas

Os olhos vagavam do rosto de Michel para as mãos entrelaçadas dos dois. A emoção aflorou em seus olhos cinzentos, e, de repente, ele ficou parecendo uma criança também. Michel o puxou para junto de si num imenso abraço.

Eu os deixei a sós e voltei os olhos para os convidados que retornavam ao salão. A orquestra começou a música e uma fileira de garçons entrou, carregando bandejas de canapés e taças de champanhe.

Mas a pessoa que se destacou no meio da multidão foi Violet, correndo pelo assoalho do salão, o vestido roxo esvoaçando, e a máscara pendendo do pescoço. Ela veio diretamente para mim, ergueu a máscara sobre o rosto e falou:

— O que foi que eu perdi?

O absurdo de tudo o que acontecera enfim se cristalizou dentro de mim. Comecei a rir. Sem conseguir mais parar, depois que havia começado. E Violet só me fitando com os olhos estoicos de sempre. Até que falou:

— Estou cansada. Vamos voltar para casa.

Pisquei, o riso se desvanecendo.

Voltar. Para casa.

Uma torrente de lágrimas ameaçou transbordar, e meus olhos começaram a arder. Abri a mão. Violet deslizou a mão miúda para dentro da minha.

— É. Vamos voltar para casa.

Que se dane o Conselho. Nós vamos dar o fora.

E caminhamos juntas para fora do salão de baile e para longe do chamado de Josephine, que nos mandava voltar.

Atena não ficaria lambendo as feridas para sempre. Disso eu sabia. Mas, nesse momento, só precisava voltar para a velha mansão do GD e tentar ser normal por um tempinho, mesmo que esse tempinho só durasse até o fim daquela noite.

— Ei! Esperem por mim! — Sebastian nos alcançou, quando cruzamos a porta da frente. Parei no meio da rua. O desfile havia terminado, mas as pessoas continuavam perambulando por ali em grupos, ainda pouco dispostas a encerrarem a festa.

Pela primeira vez, desde que havíamos nos conhecido, Sebastian parecia feliz, como se a nuvem negra que pairava sobre sua cabeça o tempo todo houvesse se dissipado.

— Você não vai ficar com seu pai?

— Não quero que você volte sozinha para o GD. — O rosto corou ligeiramente, e ele meteu as mãos nos bolsos das calças.

— Se, neste momento, não houvesse uma deusa no seu encalço e disposta a acabar com a Novem, nesse caso, sim, acho que passaria um tempo com ele para pôr a conversa em dia.

— Ela não está sozinha, Bastian — disse Violet, num tom ofendido.

Ele sorriu.

— Eu sei, Violet. Mas quanto mais protetores a Ari tiver, melhor. — Seu olhar cruzou com o meu. — Meu pai quer que você pense na ideia de ficar hospedada com ele. Estará mais segura na casa dele.

Eu sabia bem onde queria estar.

— Eu vou pensar. Agora só quero me livrar deste vestido e comer alguma coisa. Estou morta de fome. Além do mais, tenho certeza de que Atena vai querer procurar por mim primeiro nas casas da Novem, e não numa mansão decadente do GD.

Sebastian concordou com a cabeça. E fez um floreio com a mão.

— Podemos, senhoritas?

A Filha das Trevas

Um sentimento engraçado me tomou o peito. Ele havia escolhido a mim. Ele *se importava*. Sim, o mundo, da maneira como eu conhecia, estava basicamente ruindo à minha volta e eu corria perigo de vida, mas a felicidade que brotou naquele instante apagava isso tudo. E lá fomos nós pela calçada, na direção do bonde que nos levaria para casa.

Dezesseis

Encontramos Dub, Henri e Crank no chão da sala de estar, sentados em volta da mesa de centro, e jogando pôquer com um pote cheio de moedas, dentes de ouro, camafeus e uma variedade de joias velhas. Uma panela de *gumbo* também repousava sobre a mesinha, com algumas tigelas usadas. O cheiro estava delicioso.

— Onde foi que vocês se meteram? — perguntou Sebastian numa voz cansada, enquanto se jogava no sofá e esticava as pernas.

— Você foi a um baile! — Crank largou as cartas na mesa e devorou com os olhos o exuberante vestido preto e branco, enquanto eu me sentava no braço do sofá e estremecia ao sentir o cinto roçar uma parte da pele da coxa que já havia sido ferida pelo contato do couro. Dub olhou para Crank de esguelha, e, na mesma hora, ela armou o rosto com uma máscara de indiferença.

— Aposto que isso aí pinica demais.

— Pinica mesmo. — Minha vontade era tirar o vestido imediatamente, mas estava exausta demais para subir as escadas. De todo modo, uma coisa que *podia* fazer era me livrar da faca presa na coxa. Pondo-me de pé, virei o corpo para longe dos outros, ergui a saia e puxei a faca para fora, colocando-a junto com o cinto incômodo na mesinha lateral.

Quando tornei a virar, todos os olhos estavam pregados em mim.

— O que foi?

Os olhos claros de Dub passavam da lâmina para mim sem parar.

— Estou gostando dessa garota.

Crank deu um sorriso.

— Meu voto é pra que a gente fique com ela.

Henri jogou na mesa uma carta virada para baixo.

— É — falou, com um suspiro. — Ela parece que tem a ver mesmo com o clima bizarro desta casa.

— Uh-lalá — disse Crank, entregando uma carta a ele. — Mas então, a qual baile vocês foram?

— O baile dos Arnaud — entoou Violet numa voz cantada, saltitando para fora da sala. Suas passadas ficaram ecoando na escada.

Sebastian soltou um longo suspiro e passou os dedos pelos cabelos.

— Mas, e vocês? Achei que viriam para casa depois que fui embora.

— Decidimos aproveitar para fazer uma pilhagenzinha no caminho. — Dub acenou com a cabeça na direção do pote em cima da mesa. — Quem ficar com a bolada leva tudo para vender ao Spits.

Eu me livrei das botas pretas.

— Quem é Spits?

— Um negociante de antiguidades lá do Quarter — explicou Sebastian, enquanto Violet aparecia de volta, carregando

Pascal, passando direto pela sala de estar para levá-lo até o quintal dos fundos.

— Vocês querem entrar no jogo? — perguntou Dub para mim e para Sebastian.

— Não — respondi —, mas aceito um pouco do *gumbo*.

— À vontade. — Henri gesticulou para a panela. — A Sra. Morgan trouxe mais cedo, e os *petits bébés* aí só faltaram babar em cima da panela. — Crank lhe deu um chute. — Ai, isso dói!

— Então pare de nos chamar de bebês. Até porque você ficou babando também. Como sempre.

— Não — falou Dub. — Ele ficou babando foi na Sra. Morgan. Ele *aaaaaaaaaama* a Sra. Morgan.

O rosto do Henri corou forte. Ele pegou de dentro do pote um dente molar com obturação de ouro e atirou na testa do Dub. — Amo coisa nenhuma, seu idiota.

Dub e Crank começaram a rir e Sebastian encheu duas tigelas com o ensopado. Escorreguei para o assento do sofá e ajeitei o vestido, puxando os pés para baixo do corpo.

— A Sra. Morgan — explicou ele, enquanto me passava uma das tigelas —, é uma espécie de professora itinerante que passa pelo GD uma vez por semana e sempre traz coisas para comer.

— Sei, Violet já me falou dela.

Eu estava tão faminta que comi depressa demais. Mas, Minha Nossa, aquilo estava uma delícia. E era uma comida bem nutritiva também. A rodada de pôquer continuou. Não demorou muito para Crank vencer e levar de prêmio o pote dos tesouros saqueados, vangloriando-se da sua vitória com um exagero que deixaria qualquer lutador profissional orgulhoso.

A Filha das Trevas

Depois de ter sido informada da verdade na conversa com Sebastian mais cedo — que Crank não era sua irmã de sangue —, eu havia passado a observá-la com mais atenção e a me sentir mal pelas coisas que ela havia passado. Pobre garota.

Antes, achava que sabia muita coisa sobre Nova 2, mas, depois de ter passado as últimas noites na cidade, eu havia percebido que não fazia ideia do que era esse lugar. Fenômenos sobrenaturais à parte, eu nunca poderia imaginar que a cidade tinha crianças largadas à própria sorte, vivendo em casas abandonadas e tendo que se virar para sobreviver como podiam.

E esse era um grupo de crianças fantásticas. Sentia orgulho de estar ali na companhia delas.

Uma a uma, elas foram subindo para se deitar, deixando Sebastian, Henri e eu sozinhos.

Henri apoiou as costas na cadeira que ficava diante do sofá.

— E aí, algum de vocês vai me contar o que foi que aconteceu de verdade esta noite?

O pequeno abajur que estava na ponta da mesa tremeluziu, fazendo oscilar para frente e para trás as sombras compridas projetadas na parede. A luz fazia os olhos de Henri cintilarem — um tipo de brilho sobrenatural, que me lembrava o olhar vigilante de um predador no meio da selva.

Depois que assenti, Sebastian contou para Henri tudo o que ocorrera no baile, deixando de fora a minha dança com Gabriel e a conversa que nós dois tivemos na casa de hóspedes.

— Então foi Atena que provocou os furacões — falou Henri, sacudindo a cabeça.

— Quem pode saber? Talvez ela tenha só piorado a intensidade deles, ou provocado o último que apareceu. Mesmo assim... —

Sebastian pousou os olhos em mim —, nada disso explica o que sua mãe teve a ver com a história.

— Acho que Atena queria pegar minha mãe da mesma maneira que quer fazer comigo.

— Sim, pegá-la com vida. Se não fosse por isso, ela teria matado você no baile e pronto.

— Quer dizer então que você não faz ideia de por que a desgraçada da deusa da *guerra* e a Novem estão brigando por sua causa? — perguntou Henri.

Dei de ombros.

— E sabe o que vai acontecer agora? Ela virá atrás de você. *Aqui.* Vai acabar descobrindo que a Novem não a abrigou e virá até *aqui*.

Com Dub, Crank e Violet correndo perigo. Henri não precisava concluir o pensamento em voz alta. Eu sabia que minha presença na casa representava um risco para todos.

Um bolo se formou na minha garganta.

— Eu vou embora.

O rosto de Sebastian se retorceu numa careta.

— Fora dos limites da Borda, Atena tem plenos poderes. E se você for, ela ficará sabendo no mesmo instante. Não lhe dará chance de escapar. Pelo menos aqui, a Novem olha pela cidade. Não conseguem impedir que ela entre, mas o poder deles a enfraquece.

— Obrigada pelo voto de confiança.

— Ela tem medo de você. — Ele ignorou meu sarcasmo. — Posso sentir isso, posso captar a vibração no ar. E o medo é por causa da sua maldição... O que quer que Atena tenha feito com sua família, essa coisa pode atingi-la de alguma maneira.

Eu me lembrei da imagem do pulso da deusa, da forma como o contato da minha mão fez sua pele endurecer.

Henri ficou de pé, esticou os braços acima da cabeça e soltou um bocejo.

— É, mas essa informação não quer dizer nada, se nem sabemos no que consiste a tal da maldição.

Passei um longo tempo observando o rosto de Henri. O tique-taque do relógio de pêndulo soava alto na casa silenciosa.

— Só há uma maneira de descobrir — falei, o foco da minha atenção passando de Henri para Sebastian.

— Alice Cromley — falou Sebastian.

Henri ficou paralisado, os olhos se arregalando.

— Ah, essa não! Eu *não* vou ajudar você com aquela aberração da natureza, Bastian. Outra vez, não.

— Vocês sabem onde ela está? — Endireitei a postura, os olhos pregados em Sebastian. — Então era disso que Jean Solomon estava falando. Você já usou os ossos dela antes.

— Há muitos anos — admitiu ele, bem baixo. — Nós a encontramos no Cemitério Lafayette.

— É, porque ele queria descobrir a verdade sobre...

— Não faz diferença — interrompeu Sebastian, a voz ganhando um tom mais seguro a cada palavra que pronunciava. — Nós sabemos onde ela está. Eu sei como fazer o ritual. Ari verá a verdade, e, então, talvez nós tenhamos uma chance nessa batalha.

Contra uma deusa da guerra? Quase soltei uma risada.

— Vamos partir antes do amanhecer — continuou ele, o olhar desafiando Henri a dizer o contrário.

Por um instante, achei que o rapaz ruivo e alto fosse comprar a discussão, mas ele enfim assentiu com a cabeça e saiu da sala resmungando algo sobre tentar dormir logo, porque, afinal, faltavam só algumas horas para o dia clarear.

Depois que ele se foi, eu perguntei:

— Por que ao amanhecer?

— Porque os rituais funcionam melhor nesses horários de transição entre o dia e a noite, a noite e o dia.

— Ah.

A corrente elétrica fraquejou outra vez. Percorri com o olhar os cantos da sala ampla, sentindo como se estivéssemos, os dois, numa minúscula ilha num imenso mar de espaço interno escuro, totalmente isolados do resto do mundo.

Sebastian rompeu a quietude.

— É melhor você dormir um pouco.

Meus pensamentos voltaram para o Gabonna's e para a maneira como eu havia dormido aconchegada em Sebastian e despertado cercada de calor e segurança. Uma sensação quente me subiu pela nuca.

— Acho que não vou conseguir pegar no sono.

— É, eu também não.

O silêncio que baixou entre nós deveria ter sido desconfortável, mas não foi. Inspirei forte e afundei o corpo nas almofadas, descansando a cabeça sobre o braço que estava estendido no apoio do sofá. Sem necessidade de palavras. Nenhum de nós queria ir para o andar de cima, ficar separados, tentar dormir. Uma soneca rápida era só o que eu poderia me dar no momento, isso se conseguisse cochilar.

Sebastian mexeu o corpo, buscando uma posição mais confortável, levantando os pés para cima da mesa de centro, e se reclinando no assento com os braços já cruzados sobre o peito e os olhos fechando. Eu o observei por um tempo, tentando relaxar, tentando acalmar o redemoinho de pensamentos que girava na minha cabeça, pulando de acontecimento para acontecimento, repetindo sem parar os últimos dias, todas as coisas que eu deveria ter feito, as coisas que eu queria que tivessem acontecido.

O caçador de τέρας, aquele que eu deixara para trás no calabouço, insistia em voltar numa imagem tão vívida, que trazia consigo o cheiro fétido e o odor da lama. E a sua voz. O amargor. O breve momento de bondade quando ele me revelou o caminho mais rápido para a liberdade. Mas por quê? Por que ele se importaria com isso? E por que ele estava ali, para começo de conversa, além do motivo óbvio de ter irritado Atena?

O fato de que nós o havíamos deixado para trás era uma queimação amarga nas minhas entranhas. Um erro, não importando o que Michel ou os outros pudessem achar.

Os ossos de Alice Cromley guardavam a chave para desvendar tudo. Se eu compreendesse o poder que exercia sobre a deusa, o motivo pelo qual ela queria tão desesperadamente me capturar, talvez isso fosse suficiente para garantir minha própria segurança e manter Atena fora de Nova 2 para sempre. E, talvez, depois que tudo já estivesse dito e feito, eu conseguisse voltar até a casa de fazenda para libertar aquele caçador.

A respiração de Sebastian ficou mais profunda.

Era curioso como ele conseguia adormecer tão depressa, não importando a situação. Bruce era do mesmo jeito. Pegava no sono em qualquer lugar, em qualquer posição, e geralmente levava só cinco minutos para isso.

O escuro do cabelo de Sebastian cintilava à luz do abajur. Uma mecha estava caída na testa, dando-lhe um ar desprotegido e infantil. Um punhado de confetes explodiu no meu estômago, quando eu me detive para observar seu perfil. O rosto estava relaxado, sem sinal da ruga que costumava ser quase permanente na testa. Um canto de sua boca repuxou de leve. Meu Deus, como eu adorava o tom escuro de vermelho que coloria os lábios dele! Era tão único, tão atraente...

Um riso ecoou dentro da minha cabeça. *Ah, Ari, o cara fisgou você de verdade.*

Era muito mais do que isso, na verdade. Havia uma conexão, formada pelas semelhanças entre nós. Até mesmo aqui, no meio dessa maluquice que era Nova 2, ele era um sujeito diferente, nascido de duas famílias muito diferentes.

Fiquei olhando o peito de Sebastian subir e descer. *Até o jeito como ele respira é atraente.* Essa me fez rir de leve. Não era um pensamento que jamais houvesse ocorrido a Ari Selkirk, e era um que certamente ela preferiria morrer a ter que admitir em voz alta.

Ainda com um sorriso nos lábios, fechei os olhos. É, Nova 2 estava mexendo comigo das maneiras mais estranhas.

Despertei no escuro, minha cabeça no peito de Sebastian, os braços dele enroscados em volta do meu corpo. Espiando pela janela, pude ver que ainda não amanhecera na cidade. Meus olhos se fecharam outra vez, ignorando a parte da minha mente que gritava: *Levante!* O calor do corpo de Sebastian estava confortável demais, e a pele dele cheirava como o aroma da água de um lago cristalino nas montanhas do Tennessee.

Sua mão se contraiu no meu braço, fazendo um arrepio descer pela minha pele. Ele estava despertando. *Droga.* Ele pigarreou de leve. Eu levantei a cabeça e me recostei no sofá, enquanto ele se apressava em assumir uma posição mais vertical também. Bocejei e espreguicei, esticando os braços, evitando o seu olhar cinzento e me sentindo ligeiramente constrangida por ter gravitado para junto do seu corpo enquanto dormia.

Os rangidos acima de nós sinalizaram que Henri já estava de pé.

Sebastian aproximou o relógio do rosto, os olhos ainda não habituados a estar despertos, o cabelo bagunçado de um jeito fofo. Dei um sorriso.

— Merda. Nós temos que ir — murmurou ele, empurrando minha saia para longe de suas pernas, tirando os pés da mesa de centro e, depois, inclinando o corpo para a frente, com os cotovelos apoiados nos joelhos, e o cabelo negro caindo nos olhos.

Passos ressoaram nas escadas, com ecos numerosos demais para serem só de uma pessoa. Henri apareceu seguido de perto por Dub, Crank e Violet.

— Eu já disse a eles que não poderão ir conosco.

Dub soltou um riso abafado.

— Eu não sei o que você andou fumando, Henri, ou em que *mundo* acha que está vivendo, mas neste aqui ninguém nos diz o que podemos ou não fazer.

Violet e Crank fizeram que sim com a cabeça. Pascal estava debaixo do braço da menina menor, que voltara a aparecer no seu vestido preto de sempre, e tinha uma máscara de *Mardi Gras* empurrada para o alto da cabeça.

Fiquei de pé, desamassando a roupa.

— Preciso me trocar.

Deixando-os a sós para decidir a questão, fui para o andar de cima vestir as roupas que Michel deixara para mim durante a minha estadia no French Quarter. Depois de vestida, tratei de garantir que a lâmina estivesse a postos dentro da mochila.

Sebastian estava acabando de fechar o zíper de sua bolsa, quando desci correndo os degraus. Os outros haviam parado diante da porta da frente com expressões sérias e decididas nos rostos.

— Pelo visto vamos todos, então? — perguntei.

— Estamos num país livre. — Sebastian jogou a sua mochila por cima do ombro. — E, se alguém se machucar, o Hospital Charity fica perto.

Enquanto os outros saíam e começavam a descer a Coliseum Street, fiz uma pausa. O número 1.331 da First Street envolvido pela névoa do final da madrugada era uma visão e tanto. Uma sombra negra e maciça. Um gigante misterioso e calado, vigiando as ruas arruinadas em torno. Eu lhe dirigi um aceno de cabeça respeitoso.

Aquele era meu lar. E eu estava adorando que fosse assim.

Minha gratidão pelo que Bruce e Casey haviam feito por mim seria eterna, mas Memphis não era o meu lugar. Mais do que qualquer outra coisa, o que eu queria era ficar aqui e construir minha vida no GD. Do meu jeito. E não do jeito que a Novem queria.

Se eu teria ou não essa oportunidade era algo que ainda estava para ser decidido, no entanto. Antes, seria preciso lidar com o pequeno detalhe de conseguir tirar tanto a Novem quanto a deusa grega do meu encalço.

— Ari! — chamou Dub.

Com um último olhar de despedida, corri rua abaixo até alcançar os outros e acertar meu passo com o de Sebastian.

— E então, o que foi que você quis dizer agora há pouco com "se alguém se machucar"?

— Uma parte do cemitério foi inundada na época das tempestades. Um pedaço do terreno ficou meio afundado. E a água nunca mais escoou.

A Filha das Trevas

Henri riu.

— Cemitério e *Pântano* Lafayette seria o nome ideal. Cidade dos Mortos. Território das Criaturas Rastejantes.

Um forte arrepio correu pela minha espinha até chegar à nuca. Estremeci. Que ótimo.

— E, como disse antes, se alguém for mordido, o hospital não é longe.

Mas em qual dos lados do cemitério ficavam os ossos de Alice Cromley?

Eu não fiz a pergunta, porque, no fundo, não queria saber a resposta. Entrar no lugar, sair dele. Era nisso que eu precisava me concentrar. Estando num grupo como o nosso, talvez fosse possível espantar as "criaturas rastejantes" antes que elas chegassem perto demais.

Algo roçou no meu braço, fazendo meus olhos baixarem para depararem com Violet, a cabeça de Pascal balançando ao ritmo dos passinhos da menina.

— Espero que seja na parte pantanosa — murmurou ela com um ar desejoso.

Sei. Acho que pode ser melhor manter a Violet do seu lado. Se aparecesse alguma cobra, ela e Pascal dariam um jeito. É, essa ideia não parecia ruim. Violet não sairia de perto de mim.

O Cemitério Lafayette No. 1 ficava a quatro quadras da First Street. A iminência do amanhecer havia tingido a escuridão do céu de um tom de roxo opaco, com luz suficiente para enxergarmos em volta, mas que também ainda mantinha os cantos mais escuros envoltos em sombras e fazia cintilar os compridos filamentos prateados de musgo, que pendiam dos carvalhos e ciprestes do lado de dentro e de fora dos portões. Através das altas grades de ferro-batido, avistavam-se as tumbas erguendo-se da terra fofa como fantasmas cinzentos. A dobradiça do portão gemeu alto quando foi aberta por Henri, e o barulho fez meu coração acelerar.

O cheiro de pedra molhada e de lama pesava no ar orvalhado, me fazendo lembrar da casa de fazenda perto do Rio Mississipi. Folhas e entulho forravam o chão em torno do portão principal. A arcada entalhada em ferro estava recoberta por uma malha espessa de trepadeiras. Eu me abaixei para passar por ela e comecei a caminhar pelo que, um dia, havia sido uma alameda pavimentada, mas que agora estava com as pedras rachadas e cobertas de musgo e ervas daninhas.

O único som era o arrastar das nossas passadas violando o solo consagrado. Compridas fileiras de tumbas esculpidas no mármore e na pedra, à semelhança de igrejas em miniatura, margeavam os dois lados da alameda.

O tempo e os furacões haviam deixado sua marca no local — a descoloração, as rachaduras e o mármore quebrado eram vistos por toda parte. Alguns túmulos haviam sido arrancados pela força da enchente e amontoados contra a cerca numa pilha de escombros. No meio dos destroços e das trepadeiras, havia ossos humanos e artefatos funerários abandonados à ação das intempéries.

Eu tinha os olhos fixos nas costas de Sebastian, perguntando a mim mesma o que poderia ter sido tão importante a ponto de fazê-lo vir a este lugar atrás de Alice Cromley.

Henri parou ao final de uma das compridas alamedas. Sebastian passou por ele e seguiu adiante, enveredando por mais uma fileira atulhada onde os túmulos nos cercavam de perto. Havia

A Filha das Trevas

luz suficiente agora para revelar pequenos detalhes do caminho. Tropecei quando me distraí observando um crânio quebrado e preso, debaixo de uma placa de mármore.

Dub me empurrou de leve por sobre um monte de destroços.

— Nem se incomode — falou ele, reparando na direção do meu olhar, mas interpretando erroneamente as razões por trás dele. — Este lugar já foi totalmente garimpado.

— Do que você está falando?

— Você sabe. Das coisas que enterram com as pessoas. Alianças. Colares. Suvenires das suas vidas. Achei um rubi enorme naquela tumba ali.

— Você roubou uma pessoa morta? — Eu já sabia que Dub saqueava cemitérios. Sebastian havia me contado, mas algo em mim se recusava a absorver essa ideia.

Ele deu de ombros e chutou um caco de mármore que havia no caminho.

— Claro. Os mortos não precisam de mais nada. De onde você acha que a gente tirou todas aquelas coisas que apostamos no pôquer de ontem? Nós vendemos para o Spits, ele vende para os antiquários e os antiquários vendem para os turistas.

A ideia de turistas desavisados desfilando por aí com as joias dos defuntos me deu calafrios. Meu pensamento navegou para o quarto onde eu havia dormido na casa do GD.

— Por favor, me diga que aquele crânio no segundo andar não é de verdade.

Crank soltou uma risada por cima do ombro, as duas tranças na parte de trás do cabelo espetadas para fora da boina.

— Aquela é a Eugene Hood do St. Louis No. 1.

St. Louis No. 1 era um cemitério do French Quarter. Não fora por acaso que o tal crânio na penteadeira havia me deixado nervosa, então: ele era verdadeiro!

Eu me abaixei para passar por um galho caído que ficara preso entre os telhados de dois túmulos. A alameda ia terminar na cerca alta de ferro que envolvia o cemitério. Sebastian esgueirou-se para contornar uma tumba e seguiu margeando a cerca pelo tapete macio de folhas e grama até o terreno ficar mais pegajoso e mole e o cheiro de manguezal ficar mais forte.

À nossa frente, fileiras e mais fileiras de túmulos despontavam no meio da água escura e salobra.

Sebastian mudou de direção mais uma vez, me enchendo de alívio. Pelo menos nós não iríamos seguir *adiante*.

O *blosh, blosh, blosh* dos nossos passos foi ficando cada vez mais alto. Minha sensação de alívio evaporou depressa enquanto a ideia de afundar naquela lama coalhada de cadáveres fazia meu estômago revirar, e meus nervos ficarem à flor da pele.

— Aqui está — falou Sebastian calmamente, parando e virando de frente para um dos túmulos. Dois degraus conduziam a uma porta de ferro de um metro e oitenta de altura, adornada de ambos os lados por vasos de mármore que estavam cheios de lodo, restos de destroços e alguns tufos de grama. A construção estava coberta de líquens e algas. A inscrição na porta dizia: OS ANJOS DO RIO, 1867.

A água negra ameaçava cobrir os bicos das minhas botas, se eu ficasse parada num mesmo lugar por muito tempo. Violet soltou Pascal e o crocodilo rastejou depressa para longe, provavelmente em busca do café da manhã.

A Filha das Trevas

Lançando um olhar de relance para o pântano escuro e sombrio às minhas costas, avistei o brilho tênue de olhos, dezenas de olhos, e fiquei torcendo com todas as forças para eles fossem olhos de sapos ou de crocodilos.

Henri ajudou Sebastian a empurrar a pesada porta de ferro para dentro até criar uma brecha suficiente para uma pessoa se esgueirar. Depois, deu um passo atrás e limpou as mãos.

— Eu vou ficar aqui fora desta vez. Divirtam-se.

Sebastian deixou a mochila escorregar do ombro, abriu o zíper e puxou lá de dentro uma vela grossa da cor de baunilha.

— Dub.

Dub estalou os dedos perto do pavio. A chama lambeu o ar, enquanto Sebastian se virava para mim.

— Pronta?

Um último olhar por cima do ombro revelou que mais pares de olhos brilhantes haviam aparecido, fileiras e mais fileiras deles, pontinhos minúsculos oscilando acima da água. Vigiando e esperando. Segui adiante, reprimindo a tremedeira e me desvencilhando da ideia bizarra de que aqueles olhos cintilantes tinham vindo para me buscar.

Respire fundo. Inspire. Expire.

Galguei os degraus de mármore rachado no momento em que Sebastian entrava na escuridão da tumba, transformando-se numa pequena chama laranja para eu seguir.

Dobrando o corpo, escorreguei para dentro facilmente.

O ar cheio de mofo e umidade dificultava a respiração. Com uns dois metros e meio de profundidade, e um teto que formava uma abóbada cujo topo devia ter dois metros de altura, o túmulo tinha espaço suficiente para cerca de quatro ou cinco pessoas de pé sem se esbarrarem.

Em cada uma das laterais retangulares, havia duas compridas prateleiras abarrotadas de urnas e caixas funerárias. E outras delas haviam sido empilhadas no chão sob as prateleiras.

— As tumbas eram reutilizadas muitas vezes. É por isso que há tantos corpos aqui. Antigamente, eles costumavam retirar os ossos do caixão mais recente, passá-los para uma dessas caixas e, depois, traziam um novo caixão com um novo morto. Quando o corpo se decompunha ou outro membro da família morria, repetiam o processo. Tipo uma dança das cadeiras de defuntos.

— Legal. — Olhei em torno do pequeno recinto, reparando que as caixas mais antigas estavam rachadas e apodrecidas, com pedaços de ossos à mostra. Meu coração batia com força, porque eu estava fazendo todo o esforço que podia para não aspirar o odor dos corpos em decomposição para os pulmões.

— Qual dessas era a Alice?

Sebastian caminhou até a extremidade da tumba, onde aquilo que eu achei que fosse um comprido banco de mármore, na verdade, era um caixão de pedra encostado à parede do fundo. Acima dele, num nicho escavado no mármore da parede, havia uma antiga vela queimada pela metade e coberta de matéria apodrecida.

— Você acabou de me dizer que o costume era transferir os ossos para as caixas.

— Todos menos esses aqui. Lembra aquela lenda que você ouviu do condutor da charrete... dos dois corpos achados no rio? Ela é só uma história. — Sebastian apoiou a vela na pequena prateleira do nicho e se ajoelhou. — Me ajude a empurrar. — Ele agarrou um dos cantos enquanto eu me ajoelhava no canto oposto, apoiando as mãos na áspera tampa de mármore.

— Entendi. E o que foi que aconteceu na verdade?

A Filha das Trevas

— Alice Cromley foi morta pelo amante. Um crime passional. Ninguém sabe exatamente o que aconteceu, mas ela não foi atirada no rio coisa nenhuma. E, quando estava morrendo, deu instruções a esse amante assassino sobre como devia preparar o corpo. Um ritual de Vodu. Ele seguiu as instruções à risca, com medo de ser amaldiçoado, caso não o fizesse e, dizem alguns, porque, no fundo, a amava de verdade. Está preparada?

Assenti, ciente de que logo não aguentaria mais prender o fôlego e seria obrigada a respirar. Meu coração e meus pulmões já quase não estavam suportando mais. Com os dentes cerrados e o olhar fixo na pedra, enfim me permiti inspirar fundo, sabendo que era melhor fazer isso agora do que quando o caixão fosse aberto e o ar ficasse repleto de... Alice Cromley.

O peso da tampa de mármore havia deixado nós dois suados, quando conseguimos deslocar a parte de cima para o lado. Feito isso, fomos para junto da outra extremidade e repetimos o mesmo processo até que o caixão estivesse quase descoberto pela metade.

Sebastian se sentou no chão. O suor havia molhado a raiz dos seus cabelos.

— Assim já está bom. — Ele passou o braço no rosto, antes de se levantar para pegar a vela outra vez. E, então, baixou os olhos para o caixão, o perfil com uma expressão sombria.

Eu me levantei sobre os joelhos, a uma altura suficiente para enxergar por cima da borda do caixão, o lugar do descanso eterno da infame Alice Cromley.

E perdi de vez o fôlego. As mãos tatearam em busca de apoio, de alguma coisa, de qualquer coisa que me impedisse de cair para trás. Eu me agarrei na ponta do caixão áspero.

O corpo perfeitamente preservado de uma mulher creole lindíssima jazia dentro dele.

Alice Cromley.

O vestido era um monte de trapos apodrecidos, mas a pele e o cabelo davam a impressão de que ela havia sido posta no caixão de pedra umas poucas horas antes.

— Isso é impossível — deixei escapar num sussurro.

O som de um risinho desviou a minha atenção daquela visão macabra para encontrar Sebastian com a boca sorridente e uma das sobrancelhas negras erguida.

— Ora, depois de todas as coisas que você viu? Vampiros. Uma deusa. Uma *harpia*.

— É, cada uma delas totalmente impossível. Do mesmo jeito que esta aqui.

O jeito divertido dele parecia errado na situação em que estávamos.

— Não em Nova 2. Em Nova 2, qualquer coisa é possível.

— Até mesmo derrotar uma deusa grega?

Sebastian abriu o zíper da mochila.

— Temos que nos apressar, antes que o sol comece a subir. — E tirou dela uma tesoura de jardim.

— Meu Deus do Céu. — A tensão no meu estômago se transformou em náusea num piscar de olhos.

— Pelo visto, isso quer dizer que sou que eu vou ter que fazer as honras.

Ele já devia estar esperando por isso, porque foi logo se virando na direção do caixão enquanto falava. Inclinando o corpo para dentro, puxou o pé descalço de Alice Cromley. Reparei que um dos dedinhos estava faltando.

A Filha das Trevas

Merda. Merda. Merda.

Desviei o olhar e me encolhi. O estalo do osso entre as lâminas da tesoura ressoou nas paredes de mármore. Um barulho que a qualquer instante iria despertar os mortos. Mortos em fúria, zangados pela profanação de um dos seus. Eu quase saí correndo da tumba.

— Rápido — sussurrou Sebastian, sentando-se com as costas apoiadas no sarcófago e tirando o socador e o pilão da mochila, enquanto esfolava a pele que recobria o pequeno osso, secando-o e colocando-o na tigela. Ele começou a moer, erguendo os olhos para me ver de pé e paralisada onde estava. — Você quer saber ou não quer?

Engoli em seco, empurrando para dentro o pânico e o medo que estavam deixando meus membros entorpecidos e fracos. Tudo dentro de mim gritava: *Fuja.* Fuja o mais longe que puder desse maldito cenário de pesadelo sem nunca mais olhar para trás, sem nunca recordar. Mas, em vez disso, sentei no chão mecanicamente, enquanto Sebastian continuava sua tarefa de moer o pequeno pedaço de osso.

Em algum lugar no fundo da minha mente, eu sabia que o conteúdo daquele pilão seria despejado para dentro do meu corpo. Mas não pensei nisso. Só fiquei olhando a cena com a mente vazia.

Dezessete

Muitos longos minutos se passaram até que Sebastian deu algumas batidinhas com o socador na borda do pilão, mandando um borrifo minúsculo de osso pulverizado de volta para dentro do recipiente.

— Dê a sua mão.

Minhas narinas se alargaram. Eu não me mexi. Não conseguia. Meu olhar procurou o de Sebastian, os olhos tinham um tom cinza profundo e inescrutável. Um músculo pulsou no seu maxilar. Foi só um, mas eu vi bem. E então ele estendeu a mão, pegou a minha e despejou nela o conteúdo do pilão.

— Eu também fiquei apavorado — falou ele numa voz impassível. — Mas passaria pela mesma coisa outra vez, se precisasse. É só osso. Pó. Não tem gosto de nada. É como inalar uma rocha pulverizada.

— Rocha pulverizada — repeti.

Rocha pulverizada. Eu consigo fazer isso. Sou forte. Consigo enfrentar qualquer coisa. É, qualquer coisa.

A Filha das Trevas

Tentei me acostumar com o montinho de pó do tamanho de uma moeda, despejado na minha mão em concha. *Rocha pulverizada.* Trouxe-o mais para perto, o coração socando com força dentro das costelas, inclinei o rosto e inalei.

O pó voou pelas narinas adentro e foi bater no fundo da garganta, granulado e... como se fosse rocha, como Sebastian dissera. E me fez sufocar. Era secura demais numa garganta já árida. Eu não conseguia engolir. Um bolo se formou. Meu estômago se revirou numa onda de náusea, querendo vomitar, mandando o reflexo para minha garganta, no instante em que a visão oscilou e uma sensação de formigamento me atravessou o corpo, serpenteando por baixo da pele feito um raio.

A tumba inclinou, rolando para o lado feito uma atração de parque de diversões.

A lateral do meu rosto foi bater no chão. No chão, não. Na mão de Sebastian, que amparou minha queda para, em seguida, deslizar delicadamente e tirá-la de baixo da minha bochecha.

Meus olhos, vidrados, colaram-se na chama comprida da vela, que agora estava pousada no chão, o joelho de Sebastian num canto e a sombra das caixas com os ossos na escuridão mais adiante.

Eu estava congelada, totalmente paralisada, mas minha mente seguia no lento giro do carrossel. As pálpebras foram ficando cada vez mais pesadas e baixas, até que, finalmente, conseguiram se fechar numa explosão de branco.

Clarões brilhantes.

Relances de cor. Cores ofuscantes. Brancos cintilantes e efusivos tons de azul.

Os reflexos do sol tremeluzindo e se refletindo nas ondas do mar, batendo no mármore polido.

Vozes entrecortadas.

Imagens de um templo grego fincado nas rochas à beira-mar. Lindo, esse lugar. Lindo demais.

Do lado de dentro das colunas perfeitas, cabelos brancos ao vento, ondulando feito uma bandeira ao sabor da brisa.

Meu peito se aperta. O medo toma conta do meu corpo, impulsionado pela constatação do que está acontecendo. E que se passa como se estivesse acontecendo comigo. O horror de ver a mulher dos cabelos brancos se desvencilhando da mão enorme que segura o braço dela. Ela perde o equilíbrio e tropeça ao escapar no interior do templo. Está assustada demais para sentir a dor da queda sobre o duro e inclemente mosaico de ladrilhos. Ela gira o corpo até ficar sentada, em desespero, sob o vulto imenso que assoma sobre ela.

Ela sabe.

Ele a cobiça, e não há como impedir isso.

A mão grande se estende e lentamente puxa a barra do vestido até as coxas. Não há nada que possa fazer, nada, enquanto o vulto desfia palavras reconfortantes, palavras estrangeiras embebidas de poder, do tipo de poder que diz a ela para manter os olhos baixos e não olhar para o rosto dele. Porque isso certamente significaria a morte.

Meus punhos se contraem, o corpo inteiro fica rígido e dormente.

Um grito lento e furioso cresce na parte mais profunda do meu ser, nascido da fúria, da injustiça, do medo. Ele rasga a minha garganta, tilintando de desespero e recusa.

Num pequeno canto escuro da minha mente onde o raciocínio ainda é possível, sei o que está acontecendo com a mulher. Mas me recuso a vivenciar essa emoção, então me blindo contra ela e contra a clarividência dos ossos de Alice Cromley, e me debato com todas as forças, fechando a mente para as emoções, mesmo enquanto posso ver os flashes da cena de estupro na mente.

Até que tudo termina.

A mulher largada no chão enrosca o corpo e chora, o cabelo prateado formando um arco sobre o mosaico colorido do piso, o branco da roupa com a marca de sangue acompanhando a curva das nádegas, o tremor que não passa.

Minha raiva ferve, absorvendo a angústia da cena que se passa dentro da cabeça. A garganta se fecha, e os meus olhos e minhas faces estão molhados.

Um outro clarão desfaz a imagem.

Uma voz. Uma voz tão familiar que me dá um arrepio na espinha.

Atena.

Eu conheço a voz, mesmo sem entender as palavras. Elas são como as do outro ser. Estrangeiras, mas sem se ocultarem num tom falso de conforto. As imagens saltam depressa. E as palavras são brutais, acusadoras, evocam moralidade. A descrença se escorre em mim como mel, quando sinto o choque no coração da mulher e prevejo o pior. A deusa a está culpando pelo estupro no templo, por ter profanado o território sagrado de Atena.

A mulher se põe de pé, machucada, confusa, com o coração partido por estar sendo renegada pela deusa que louvou e amou desde criança.

Enxergo através dos olhos da mulher. Os pés de Atena e a barra da sua túnica. Jamais o rosto. Não é permitido fitar o rosto dos deuses. E então a maldição se inicia. As palavras que saem da boca de Atena são tão incompreensíveis quanto as anteriores, mas não resta dúvida de que esse é o momento. Esse é o momento em que o ar fica eletrizado e estala com a energia primordial, em que ele se enrosca em volta da mulher, revirando suas roupas e levantando-lhe os cabelos. Esse é o ponto em que os olhos dela, a beleza e o cabelo se tornam sua desgraça, em que uma deusa vingativa e injusta é movida pelos seus ciúmes mesquinhos a agir contra uma mulher inocente e pacata.

Primeiro, violentada; agora, acusada.

A mulher grita quando o próprio ar penetra seu corpo, um ar tornado vivo com as palavras de poder que Atena proferiu. Ele invade a sua pele, os seus órgãos e os seus ossos. Ele se transforma e faz emergir a feiura e a peçonha. A dor lancinante sai rasgando sua garganta num grito gutural, primitivo, que me rouba o fôlego. Sinto essa dor. Mas sei que não é nada perto da que se abateu, de fato, sobre a mulher. Ela dobra o corpo para a frente, e o seu estomago se esvazia em vômito sobre os ladrilhos em mosaico. A dor obscureceu sua visão. Ela não enxerga mais, só sente. O couro cabeludo arde, se abrindo com espasmos e rasgões. Ela ergue as mãos para a cabeça, mas seus dedos são picados por alguma coisa. Por presas afiadas. Que picam sem parar até ela ser envolvida pela misericórdia da escuridão.

Respire, digo para mim mesma. Meu coração dá pancadas como as de um enlouquecido tambor ritual, ecoando no peito. Preso.

Outro clarão me transporta do templo branco para uma caverna escura. Um lugar cheio de sombras. Um lugar onde se veem chamas de velas tremeluzindo pelas paredes, e onde os gritos e a respiração ofegante da mesma mulher ecoam no espaço oco.

Tanta agonia.

E, então, o choro de uma criança recém-nascida, amparada na escuridão por sua mãe, uma mãe recente, assolada pela dor do parto. O coração batendo com força. Os membros muito fracos, mas a força de vontade inabalável. Para salvar essa criança. Para levá-la embora. Embora. A mulher chora lágrimas quentes e seu coração se parte a cada passo, cada passo deixando-a mais perto de abandonar o bebê.

Mas é a única saída.

Ela já passou muitos meses escondida, e logo vão encontrá-la. E, quando isso acontecer, eles não terão piedade dessa criança. Dessa criança nascida de uma mulher e de um deus.

Solto um gemido, minha própria voz soando nos meus ouvidos, para além das imagens, enquanto a criança é deixada nos degraus da entrada de uma pequena casa de fazenda feita de pedra.

E, então, a mulher escapa. Com o coração aos pulos. O corpo fraco e ainda sangrando do parto, o líquido morno escorrendo por suas coxas tão depressa quanto as lágrimas descem pelo rosto. Ela está arrasada. Esse ato para salvar o seu bebê foi um golpe mais duro do que qualquer outro jamais desferido por Atena ou pelo deus.

A mulher volta para a caverna, para o pequeno esconderijo onde a criança, uma menina, sorveu a vida pela primeira vez do lado de fora do seu ventre, e escava a terra com os dedos para esconder a placenta, para encobrir qualquer sinal de que um nascimento aconteceu ali. Tendo feito isso, ela se estende no chão como o monstro que é, à espera do seu caçador.

Desta vez, ela não irá se esconder, nem fugir, nem lutar. Desta vez, ela deixará que ele tome a sua cabeça como os outros tentaram fazer. Ela está cansada, ferida demais para continuar.

A mulher não sabe quantos dias e quantas noites passou deitada no chão frio e pedregoso da caverna, mas percebe na mesma hora quando outra criatura invade o seu espaço. A cabeça se ergue e o *corpo estremece no instante em que o monstro que habita dentro dela é despertado. Sua mão tateia em busca da pequena vela e da pederneira, e ela acende o pavio.*

As sombras se erguem e oscilam nas paredes, revelando a aproximação de um homem vestido em trajes de batalha. Uma das mãos dele segura o punho de uma espada pequena. A outra ergue um escudo redondo à medida que ele se aproxima da luz da vela.

As sombras na parede se encontram.

Ela arqueia o corpo ao perceber o som sibilante em seus ouvidos, um som que ela detesta mais que qualquer outra coisa. Um som que logo será silenciado.

Ele arremete a lâmina.

O golpe agudo na nuca lhe arranca um arquejo dos lábios, mas logo o alívio toma conta do seu ser. Enfim, ela está livre. Livre da maldição, livre de sua existência como um monstro. Ela recebe a morte acalentando em si as lembranças reconfortantes da filha aninhada em seus braços.

— Ari! — A parte de trás da minha cabeça rolava de um lado para o outro no piso duro. Mãos se agarravam com força aos meus dois ombros. — Ari! Respire, caramba!

A voz de Sebastian. As mãos de Sebastian. *Respire.* Por quê? Eu estava bem. Tudo estava bem. Sonolento e bem. Escorreguei de volta para o torpor quente da escuridão, que estava achando tão reconfortante.

Até um punho atingir em cheio meu peito.

Cacete!

Meus olhos se abriram num estalo, eu me sentei, com a boca aberta e os olhos arregalados, mas sem enxergar nada. Meus pulmões ardiam. A dor no coração era violenta. Eu abocanhava o ar feito um peixe fora d'água. Sufocando. Minha visão se aguçou e, com ela, veio a constatação de que eu precisava inspirar, precisava respirar.

Meu Deus, eu precisava respirar!

Meu corpo deu um tranco quando o cérebro, enfim, encontrou o sinal certo e eu consegui sorver uma inspiração longa, desesperada. Meu coração estava bombeando tão forte que respirar uma vez só não era suficiente, não estava nem perto de ser.

Sebastian se deixou cair sentado e enxugou a testa com o braço, os olhos se enchendo de alívio quando agarrou minha mão.

Depois de um longo momento de silêncio, falou:

— Você parou de respirar. Ficou muito quieta e parada. O tempo inteiro. Nem chegou a piscar.

Uma série de calafrios percorreu o meu corpo. Cerrei os dentes para deter as lágrimas e as engoli. — Verdade? — arquejei. Porque eu, com certeza, lembrava-me com muita clareza dos gritos, do choro e dos gemidos.

E, com certeza, me lembrava do meu passado. Não, não do *meu* passado. Do passado cruel e sofrido da minha ancestral. Meu peito se inflou com o desespero renitente que eu havia vivenciado através dela. Minha cabeça caiu sobre as mãos.

— Você viu.

Ergui os olhos para Sebastian, as mãos baixando para o colo.

— É... — respondi, a voz falhando e abatida. — Eu vi. — Ele ficou esperando. E eu não conseguia fazer as palavras emergirem.

— Você se importa se a gente sair daqui?

Ele me fitou por um longo momento. Vi preocupação e medo no seu olhar, mas acabou aí, só um breve instante antes de Sebastian baixar a cabeça e começar a guardar os apetrechos do ritual de volta na mochila.

Depois de termos empurrado a tampa pesada de volta para cima do cadáver antinatural de Alice Cromley, saímos da tumba.

Longas faixas de roxo e alaranjado cortavam o lado leste do céu, revelando o cemitério em toda a sua macabra e alquebrada glória. As pontas da cerca alta de ferro se erguiam como lanças de guerra, protegendo os túmulos invencíveis, as ruínas, as ossadas expostas cobertas de limo.

Ainda fraca e com o corpo dormente, desci com cuidado os dois degraus quebrados, meus olhos indo repousar nas costas do resto do grupo. Estranho. Achei que eles estariam de frente para mim, à espera, curiosos para saber o que havia acontecido.

Estavam os quatro enfileirados. Lado a lado. Ninguém se mexia.

— Pessoal? — perguntei devagar, os pelos dos braços já se eriçando.

— Shh! — A cabeça de Henri se mexeu de leve, o único indício de que o som havia partido dele.

Troquei um olhar rápido e confuso com Sebastian, antes de me aproximar para ver o que estava absorvendo a atenção deles.

Um arquejo me tomou a garganta.

Não.

Cobras. Pelo menos trinta delas. Todas no limiar do pântano, onde a água encontrava a terra firme. Oscilando com o movimento da água. Reunidas. Atraídas para lá. Os olhos na tumba. Em mim.

Olhando para mim.

Recuei aos tropeços, caindo sobre os degraus. A dor se irradiou pelas minhas costas e meu cotovelo, depois que eles se chocaram contra o mármore. Um olhar era tudo o que bastava, um simples olhar que ficaria gravado a fogo no meu cérebro para sempre. E um medo de um tipo que nunca experimentara antes tomou conta de mim e me impulsionou para trás. Atabalhoadamente, caindo de joelhos, as mãos se arranhando na borda de uma pedra quebrada, enquanto eu continuava virando o corpo e correndo.

Fuja.

Meu coração e meus pulmões sentiam o esforço extra, enquanto o terror bombeava o sangue depressa pelo meu corpo todo, deixando meus membros dormentes e oscilantes, mesmo no seu movimento de corrida desabalada pelo meio dos túmulos e dos saltos por cima dos montes de escombros. Só fui reduzir o ritmo quando o portão que conduzia à liberdade se ergueu à minha frente.

Parei diante das trepadeiras na arcada de ferro, o peito subindo e descendo, os braços caindo dos lados do corpo, a mochila escorregando da minha mão e despencando no chão. As lágrimas escorriam pelas minhas bochechas e pelo pescoço, enquanto eu lutava para conseguir respirar e também processar tudo o que tinha acabado de ver.

Um pesadelo. Um terrível pesadelo maldito.

As passadas ligeiras dos outros se aproximando me fizeram secar depressa o choro.

Crank foi a primeira a me alcançar.

— Você está bem?

— Estou. Tudo certo.

— Você tem medo de cobras. — Dub chegou em seguida, indo se sentar numa pedra.

Sebastian jogou a mochila perto dos pés do garoto e sentou ao lado de Dub na pedra, puxando uma das pernas para cima e falando numa voz calma e firme.

— Eu nunca tinha visto elas agirem daquele jeito.

Um riso curto e irônico parou antes de escapar pela minha boca, convertido às pressas em um pigarro áspero. Pois é. Nem eu. Levei as mãos aos quadris, com vontade de jogar a cabeça para trás e gritar, mas, em vez disso, fiquei quieta, com os olhos fixos no céu, vendo a madrugada virar dia.

Meu corpo foi sacudido por um espasmo violento. Esfreguei o rosto com força, tentando limpar a visão que continuava na minha mente e a constatação horripilante de que as cobras haviam se reunido lá diante da tumba para *me* ver. Para prestarem homenagem à sua rainha. Medusa. Górgona. Aquela que levava adiante a maldição da sua linhagem e que, um dia, se transformaria num monstro. Numa criatura asquerosa e tão vilipendiada que bastava um único olhar seu para transformar qualquer pessoa em pedra. Pedra dura como aquela onde Dub e Sebastian estavam sentados.

Era esse o meu legado. Era *isso* que me aguardava.

Um legado tão fodido que era capaz de meter medo até numa deusa. Fazia sentido. Eu ri.

— E aí? — falou Henri, ofegante, finalmente chegando ao portão. — O que foi que você viu lá na tumba?

— Nada. — Minha voz estava pesada de terror e tristeza. Violet chegou saltitante, com Pascal mais uma vez acomodado debaixo do seu braço. Sem conseguir encarar aqueles olhos reptilianos, eu me virei para trás, dando de cara com o cenho franzido de Henri, e Crank com uma expressão incrédula no rosto.

— Nós nos demos ao trabalho de vir até aqui com você, e agora não vai nos contar o que viu?

— Eu não pedi para me acompanharem, Crank — falei, já me encolhendo diante da ideia de que devia estar soando como uma babaca de primeira linha. — Desculpe, mas é que... Eu não posso... — Como iria dizer a eles? Como poderia contar uma coisa daquelas e, então, ver seus rostos se transformarem em máscaras de choque e repulsa?

— Você jamais teria conseguido suas respostas sem a nossa ajuda — observou Henri. — Nós merecemos saber o que está enfrentando. Se Atena partir para a guerra declarada, isso vai afetar a todos nós.

— Não vai, se eu não estiver mais aqui.

Os olhos de Crank se arregalaram, incrédulos, e as mãos dela se enroscaram em duas pequenas bolas.

— O que você está dizendo? Vai abandonar a gente?

Joguei as mãos para o alto, o olhar fixo num ponto atrás do ombro da Crank. Não sabia mais o que diabo estava dizendo. Só sabia que não podia contar a eles o que eu era, o que iria me tornar. Não suportaria vê-los fugindo, dando as costas para mim — a maior desajustada entre os desajustados, renegada até mesmo por aqueles que viviam em Nova 2. E se *isso* acontecesse, para onde eu iria então? Onde haveria alguém capaz de me aceitar?

Não, esse segredo iria para o túmulo comigo, se fosse preciso. Não importando que eu tivesse que magoar os meus amigos por causa disso, ou que tivesse que ir embora de Nova 2 para nunca mais voltar.

Um grasnado interrompeu meus pensamentos, reverberando pelo ar fino da manhã.

Um corvo pousou no topo de um túmulo próximo, as asas palpitando por um instante, antes de se dobrarem às suas costas.

— Ari — falou Sebastian, — seja o que for, você pode contar para nós.

O corvo piou outra vez, o som ecoando as últimas palavras de Sebastian. *Contar pra nós! Contar pra nós!* Quase como se estivesse rindo de mim. Meu Deus, eu estava perdendo o juízo de vez.

Mas então vi que os outros também estavam lançando olhares de estranhamento para o corvo.

Eu não tinha sido a única a ouvir.

Contar pra nós! Contar pra nós!

O terror se alastrou por baixo da minha pele quando o pássaro se transformou numa mulher vestida de preto e agachada no alto do túmulo, as mãos agarradas à borda com unhas longas e cruéis, um sorriso malvado no rosto.

— Pode contar para nós, Ari. Conte o que você viu.

Atena.

Flores mortas e contas cintilantes de esmeralda estavam trançadas no emaranhado do seu cabelo, desta vez preso para cima.

O horror desceu pela minha garganta, seguido pela contração de cada músculo que havia no meu corpo. Todas as emoções despertadas pela visão voltaram à tona, tão puras e furiosas quanto haviam se mostrado poucos momentos antes.

— Você já sabe o que é, sua vadia mesquinha de merda.

Pisquei, surpresa com a virulência e com as palavras que haviam brotado da minha boca. Mas eu sabia de onde elas haviam nascido. Era da experiência de ter visto Medusa e todo o horror a que ela fora submetida. E por que tudo aquilo? Por causa da sua beleza? Por ela ter sido violentada por algum deus babaca nas dependências do templo perfeito de Atena?

Atena que se foda.

A Filha das Trevas

Os olhos dela se estreitaram até virarem dois pontos minúsculos. A cabeça dobrou para o lado. Mas a forma como o peito se elevava empurrado pela respiração mostrou que as minhas palavras a haviam atingido. Ótimo.

— Ora, muito bem — disse a deusa, seus lábios perfeitos se crispando —, se você não vai contar a eles, então acho melhor eu fazer isso.

Dezoito

— NÃO! — GRITEI, ENQUANTO ATENA ESTICAVA AS PERNAS ATÉ ficar montada no telhado do túmulo, os pés pendurados nas bordas e se balançando como se fossem os de uma criança. O sorriso orgulhoso em seu rosto me fez gelar até os ossos. — Por favor — falei num sussurro, odiando a mim mesma por implorar. — Não faça isso.

— Ahhh! — fez ela, batendo as palmas das mãos. — Eu tenho uma ideia. Por que nós não mostramos a eles então? Uma pequena amostra do que está por vir. Só uma visão, nada capaz de lhes fazer mal. Mas que, ainda assim, seja capaz de mostrar a *você*, minha querida Ari, que aqui não é o seu lugar.

Ai, meu Deus.

Caí de joelhos.

— Não. — Minha voz estava engasgada. — Por favor. Não faça isso.

Um dos cantos da sua boca se retorceu para cima, presunçosamente. Eu sabia que era tarde demais. Vi isso no brilho cruel e na arrogância inacreditável que se acendeu no fundo dos olhos dela.

A Filha das Trevas

As mãos de Atena se lançaram para a frente, e delas brotaram dois raios verdes, a sua energia estalando no ar. Eu nem tive tempo de me levantar, fiquei paralisada de joelhos no chão, enquanto era envolvida pela espiral de poder que bagunçava minhas roupas e levantava mechas do cabelo. O coque na nuca se desfez. Meu cabelo se espalhou em ondas brancas. Meu estômago se retorceu enquanto eu tentava dobrar o corpo, me encolher, me esconder, e uma força invisível me mantinha firme no lugar, com o queixo erguido e os ombros aprumados. Lutei contra essa força, sentindo o suor brotar na base da coluna.

Um grito saiu da minha boca, enquanto eu tentava levantar as mãos, segurar o cabelo, deter o que estava acontecendo, mas elas não me obedeciam. Meus joelhos se ergueram do chão e meu corpo girou, ficando de frente para os rostos pálidos e em choque dos meus amigos. Os braços estendidos, totalmente abertos. Sem ter como me esconder.

E Sebastian — Sebastian, com um pé à frente do corpo, estava fazendo força para avançar, sem conseguir se mexer, sem conseguir ajudar. Nenhum deles conseguia se mexer.

A única parte do corpo que reagia ao meu controle eram os olhos. Eles fitaram os de Sebastian, vidrados. Minha garganta se fechou. O coração batia num ritmo frenético, dolorido. E então meu cabelo começou a se dividir em mechas retorcidas, ondulantes. O couro cabeludo ardia.

Meu Deus, estou pegando fogo!

Soltei um grito agudo — arrepiante. Fechei os olhos com força, obrigando aquilo a parar. *Por favor! Pare!*

E então comecei a senti-las rastejar por baixo do couro cabeludo. Minha boca se abriu arfando, tentando abocanhar um ar que não viria nunca. A repulsa tomou conta do meu corpo, deixando os nervos eletrizados de pavor. Lágrimas transbordavam quentes dos olhos. *Não! Não! Não!*

O couro cabeludo se partiu e a sensação foi como se filetes macios de uma fumaça cilíndrica emanassem da pele, se enroscando em volta das mechas do meu cabelo e ganhando uma vaga sombra de vida. Criaturas vivas e assustadoras. Uma visão esfumaçada daquilo que estava por vir. Serpenteando e se retorcendo, uma auréola de aparições nauseantes em amarelo, alaranjado e branco leitoso.

Meus olhos se reviraram nas órbitas. A cabeça latejou forte uma última vez, incapaz de suportar o fluxo de adrenalina que o pânico lançara nas minhas veias. E os olhos se abriram num estalo contra a minha vontade, Atena me obrigando a olhar. A ver os meus amigos.

Meus amigos.

Recuando. Buscando apoio nos braços uns dos outros. O terror empalidecendo seus rostos chocados e fazendo suas bocas se abrirem.

Não, eu queria implorar. *Por favor, não vão embora.*

Mas as palavras não saíam.

E Sebastian. Sebastian, que havia estendido o pé para a frente na tentativa de romper a barreira invisível e me ajudar, agora estava dando um passo para trás.

Ele deu um passo para trás.

Meu peito murchou, afundando, desmoronando depois que a fria constatação da verdade agarrou os últimos resquícios de esperança que eu levava comigo e os esmigalhou. Eu não deveria estar surpresa, na verdade. Não alimente demais as expectativas, que você não sai magoada. Não se abra para o amor e para a confiança, que você não sai magoada. Eu violara minhas próprias regras. E que pessoa em sã consciência, ou com um fiapo de consciência que fosse, não iria sair correndo, ou se borrar de medo ou ficar em estado de choque diante de algo assim? Eu não podia culpá-los.

Crank estava agarrada no braço de Henri, o rosto colado a ele, os olhos enormes como dois *frisbees*. Todos haviam recuado. Todos, menos Violet, que ficara parada em seu espanto, puxando lentamente a máscara do *Mardi Gras* para o alto até revelar um rosto cheio de admiração infantil.

Henri correu para pegar Violet, puxando a menina para trás. Ela virou a cabeça num átimo e lhe mostrou suas pequenas presas. Ele a largou na hora, como se estivesse em chamas.

O grupo já havia passado pelo portão agora. Com as mãos agarradas às grades, eles gritavam chamando Violet, as vozes abafadas pelo caos que rodopiava dentro do meu cérebro, misturando-se a dor e à tristeza.

Num gesto de desafio, Violet sentou-se no chão com as pernas cruzadas. Até que eles desistiram. Henri foi puxando Dub e Crank para longe das grades, e saíram correndo rua abaixo. Sebastian ainda hesitou, lançando um último dos seus olhares insondáveis para o meu corpo, que continuava pairando acima do chão do cemitério, e depois correu para alcançar os outros.

Atena me libertou. Meus pulmões expiraram o ar num assovio, quando o peso do meu corpo atingiu a matéria mole do chão, afundando nela. A lateral do meu rosto bateu na terra molhada e a sensação foi boa, gelada.

Fiquei lá sem me mexer, fraca e triste demais para fazer qualquer coisa. Os pés de Atena desceram para o chão e deram alguns passos até o lugar onde eu estava. A ponta da bota cutucou meu ombro, empurrando até eu ficar deitada de costas.

Ergui os olhos para o rosto da deusa, aquela megera cruel que certamente tinha uma vaga reservada no inferno, se esse lugar existisse de fato. Ela se agachou e secou delicadamente o fio de lágrimas que ainda escorria pelo lado esquerdo do meu rosto, e depois apoiou os cotovelos nos joelhos.

— Seu lugar não é aqui, criança. *Eles* não querem você. *Ele* não quer você. Foi rejeitada até no grupo dos rejeitados. Não há lugar para você em Nova 2, e em canto nenhum do mundo vão aceitá-la como você é. Seu lar é junto a mim.

Meu peito se apertou com a mais intensa das sensações de desespero e solidão. Atena tinha razão. A Megera estava certa.

— Você tem até o anoitecer para decidir. Venha para casa comigo, filha de Medusa. Eu lhe darei abrigo, fortuna, tudo o que seu coração desejar. E você precisará apenas se render ao meu domínio, só isso. — Ela estendeu a mão e ergueu uma mecha do meu cabelo, esfregando-o entre os dedos, um relance de inveja e amargura escurecendo seu olhar. — O que vai fazer depois que se transformar? Para onde poderá ir? E um dia, talvez... talvez, eu resolva tirar essa maldição do seu corpo e lhe dar sua vida de volta. Se você for uma boa menina, Aristanae, uma boa serva, pode ser que eu faça isso.

Outra onda de lágrimas começou a escorrer pelo mesmo caminho traçado pelas anteriores, enquanto Atena se punha de pé e desaparecia.

A Filha das Trevas

Deixei os olhos fecharem, virei para o lado, encolhi os braços e as pernas para junto do corpo e chorei em silêncio no capim encharcado.

Tudo doía. O lado de fora. O lado de dentro. Finalmente sentia na pele o que era estar arruinada. Deixei que a angústia me consumisse e me levasse para um mundo de desolação e torpor.

Depois de um longo tempo, Violet se sentou no chão atrás de mim e aconchegou o corpo contra as minhas costas. Esse pequeno gesto doeu tanto que novas lágrimas brotaram na mesma hora. Violet. A pequena Violet havia me aceitado, e dava ali a sua prova de compaixão, bondade e lealdade.

Acordei com um calor às minhas costas e o borrifo morno de um chuvisco no rosto. Devagar, sentindo cada músculo reclamando, ergui o corpo até me apoiar no quadril e olhei por cima do ombro para encontrar Violet encolhida no capim mais adiante com Pascal deitado ao seu lado. A mão da menina estava pousada de leve nas folhas ao lado do seu rosto, os punhos e os dedos parecendo muito miúdos e frágeis.

Esfreguei meus olhos inchados para tirar a secura deles, e parei um instante esperando a visão retomar o foco. Mas, em vez de enxergar às claras, tive os olhos inundados por lembranças. Do meu passado, da maldição, e do que Atena havia feito para dobrar minha vontade.

Um suspiro deprimido escapou pelos meus lábios, enquanto eu juntava os longos cabelos com as mãos e jogava por trás do ombro. Agora entendia por que minha mãe havia acabado com a própria vida, por que tantas outras antes dela fizeram a mesma coisa. Agora sabia por que a harpia escapara para o fundo do pântano e não para a civilização. Estar só era muito melhor do que ter que ver o medo, o horror nos rostos à sua volta, nos rostos das pessoas que você ama.

Uma música veio pairando pelo cemitério, o som longínquo e rascante. Uma banda de metais. Trompete. Tambores. Címbalos.

O nariz de Violet se franziu. Os cílios negros se mexeram contra a pele clara. A mão miúda afundou na maciez do chão e ela se pôs de pé. Prendeu o cabelo curto atrás da orelha e, então, virou o rosto pequeno para fitar o céu nublado.

Empurrei o corpo um pouco para trás. A umidade havia encharcado minhas roupas e chegado até a pele. Os respingos finos de chuva se acumulavam e escorriam pelo meu rosto.

— Violet, por que você ficou?

Pascal subiu bamboleando no colo da menina. Os dedos finos acariciaram as costas do animal, enquanto ela desviava o rosto da chuva, os grandes olhos negros cheios de peso e mistério.

— Achei você bonita daquele jeito.

Uma onda nova de dor apertou meu coração machucado. Engoli as lágrimas que quiseram brotar novamente e, no lugar delas, soltei um risinho.

— Obrigada. — Só mesmo a Violet, só essa bonequinha gótica com uma queda por répteis e por paetês estava disposta a me aceitar.

O tempo que tivera com ela desde a minha chegada a Nova 2 fora curto, mas, mesmo nas primeiras interações, houve uma conexão entre nós. Uma ligação, acho, nascida do jeito exótico que nós duas tínhamos, do fato de nos reconhecermos como semelhantes. E agora ela ficara aqui comigo. Havia me aceitado.

A Filha das Trevas

Soube nesse instante que seria capaz de fazer qualquer coisa por essa menina.

— O desfile está chegando — disse. — O desfile das crianças. Nós devíamos estar participando dele. — A cabeça se inclinou na direção da música. — E já está quase anoitecendo.

Arrepios percorreram minhas coxas e braços frios. A garoa trouxera uma neblina baixa para perto do chão, uma espécie de mortalha fina cobrindo o capim. O céu acima de nós estava perdido num mar de névoa e de nuvens densas. Os galhos retorcidos de um carvalho próximo riscavam o ar como se fossem raios negros.

— Logo ela vai estar de volta — falou Violet. — O que você vai fazer?

Meu olhar fitou de relance o túmulo onde Atena pousara mais cedo.

— Eu não sei.

— Você devia matá-la.

— Eu. Matar uma deusa. — *Sei.*

Violet deu de ombros e pôs-se de pé, sacudindo folhas e pedaços de pedra e entulho do vestido e dos cabelos pretos, antes de arrumar a máscara, deixando-a erguida sobre a cabeça para manter o rosto ainda visível.

A música soava mais alto, mas o desfile do *Mardi Gras* estava encoberto pela névoa. Eu me levantei, sacudindo meus longos cabelos e com um tremor percorrendo o corpo. Agora que sabia o que era... no que me transformaria... Eu me perguntava quantas das minhas ancestrais haviam suportado viver a transformação e a sua nova existência monstruosa, em vez de darem cabo das próprias vidas. E quantas será que haviam sido ceifadas pelas espadas dos caçadores de τέρας? No fim, o resultado era sempre o mesmo. Mas, então, por que Atena havia decidido me poupar?

Render-me a ela parecia ser a única opção. Isso ou desaparecer de vez. *Mas para onde você iria? Como vai poder viver com aquelas coisas saindo do seu corpo?* Aquelas coisas que me davam mais medo do que a própria morte.

Violet me cutucou.

— Ela está aqui.

Girei o corpo. Atena estava empoleirada no galho mais longo e grosso do carvalho. Pulou para o chão e veio se aproximando.

— Já tomou sua decisão, Górgona?

Esse ser, essa *deusa* que tanta morte e sofrimento havia causado à minha família, a milhares de mulheres ao longo dos séculos. Eu soube, nesse instante, que jamais iria ceder a ela. Que preferia ter que morrer como todas as outras. Mais do que isso, que eu preferia a vingança.

— Vá se foder, Atena.

Violet agarrou minha mão, apertando com força. Quis empurrá-la para longe, mandar que saísse dali, mas fazer isso acabaria atraindo a atenção de Atena para a menina.

Ela me atingiu o rosto tão depressa que nem tive tempo de retesar os músculos. A fisgada quente do impacto e o choque me fizeram arquejar. Meus ouvidos zumbiram, e a dor se alastrou pela face.

Devagar, aprumei o corpo, trincando os dentes e cerrando os punhos ao encarar a figura alta da deusa. Atena pegou meu queixo, apertando-o com força, e se inclinou até nossos rostos ficarem bem perto um do outro. Seus olhos emanavam uma luz interior impossível, uma bela visão, se você conseguisse passar incólume pelo esgar cruel dos lábios.

A Filha das Trevas

— Cuidado com as palavras, minha pequena. Ou posso espetar a sua cabeça numa estaca como fiz com sua mãe.

— Minha mãe se suicidou — rosnei entredentes, furiosa por ela ter ousado mencioná-la.

— E eu fui buscar o corpo. Ela se transformou num belo adorno à entrada do meu templo.

O ódio estourou num clarão branco por trás das minhas pálpebras. Desferi o soco com toda a força que tinha, mas ela agarrou minha mão no meio do caminho e foi inclinando o corpo mais para perto, apesar da minha tentativa de empurrar.

— Você está ouvindo esse som, Aristanae? É o barulho dos seus amigos, das crianças de Nova 2, que estão prestes a passar pela entrada deste cemitério e a morrer nas mãos do meu exército.

Por trás do ombro de Atena, vi uma agitação na névoa cinzenta, um movimento que fazia o nevoeiro rodopiar, revelando aos poucos pedaços de coisas, relances das criações de Atena que se reuniam surgidas da bruma. Espreitando de cima dos túmulos, caminhando devagar pelo chão, saltando dos galhos das árvores. Criaturas repugnantes, de formas retorcidas. Criaturas que pareciam obras de um Frankenstein ressuscitado. O exército de Atena.

— Essa... — Atena acenou com a cabeça por cima do ombro, soltando a mão que segurava meu queixo — é sua família agora. Feita, assim como sua ancestral, de maldições e de poder. Eles cairiam aos seus pés adorando-a como se fosse uma rainha, sabe. Seu lugar é no meio dessas criaturas. E comigo. Venha e eu jamais porei os pés em Nova 2 outra vez.

A música do *Mardi Gras* soou mais alto. Mais perto. Olhei de relance por cima do ombro e avistei a primeira sombra cinzenta do desfile avançando lentamente pela rua para além da cerca de ferro. Logo eles passariam pelos portões do cemitério e, se Atena não tivesse blefado, estariam correndo um enorme perigo.

Eu me virei para encarar a deusa outra vez.

— Por que simplesmente não me mata como fez com as outras?

— Porque você é diferente das outras, e encontrei um meio melhor de usá-la. — A expressão dela se suavizou um pouco. — Você tem o coração rebelde, Ari. Eu já fui desse jeito, já quis lutar batalhas que sabia que não poderia vencer porque a causa era justa. Mas essas coisas todas, a esperança, a inocência, o otimismo, a fé... Isso tudo é passageiro, e então o que vai lhe restar? Você precisa crescer, perceber o seu lugar, ver aquilo que é melhor. Jure fidelidade a mim, e então estará segura.

Meus olhos se estreitaram à medida que um estranho senso de autoconfiança brotou dentro de mim. Atena estava se esforçando demais para apresentar seus argumentos e me convencer. E ela me dera esse tempo todo para decidir, esse tempo todo para continuar viva e ilesa. Um riso cortante e repentino borbulhou na minha garganta.

— Você tem mesmo medo de mim, não tem?

Atena piscou e aprumou o corpo. O maxilar estremeceu.

— Eu sou a Deusa da Guerra, criancinha. Não tenho medo de ninguém, porque não posso morrer. Eu sou a Morte, pois assassinei a Deusa da Morte em seu leito. E lembre-se bem disso, porque seus amigos estão aqui.

O desfile não passou em frente ao portão, mas por baixo dele. *Mas o que é isso?*

Todos mascarados. Todos a pé.

Merda.

A Filha das Trevas

As figuras mascaradas se espalharam por trás de mim e de Violet. A música parou. Meu coração ribombou, a incerteza tomando conta de mim. Então eles haviam enlouquecido?

Um vulto vestido de negro e usando uma capa deu um passo adiante e ergueu a máscara. Sebastian. Nossos olhares se encontraram. Ele inclinou a cabeça e uma brisa soprou pelo meu corpo. Outro vulto avançou. Michel. E então mais oito fizeram o mesmo. A Novem estava ali. E também Dub, Henri e Crank. Todos com os semblantes sérios. Todos preparados para lutar.

Eles haviam voltado.

Mais reforços continuaram chegando ao cemitério.

Um leve rubor surgiu nas faces de Atena quando os olhos furiosos da deusa fuzilaram os recém-chegados.

— Isso não é da conta de vocês, Novem — cuspiu ela. — Fui eu que a fiz. Ela é minha.

— Ela deixou de ser sua quando você se voltou contra sua criação e assassinou Medusa. As Górgonas nunca foram sua propriedade. Elas eram senhoras de si, livres para tomar as próprias decisões. Livres para ir embora — falou Michel numa voz grave e confiante, avançando junto com Sebastian e com os outros para se postar a meu lado.

Um sibilar e uma agitação emergiram do asqueroso agrupamento de criaturas humanoides atrás de Atena. Todas prontas para lutar, para atacar, para matar. Minha pele se retesou.

— Vocês querem começar uma guerra por causa dela? — vociferou a deusa. — Que utilidade essa criança pode ter para sua raça? Não está madura. Não tem poderes.

— Não — falou Josephine. — Ainda não, mas se nós a protegermos de você, quando o poder dela aparecer, você jamais representará uma ameaça para Nova 2 outra vez.

Atena sibilou alto, o rosto resvalando para a face da morte e de volta ao normal.

— Então, que seja a guerra.

— Considere com cuidado o que quer fazer, deusa — falou Michel. — Porque estamos em pé de igualdade.

Atena ignorou Michel e jogou as mãos diante do corpo, atirando a cabeça para trás e entoando um penetrante grito de guerra sobrenatural.

Meus tímpanos ainda estavam vibrando quando Sebastian pegou minha mão e arrastou Violet e eu para longe da frente de batalha. O Conselho da Novem e os membros das famílias se adiantaram para o combate contra Atena e seus servos. A sua rapidez era antinatural, as capas, pernas e braços rodopiando no meio da névoa. Criaturas repugnantes voavam, lutando e guinchando. Arcos vermelhos de sangue derramado rasgavam a neblina.

Puxei meus dedos de dentro da mão do Sebastian, tropeçando no mármore enquanto ele corria.

— Eu preciso ir!

Nós chegamos à retaguarda perto do portão.

— Você não pode ficar aqui.

— Eu preciso! Essa luta é minha, Sebastian. Não posso fugir.

— Você tem que fugir. Eles estão dando a própria vida para protegê-la.

Hesitei. A confusão pesou nos meus ombros.

— Por quê?

Ele chegou mais perto.

— Meu pai me contou tudo. Você é uma exterminadora de deuses, Ari.

A Filha das Trevas

— O quê?

— Atena. Quando ela amaldiçoou Medusa com o poder de transformar qualquer ser em pedra, ela se esqueceu de isentar os deuses. E quando se deu conta do seu erro, criou os caçadores de τέρας para destruir Medusa e toda a sua descendência. Você tem o poder de transformar a ela ou qualquer outro deus em pedra.

— Então por que ela não me matou como fez com todas as outras?

— Porque, antes, ela contava com o poder da Égide. Era uma arma que tornava quase impossível derrotar a deusa. Mas agora Atena a perdeu, e precisa de você. Como uma nova arma para destruir os outros deuses, ou nos matar, ou sabe-se lá o quê... — Ele me empurrou. — Mas você precisa sair daqui. — Duas criaturas vieram na nossa direção. Sebastian se agachou quando uma pulou sobre ele. A coisa deslizou por suas costas e saiu rolando. A outra investiu com uma faca na minha direção. Eu me esquivei, chutei seu joelho e bati no seu rosto, girando o corpo e puxando a espada da sua mão, aproveitando o impulso para dar um giro completo sobre mim mesma e usar a força extra para baixar a espada e decapitar a criatura.

Sua cabeça rolou para dentro da neblina.

Meu Deus! Meu coração martelava, sem acreditar no que acabara de acontecer. Mas não havia tempo para ficar pensando. Outro ser apareceu e recomecei a lutar, gritando para Sebastian levar Violet e as outras crianças para um local seguro. Mas, a essa altura, Violet já escalava uma das árvores próximas e os outros estavam entregues ao combate, aproveitando-se do seu tamanho para derrotar ou distrair os oponentes, enquanto a Novem e os membros das famílias usavam suas habilidades e mágica contra eles.

Mais físicos e brutais, os vampiros atacaram num frenesi. Congelei por um instante ao avistar Gabriel — reconhecível para mim mesmo sem a máscara — rasgar a garganta de uma das criaturas com presas que eram tão perigosas quanto as garras e as mandíbulas dos metamorfos que, nesse momento, também se lançavam ao ataque. Um vulto passou por mim, deu uma piscadela e saltou no ar, transformando-se num lobo marrom antes mesmo de voltar ao chão. Hunter Deschanel. Um dos sujeitos que eu havia libertado do calabouço de Atena.

E, então, meus olhos avistaram a deusa, com uma faca em cada mão, manejando-as com uma rapidez sobrenatural e retalhando cada oponente que viesse na sua direção. Seus olhos brilhavam num verde muito, muito profundo.

A dor explodiu dentro do meu crânio.

Caí sem nem ver o golpe que recebera por trás, a criatura pulando em cima do meu corpo. Gritei o nome de Sebastian, mas ele estava às voltas com dois inimigos. Mãos ásperas viraram meu corpo e encontraram a garganta, apertando com força. Eu me debati, tentei rolar, mas sem sucesso. O rosto cinzento, coriáceo, me lançou um sorriso de escárnio. A cabeça era calva. Com dois pequenos furos no lugar do nariz. E nada de lábios, nada para cobrir as fileiras de pequenos dentes afiados que tentavam me morder.

E então me lembrei de Arachne e da harpia.

Eu precisava fazer aquela coisa tirar as mãos do meu pescoço.

Reunindo as forças que me restavam, chutei com ambas as pernas, girando o tronco e prendendo a cabeça da criatura entre os tornozelos. E a arrastei com um puxão das pernas para baixo. Assim que as mãos se soltaram do meu pescoço, gritei os nomes para o nevoeiro, usando toda minha energia para dar volume à voz.

A Filha das Trevas

— Mapsaura! Arachne!

Senti o ar vibrar com o poder daqueles nomes, tinindo, eletrificado, ecoando-os para as nuvens.

A criatura se esquivou das minhas pernas. Virei o corpo para fugir, para gritar os nomes outra vez, mas ela agarrou minha cabeça com ambas as mãos, as garras se enterrando nas têmporas. E me prendeu bem firme, puxando para cima, tentando soltar o crânio da base da coluna. *Meu Deus!* Eu não conseguiria aguentar muito mais tempo, aquele ser era muito forte. O braço deslizou em volta do meu pescoço, me sufocando outra vez.

Meu coração diminuiu o ritmo. A pressão se acumulou no meu rosto. Em toda a minha volta, a cena da batalha parecia desacelerar, enquanto meus pulmões fraquejavam.

Um vento soprou, inflando a neblina, remexendo as folhas e o entulho.

Um grito alto e penetrante tomou o ar.

Ouvi o bater de um par de asas imenso, pouco antes de ver a criatura que estava em cima de mim ser erguida no ar. Cheguei a ficar quase um metro acima do chão, antes de ser liberada, e quando fui largada de costas no chão, vi em choque a névoa formar um redemoinho para o alto, sugada pelo empuxo da harpia subindo com sua presa.

Três segundos depois, o corpo da criatura despencou de volta para o chão indo se partir em cima de um dos túmulos.

Mapsaura pousou a meus pés.

Engoli em seco, ofegando em busca de ar e totalmente surpresa pelo meu chamado ter dado certo.

— Obrigada.

As pequenas narinas no seu bico se alargaram. A cabeça da harpia girou para olhar em torno e, de repente, congelou, os olhos colados em Atena. E, então, avistei Arachne, desvencilhando-se de criaturas que a atacavam pelos dois lados, tentando abrir caminho para se aproximar da deusa que a havia mantido prisioneira por tanto tempo.

Mapsaura dobrou os joelhos fortes e deu impulso para cima, subindo na vertical até desaparecer na bruma, e depois mergulhando feito um torpedo, mirando diretamente em cima de Atena no mesmo instante em que Arachne se livrou dos ataques e partiu para cima da deusa.

As duas chegaram ao mesmo tempo.

Mas não por acaso, Atena era a deusa da guerra. Ela atacou cada criatura com uma das facas que tinha nas mãos e usou o impulso da sua própria investida para jogá-las atrás de si. A harpia rolou até ficar de cabeça para cima outra vez, parando depois que suas garras enormes haviam escavado sulcos na terra. Mapsaura abriu as asas e um berro de gelar os ossos emergiu da sua garganta, um som quase tão alto quanto o do grito de guerra da deusa.

No momento em que Atena se virou, distraída pelo barulho, as energias lançadas pelas mãos de Michel e Sebastian combinadas num raio único a atingiram em cheio no peito.

Pisquei, guardando para consideração futura a informação de que Sebastian efetivamente possuía *aquele* tipo de poder.

Atena emergiu de volta do ataque dos bruxos, enquanto a harpia alçava voo outra vez. Arachne estava caída no chão, inerte. Mas percebi o raciocínio rápido da deusa. Suas criaturas estavam sucumbindo às forças da Novem. E, aqui no território de Nova 2, seus poderes seriam sempre limitados. Ela podia ser derrotada.

A Filha das Trevas

— Retirada! — gritou, voltando os olhos para cima justo no instante em que a harpia arremetia como uma bomba vinda dos céus, as asas achatadas às costas.

Atena desapareceu.

Os olhos de Mapsaura se arregalaram. As asas desdobraram e seguraram o ar dois segundos antes do seu corpo rolar para um lado e passar raspando no chão do cemitério. As garras deram impulso na terra macia, criando espaço suficiente para ela bater as asas e subir até empoleirar-se no alto de um dos túmulos. As telhas soltas deslizaram, enquanto os pés procuravam apoio.

Uma a uma, as criaturas de Atena despareceram na neblina.

O cemitério foi envolvido num silêncio abafado, quebrado apenas pelo som regular da chuva caindo.

Corpos jaziam pelo chão. Gemidos e vozes romperam a quietude macabra. Comecei a me mexer na direção de Sebastian e Michel, que estavam perto do túmulo onde Mapsaura pousara, mas havia um corpo machucado no meio do caminho. Tropecei. *Meu Deus.* Era Daniel. Eu me agachei do lado dele. O sangue borbulhava do talho que havia sido aberto na garganta. Os olhos piscaram depressa. A boca se moveu, tentando falar, mas nenhum som saiu dela.

— Meu Deus do Céu, Daniel — murmurei, ajoelhando-me para ajudá-lo, mas sem saber como. Josephine apareceu ao meu lado. — Ele vai sobreviver, não vai? Ele é um vampiro. Tem que sobreviver.

Dois vampiros, acho, adiantaram-se para levantar Daniel do chão. A cabeça então se separou do corpo, e o fino pedaço de pele que ainda mantinha os dois juntos se rompeu. Meu estômago revirou. Eu me deixei cair sentada no chão.

— Ele já está morto — falou Josephine sem um pingo de emoção na voz, e então começou a se afastar, enquanto os dois homens deixavam o corpo de Daniel despencar de volta num amontoado de carne destroçada.

Um amontoado que, de repente, implodiu, se transformando em cinzas. Eu tive ânsia de vômito. A bile ardeu na minha garganta. Eu a engoli novamente, virando o corpo e cambaleando para longe das cinzas, enquanto meu olhar captava de relance a imagem de Violet descendo do galho de árvore.

Eu tinha que me concentrar para avançar com um pé na frente do outro. Sebastian se virou quando percebeu a minha aproximação. Meus olhos mergulharam nos dele, e abri a boca para falar quando um formigamento de alerta percorreu minha pele.

Os pelos dos meus braços se eriçaram.

Atena surgiu às minhas costas, passando na mesma hora os braços em volta do meu corpo. Os lábios roçaram na minha orelha.

— Você sabe o que costumam dizer. — E a voz dela se transformou num sussurro mortal. — Se não posso ter você... então ninguém mais terá. — Os lábios se afastaram. — Ah, e antes que morra, quero lhe agradecer por ter deixado seu pai no calabouço no dia em que libertou os outros.

Algo murchou nas minhas entranhas.

— O quê?

Ela riu.

— É muito irônico, não é? Um caçador de τέρας cair de amores por sua mãe, uma Górgona, justamente o monstro que ele fora incumbido de exterminar. Quando seu espírito estiver partindo, quero que pense nele, em todas as coisas que fiz com seu pai por ter me traído e deixado de matar Eleni, quando a oportunidade surgiu. E em tudo o que vou fazer com ele agora. Adeus, pequeno monstro.

Atena me empurrou para longe.

E então pareceu que tudo começou a acontecer em câmera lenta. Caí de joelhos, captando num relance o horror distorcendo as feições de Sebastian e um borrão que era Violet descendo da árvore. Choque. Eu estava em choque.

Atena ergueu uma lâmina de exterminar τέρας para cortar minha cabeça.

O tempo estava desacelerado ao ponto de todas as imagens da minha vida passarem piscando aleatoriamente dentro da cabeça. Mas uma imagem parecia mais lenta que todas as outras — a imagem de mim mesma segurando o pulso de Atena no baile dos Arnaud e a maneira como isso o transformou em pedra.

Ainda faltavam três anos e meio até que meu amadurecimento como Górgona se completasse, mas o poder já estava dentro de mim. Eu havia usado o poder antes, e aí estava a diferença. Eu *era* diferente de todas as outras que haviam existido antes. Por causa do tempo, da evolução, dos genes do meu pai... quaisquer que fossem os fatores, agora eu sabia. Era uma exterminadora de deuses.

A espada veio cortando o ar. Em algum lugar no fundo da minha mente, ouvi um grito e uma criança berrar. Mas não tinha importância. Tudo estava acontecendo muito depressa, depressa demais para qualquer um deles poder me ajudar. Meu sangue zumbiu. Meus olhos se fixaram na lâmina traçando um arco na direção do meu pescoço.

Baixei a cabeça e ergui a mão dormente, abrindo a palma, liberando toda a minha fúria, todo o sofrimento da minha própria vida, da vida da minha mãe, e toda a dor que havia vivenciado ao conhecer o sofrimento de Medusa, minha ancestral.

A lâmina atingiu minha mão.

E se quebrou contra a pedra dura.

O barulho ecoou num estalo profundo, a explosão de um círculo de poder cuja força jogou para o chão todos que estavam em volta. Ergui de novo a cabeça quando a parte que se quebrara da lâmina voou pelo ar, e meus olhos encontraram o olhar aturdido de Atena.

As batidas do coração soavam lentas e altas nos meus ouvidos.

Eu nunca deveria ter sido capaz de fazer aquilo; era esse mesmo pensamento que se lia na expressão chocada do rosto da deusa. E, ainda assim, tinha feito. Minha mão, pelo que pude ver, estava branca feito mármore, exibindo um branco que só agora começava a retomar sua cor de pele natural. Eu tinha controle sobre esse poder, e não precisava me transformar em algum tipo de monstro para usá-lo.

Então Atena piscou. O tempo voltou ao ritmo normal no momento em que Violet atingiu as costas da deusa num golpe vindo de trás, os braços agarrando-lhe o pescoço e as presas miúdas afundando na pele enquanto uma das mãos erguia uma pequena adaga e a mergulhava no coração de Atena.

Um grito borbulhou da sua garganta.

O choque e o horror me fizeram cair sentada para trás, enquanto o grito com o nome de Violet, entoado por muitas vozes, ecoou pelas terras alagadas.

E então elas já não estavam lá.

Sumiram, deixando para trás um redemoinho de névoa. O cabo da espada quebrada de Atena foi bater numa placa de mármore, enquanto a adaga ensanguentada de Violet caiu com um baque surdo na terra macia.

— Violet! — gritei.

Dezenove

Três dias haviam se passado. Três dias de insônia, pesadelos e preocupação. Violet sumira. Ninguém sabia como trazê-la de volta. E ninguém tinha visto ou ouvido falar de Atena.

Três dias de idas até o cemitério, chamando por Pascal, vasculhando cada túmulo e cada canto do lugar atrás dele. Violet desejaria que fosse assim, e eu devia isso a ela. Iria voltar lá todos os dias até conseguir encontrá-lo.

Sebastian tinha passado os últimos dois dias no quarto com seus tambores, enchendo a casa com uma fúria tão intensa que era difícil ficar lá enquanto ele estava tocando.

Michel enviara uma pequena tropa até a casa de fazenda na River Road para resgatar meu pai, mas, como eu já esperava, eles não encontraram qualquer sinal do calabouço ao chegar lá, como se ele jamais tivesse existido. E, para Michel, já fora difícil fazer até esse gesto. Meu pai fora o responsável por matar, em nome de Atena, τέρας inocentes e humanos dotados de poderes. Até que o amor pela minha mãe o transformou, e lhe deu forças para ir contra a deusa. E fazê-lo passar todos esses anos pagando um preço alto por isso. Agora, por minha causa, ele teria que pagar por ainda mais tempo.

Repassava o nosso encontro na prisão de novo e de novo, sem parar. Eu estava lá, pronta para soltá-lo. Deveria ter feito o que sabia que era certo quando tive a oportunidade para isso. Podia ter exigido que Michel me devolvesse as chaves. Devia ter brigado, ter me recusado a sair até que *todos* os prisioneiros estivessem libertados.

O arrependimento e a culpa me incomodavam como se fossem espinhos na pele. Eu precisava encontrá-lo.

Foi quase um alívio deixar Nova 2, escapar de todas as lembranças, entrar no caminhão de correspondência com Crank e atravessar o Lago Pontchartrain até Covington, a cidade da fronteira, onde Bruce e Casey esperavam por nós.

— Você quer mesmo fazer isso? — Casey me perguntou, os braços apertados em volta do meu pescoço. Quando ela afrouxou o abraço, aproveitei o momento para memorizar o seu rosto. Redondo. Bondoso. Com olhos azuis brilhantes que revelavam cada emoção que passava pelo seu peito. Olhos que, neste momento, estavam rasos de lágrimas.

Tudo o que eles estavam sabendo era que eu havia descoberto uma pista forte ligada ao meu pai, e que precisava ir atrás dela agora, antes que a chance desaparecesse.

— Eu preciso fazer isso. Preciso achar meu pai.

Bruce veio em seguida. Ele me puxou para o seu abraço de urso em meio a uma nuvem de loção pós-barba, um perfume quente e limpo que me fazia querer inspirar mais fundo. Apertei o ombro envolvido na camisa de flanela macia.

— Trate de se cuidar — murmurou ele. — E lembre-se do treinamento. Vamos ficar esperando relatórios periódicos.

Dei um passo para trás e assenti.

— A papelada definitiva só sai em seis dias, mas acho que a Novem deve ter bons contatos e que certamente recorreu a eles para conseguir a permissão de transferência da tutela — falou Casey. — Nós lhe avisaremos quando tudo estiver acertado.

— Valeu.

Michel Lamarliere logo constaria oficialmente como meu responsável legal. Pelo menos, pelos próximos seis meses, até eu completar dezoito anos.

Os Sanderson ajudaram a passar meus pertences do utilitário deles para o caminhão da Crank. Não era muita coisa — dois sacos de lixo cheios de roupas e sapatos, e mais algumas caixas cheias de livros e outros objetos que eu acumulara ao longo dos anos.

— Pus um álbum de fotos numa das caixas — disse Casey, fazendo esforço para conter as lágrimas.

Bruce fechou a traseira da caçamba, e os dois me envolveram em outro abraço. A voz dele sussurrou no meu ouvido:

— E incluí um presentinho meu também. — Pelo tom da sua voz, eu podia intuir que se tratava de alguma coisa ligada à segurança pessoal. — Nós amamos você, menina.

Minha garganta se fechou, mas encontrei voz para responder:

— Eu também.

De todas as despedidas da minha vida, essa foi a mais dura. Forcei de volta para dentro as lágrimas que ameaçavam transbordar e mantive a compostura, enquanto nos afastávamos a bordo do caminhão. Foi só depois que Crank já havia entregado a correspondência e buscado as sacolas novas, e que nós já estávamos de volta à estrada abandonada, para além dos limites da Borda, que fui secar umas poucas lágrimas que escorreram do canto do olho.

Os últimos raios de sol se espalharam na superfície do lago, transformando-a num espelho cintilante de azuis profundos e roxos e violetas. A silhueta dos prédios de Nova 2 piscava no horizonte, me fazendo recordar da primeira vez em que eu e Crank havíamos atravessado a ponte rumo à Cidade do Crescente. Só que agora não fomos na direção do GD. Dessa vez o nosso destino era o French Quarter.

O caminhão sacolejou lenta, e ilegalmente, pela Royal Street, tomando cuidado ao passar pelos pedestres e charretes. Quase noite. Quase hora de mais um desfile do *Mardi Gras* e de mais um baile. Coisas que para mim importavam muito pouco.

Crank estacionou em frente ao Cabildo.

— Eu fico esperando você aqui.

Concordei com a cabeça, respirei fundo e me preparei para a batalha, saltando do caminhão.

Minhas botas pretas estalavam contra o pavimento. A faca de caçar τέρας balançou contra meu jeans dentro da bainha nova em folha, enquanto uma bainha menor presa em torno da bota levava a adaga afiada e de aparência muito malvada que pertencia a Violet. Minha posição estava assumida às claras. Eu estava de posse da faca, e não faria segredo disso. As laterais do meu cabelo haviam sido arrumadas em duas tranças que eu prendera, junto com o restante dele, num coque apertado junto da nuca.

Estourei uma pequena bola de chiclete, enquanto abria a porta pesada de madeira para entrar no edifício.

O Conselho dos Nove da Novem estava reunido.

No segundo andar, ignorei a presença do recepcionista e, com uma das mãos pousada no punho da faca de caçar τέρας, marchei pelo corredor que guardava tanta história e invadi a reunião.

Nove rostos voltaram-se na minha direção. Sete deles ainda eram desconhecidos para mim, mas, usando as informações que conseguira com Henri e com Sebastian, não seria difícil dar nomes àquelas feições.

Ninguém, entretanto, pareceu surpreso em me ver.

Inspire fundo.

Só o que precisei fazer foi pensar em Violet, em nós duas rindo e correndo pela First Street com as máscaras e os vestidos, na voz dela me dizendo que eu era bonita, na imagem do corpo miúdo pulando em cima de Atena e cravando a faca no coração da Megera, e então encontrei a minha força.

Agarrei uma cadeira vazia num canto e a arrastei pelo assoalho de madeira de lei, deixando os pés riscarem o chão com um guincho agudo, esperando que o barulho provocasse calafrios na espinha dos membros do Conselho. Chegando à grande mesa oval, girei a cadeira e me sentei.

Lentamente, meus olhos fizeram contato com os olhos de cada um dos presentes.

Os chefes das três famílias de bruxos: Lamarliere, Hawthorne e Cromley. Das três famílias de vampiros: Arnaud, Mandeville e Baptiste. E das três famílias de semideuses/metamorfos: Deschanel, Ramsey e Sinclair.

Mais uma inspiração profunda. Mais uma bola de chiclete estourada.

— Gostaria de me matricular no Presbitério — falei.

Josephine, em seu sofisticado tailleur cor de creme, cuspiu uma risada rouca. Mas ninguém a acompanhou.

Depois de um longo momento, Michel se pronunciou:

— Não vejo por que isso seria um problema.

— Claro que você não vê, Michel. Mas diga-nos, Ari, qual seria o seu interesse em frequentar uma escola da Novem?

— Bem, estou aqui para ficar. E, até onde pude perceber, vocês precisam de mim. Todos vocês, precisam da minha ajuda. Uma guerra está chegando a Nova 2.

— Nós temos poder — falou Soren Mandeville. — Poder suficiente para proteger a cidade e as pessoas que vivem nela.

— No passado, talvez tenham tido. Mas desta vez vocês não têm nada... — E meu olhar duro se cravou em Josephine, prometendo lhe dar o troco pela traição a meu pai, pelo fato de tê-lo entregado a Atena quando ele buscou a proteção da Novem — ou *ninguém* para negociar em troca da paz.

— Nós temos você — disse Josephine calmamente.

— Por favor, Josephine — interveio Rowen Hawthorne. — Nós já concordamos que ofereceremos proteção à Srta. Selkirk. Nós já enfrentamos Atena e já selamos nossa posição nesta guerra. Ficar aqui ameaçando essa jovem é... desnecessário.

— Você está se oferecendo para lutar, para tomar parte na batalha. E tudo o que deseja em troca é proteção e estudo? — perguntou Bran Ramsey com ar desconfiado.

— Eu quero o conhecimento. — Cheguei o corpo para a frente na cadeira com o coração aos saltos. — Quero aprender tudo sobre Atena, os deuses, o passado, tudo o que houver para saber sobre minha maldição. E sei que no Presbitério há uma biblioteca secreta, uma que nem mesmo os alunos sabem que existe. Quero acesso a ela também.

Ninguém disse nada, mas alguns arquejos de incredulidade se fizeram ouvir.

— Está pedindo demais — disse Bran.

Nell Cromley então se pronunciou, e não pude deixar de me perguntar se a bruxa de cabelos escuros e olhos azuis teria algum parentesco direto com a Alice Cromley cujos ossos eu havia aspirado para os pulmões.

— O nosso conhecimento é mantido em segredo por uma boa razão. Somente os nove aqui reunidos e os tradutores têm acesso àquelas dependências. Nem nossos familiares podem entrar lá. Sinto muito, criança, mas você é jovem e inexperiente demais para ter ideia da dimensão daquilo que está nos pedindo. A responsabilidade imputada àqueles que têm o conhecimento é muito grande.

Ah, se ela soubesse o tipo de coisa que já havia sido "imputada" a mim nessa vida... Detestei a insinuação de que eu era incapaz ou irresponsável demais. *Detestei*. A frustração abalou minha calma.

— Algum de vocês é capaz de matar um deus? — Meu olhar percorreu a mesa. — E então, alguém? Matar um deus, simplesmente com sua presença e sendo aquilo que é? — E meus olhos voltaram para fitar Nell. — Eu terei esse poder um dia. Não preciso do conhecimento que está na sua biblioteca para isso. Vocês viram o que fiz no cemitério. Ela tem medo de mim.

A Filha das Trevas

Os lábios de Michel se curvaram num pequeno sorriso, e seus olhos cinzentos ganharam uma centelha de decisão.

— Duvido que Ari tenha a intenção de expor ao mundo os nossos segredos e a nossa história. E permitir o acesso dela à biblioteca e ao nosso conhecimento só nos beneficiará se o resultado disso for a derrota de Atena. Meu filho pode ajudá-la a...

— Ora, bravo, Michel! — zombou Josephine. — Bastian realmente tem poder suficiente.

— E quanto aos nossos filhos? — interveio Soren. — Quer que concordemos que o *seu* filho tenha acesso ao conhecimento e os nossos, não?

— Ele será o líder desta família um dia — falou Michel. — Aprenderá tudo, de qualquer forma.

— *Oui* — disparou Soren. — No dia em que ele tomar o seu lugar. Então, e só então. Assim como foi com o restante de nós.

Cabeças assentiram por toda a mesa. Michel recostou o corpo na cadeira e deu de ombros. Eu tinha que lhe dar o crédito por ter tentado (e por ter levado o filho às escondidas até a biblioteca alguns anos antes para lhe mostrar a tábua da Linhagem da Neblina, fato do qual a Novem obviamente não tinha conhecimento). Agora sabia de onde Sebastian havia herdado a tendência a desafiar a autoridade.

— Eu consideraria a ideia — falou Nickolai Deschanel ponderadamente —, desde que ela entre na biblioteca sozinha, e sem levar nada de lá. Nenhum artefato, pergaminho ou livro. E nenhuma anotação de qualquer espécie, fora o que for confiado à sua memória.

— Posso concordar com isso — respondi imediatamente. Não era dotada de uma memória que fosse exatamente fotográfica, mas, se encontrasse informações que me ajudassem a localizar Atena e Violet, duvidava que fosse me esquecer delas. E, mais do que qualquer outra coisa, eu estava ansiosa para começar logo. — E então, como vai ser? Deixem-me entrar para a escola e garantam o meu acesso à biblioteca que... — Sorri. — Que eu cuido da sua questão com a deusa.

— Mas por quê? — Outro dos líderes da Novem, Simon Baptiste, estava falando agora. — Você é uma jovem inteligente. Certamente, seria capaz de se esconder, de desaparecer dos radares de Atena. E por que então faria uma coisa dessas, por que se colocaria no caminho dela e ajudaria a proteger esta cidade? O que você quer, na verdade? Riqueza, controle, poder...

O pulso falhou quando meus olhos fitaram os do poderoso vampiro. Uma onda de expectativa e convicção se alastrou pelas minhas veias. Era simples.

— Eu quero *vingança*.

E essa única palavra reverberou pela sala, como se fosse dotada de poder.

Lentamente, eu me deixei reclinar na cadeira, enquanto os pelos eriçados dos meus braços voltavam para o lugar.

Vingança.

Eu não iria parar até consegui-la. Não iria parar até Violet ser devolvida sã e salva a Nova 2. Não iria parar até que as minhas ancestrais pudessem descansar em paz, e o meu pai fosse libertado. Eu não iria parar nunca. Não até Atena estar morta.

A Filha das Trevas

Em algum lugar dentro da agitação da minha mente, ouvi a votação acontecer. Cada membro do Conselho ecoava a fala do anterior.

— Eu digo que sim.

E, nesse momento, soube que, de uma forma ou de outra, levando o tempo que levasse, eu teria a minha vingança.

Agradecimentos

Quero deixar registrada toda a minha gratidão para o pessoal da Simon Pulse e também para minha genial editora, Emilia Rhodes. Nossa jornada foi tremendamente divertida e emocionante, e eu fiquei muito feliz por trabalhar com vocês!

E também para a fantástica Miriam Kriss por ter apostado neste livro, ajudando um sonho a virar realidade, e por ter tomado conta da parte dos negócios para que eu pudesse me concentrar só na escrita. Obrigada por tornar minha vida de escritora infinitamente melhor. É um prazer ser sua cliente.

Obrigada à boa amiga, colega autora e parceira de trabalho, Jenna Black, pela leitura inicial e por ter ficado assustada com trechos deste livro, o que me fez pensar: *Genial! Missão cumprida.*

Meu agradecimento para Kameryn Long, que leu a primeira parte do livro nos estágios iniciais do projeto e me mandou uma mensagem dizendo *Odeio você!*, por ter sido obrigada a aguentar o suspense até sair o restante. Essa foi uma das melhores mensagens que já recebi na vida. Obrigada pela força constante, Kam.

Um grande abraço às meninas do Destination Debut por todos os elogios, pela compaixão, confiança e apoio. Não sei o que teria feito sem vocês.

E, como sempre, tenho que agradecer a meu pai e minha mãe, à minha família e aos amigos pelo apoio inabalável, e também a Audrey, James e Jonathan por me aturarem nos momentos de "viagem" e me darem o tempo necessário para os mergulhos nos domínios do faz de conta. Obrigada por sempre me trazerem de volta para a Terra e por serem minha base firme aqui.

Este livro foi composto na tipologia Minion Pro,
em corpo 11/16, e impresso em
papel off-white no Sistema Cameron da
Divisão Gráfica da Distribuidora Record.